T0104878

Reader re.

Brava! This is a great book for anyone who enjoys mysteries, but especially great for an opera lover! The story moves, the characters are well-developed, and the reader gets some great insights into the world of professional opera in Germany! Follow Myra in her daily rituals, learn about her close circle of friends, life as an American in Frankfurt, and of course, the exciting theme of murder and intrigue! Looking forward to more books from this author!

Anna Catalano, Sugar Land, TX

A great read and a must read! Couldn't put it down, great plot and characters. Loved Murder at the Opera. Pamela Cramer did a great job on her first book.

Mary Willis, Renton, WA

Provides an entertaining evening. The author of this book is a retired opera singer, and the plot is based on her experiences while employed in Germany in her youth. The murder plot keeps the reader engaged, making it difficult to stop reading at times. There are a lot of insights into the backstage activities of an opera company and occasional use of the German language which some may find distracting. But as an opera fan it enjoyed the insights and the use of German terms added realism to the story. The book is not a Tom Clancy novel, but provides an entertaining evening of reading--well worth its minimal cost.

Jim Boockholt, Lake Jackson, TX

Get ready for a new twist and a fun time. How much fun is it to be a young, talented, American opera singer, pursuing her dream career in a romantic European city, known for its operatic history? Along the way Myra Barnette, new alto in the chorus of the Frankfort Opera, makes a host of international friends, one of whom meets an untimely death under circumstances she finds suspicious. The book follows her persistent efforts to be believed in a foreign country, struggling with language and custom constrictions. Her doubts about her friends' death are finally proven valid, but not before a climactic chase that will keep you on the edge of your seat. This is a light, delightful read, whether you're an opera fan, a lover of murder mysteries, or just someone wanting some truly entertaining fun.

M. Adams, Conroe, TX

Exciting to the end! The book was hard to put down. The author writes in an easy, comfortable manner and puts you right in the middle of the action. Her descriptions of Germany and the opera house was beautifully done. I felt like I was a part of the opera company! The storyline was quick-paced and entertaining. I'm looking forward to the next novel by Pamela Cramer.

Diane Hackem, Houston, TX

Really enjoyed it. Well, let's see. I'm of German heritage, take German language lessons, spent a few days in Frankfurt last year, love German food, have two wonderful cats, have been an opera fan for about forty years, and read lots of mystery novels, so what's not to like about this book? Especially when you throw in a charming but thoroughly believable heroine, a fast-paced plot and lots of fascinating details about life everyday life in Deutschland. Thank you, Ms. Cramer. I enjoyed your book very much.

Stan Beyer, Kansas City, MO

A nice little package of fun, food and intrigue. I chose this rating because the book had a good plot as well as a good outline of some of the most popular operas. The author also gives a rather thorough description of the German lifestyle with a charming focus on dining and her favorite food picks! A must for a hungry opera buff!

Argo Georgandis, Houston, TX

Mord in der Frankfurter Oper

Ein "Murder She Sang" Roman

Von Pamela Cramer

authorHOUSE®

AuthorHouse™
1663 Liberty Drive
Bloomington, IN 47403
www.authorhouse.com
Phone: 1-800-839-8640

© 2014 Von Pamela Cramer. All rights reserved.

Cover Design and Sketches Copyright © 2014 by Angela Cramer

Ins Deutsche übersetzt von Jutta Richter
Kein Teil dieses Buches darf reproduziert, in einem Abrufsystem gespeichert
oder übertragen werden ohne die schriftliche Genehmigung der Autorin.

Dies ist ein fiktives Werk und alle Charaktere und Handlungen in dem Buch sind völlig
frei erfunden und Ähnlichkeiten mit lebenden Personen oder Unternehmen sind rein
zufällig. Um authentisch zu sein, beziehe ich mich auf reale Orte wie das Frankfurter
Opernhaus, Palmengarten und Die Kuh die lacht und Unternehmen wie Porsche,
Ferragamo, Canon, Villeroy & Boch, iPhone, iPad, Armani, LaCrosse, Versace, Prada
und Gucci . Hoffentlich werden sie die kostenlose Werbung zu schätzen wissen.

Published by AuthorHouse   12/08/2014

ISBN: 978-1-4969-5663-7 (sc)
ISBN: 978-1-4969-5662-0 (e)

Any people depicted in stock imagery provided by Thinkstock are models,
and such images are being used for illustrative purposes only.
Certain stock imagery © Thinkstock.

This book is printed on acid-free paper.

Aufgrund der dynamischen Natur des Internets, könnten sich in diesem
Buch enthaltene Web-Adressen oder Links in diesem Buch enthaltenen seit
Veröffentlichung geändert haben und nicht mehr gültig sein. Die in dieser
Arbeit zum Ausdruck gebrachten Ansichten sind ausschließlich die der
Autorin und geben nicht notwendigerweise die Ansichten des Herausgebers
wieder, und der Verlag lehnt hiermit jegliche Verantwortung dafür ab.

Dieses Buch ist meinem Ehemann John gewidmet, der mir
den Anstoß gab und mich dazu ermutigte, es letztendlich zu
schreiben, und ohne den es nie zustande gekommen wäre.
Ebenfalls unseren hübschen Töchtern Angela und Julia.

Danksagung der Autorin

Ich danke Max Regan, meinem Mentor, Lehrer und Freund, der mich durch diese unerforschten Gewässer geführt hat. Herzlichen Dank auch an meine Lektorinnen, Vicky Hemme, Helen Nüsse, Geraldine Rose, Carolyn Thieme, meine Mutter, Marie Heinz, meine Tochter Julia Cramer, meinen Mann John; und meine Deutsche Lektorin, Christa Cooper. Danke ebenfalls an meine künstlerische Tochter Angela für ihre wunderschöne Titelgestaltung und ihre Zeichnungen. Ich bedanke mich bei meinen Mann John, Holger Uhl und Klaus Nüsse für ihre Hilfe bei deutschen Textpassagen.

Ein besonderer Dank an Jutta Richter für die deutsche Übersetzung. Fantastischer Job!

Und eine zusätzliche Dank an Geraldine Rose, Sandra Toner-Uhl und meine Tochter Julia, deren Fotografien ich verwenden durfte. Ich weiß zu schätzen, dass Kathleen und David Gillmore mir erlaubten, ihr Foto von der Alten Oper zu benutzen. Vielen Dank an Herrn Intendanten Bernd Löbe für die Erlaubnis, sein Zitat zu verwenden.

Opern-und Schauspielhaus Frankfurt ist der offizielle Name des Stadttheater Komplex von Frankfurt am Main, Deutschland. Der Komplex präsentiert Opern und Theaterstücke. Das Theatergebäude ist hinter der Oper gezeigt. Die Oper Frankfurt ist ein wichtiges europäisches Opernhaus und Unternehmen. Es liegt in der Altstadt, dem politischen Zentrum der Stadt. In 1995, 1996, und 2003 erhielt sie den Titel „Opernhaus des Jahres." Es bietet Platz für 2.400.

Die Alte Oper ist ein Konzertsaal und ehemalige Opernhaus in Frankfurt am Main, Deutschland. Es ist eine Meile von der neuen Opernhaus. Es wurde 1880 eingeweiht, im Zweiten Weltkrieg im Jahr 1944 bombardiert, und langsam in den 1970er Jahren wieder aufgebaut. Die Wiedereröffnung war im Jahr 1981. Die Alte Oper dient als Heimat des Frankfurt Radio Symphony Orchesters.

Singing is incorporeal. You cannot touch it, yet it can hold us with irresistible power. It is just vibrations in the air, but it also puts our souls in motion – and sometimes we even feel it physically. This phenomenon can be experienced night after night at the opera. It is a 'mingling of soul and body': This could be the motto of our opera house.

Frankfurt Opera, Season 2012/2013
Intendant Bernd Loebe

Gesang ist immateriell. Man kann ihn nicht anfassen, und er ergreift uns doch mit unwiderstehlicherMacht. Es sind nurSchwingungen der Luft, aber sie versetzen auch unsere Seele in Schwingung – und manchmal spüren wir sie sogar körperlich. Dieses Phänomen lässt sich Abend für Abend in der Oper erleben. Es ist ein 'Spiel von Seele und Körper': Das könnte das Motto unseres Opernhauses sein.

Oper Frankfurt, Saison 2012/2013
Intendant Bernd Loebe

Prolog

Nach Luft schnappend renne ich auf die Bühne, um mich irgendwo zu verstecken. Ich sehe das Wachhäuschen der Soldaten, dessen Tür zum Publikum zeigt, und in dessen hinterem Teil sich ein Vorhang befindet, der das Licht der Hinterbühne abschirmt, wenn die Tür geöffnet ist. Dort renne ich hinein und schließe die Tür hinter mir.

Was zur Hölle mache ich? Ich fliehe vor einem Mörder, der mich fieberhaft auf der Seitenbühne sucht. Ist dies der Moment, wo mein Leben vor meinen Augen vorbeiziehen sollte? frage ich mich. *Ich bin zu jung, um allzu viel Leben zu betrachten, also sollte ich besser einen Ausweg aus dieser Situation finden.*

Ich setze mich auf den kleinen Hocker in der winzigen Hütte und lehne mich nach vorne, die Ellbogen auf die Knie gestützt und mein Kinn in den Händen, und schaukle hin und her. Auf der Hinterbühne höre ich jemanden bei der Suche nach mir Vorhänge zur Seite schieben und Stühle bewegen. Ich versuche flach zu atmen, damit ich mich nicht verrate.

Shit! Wie konnte ich in dieses Dilemma geraten? Wie konnte das geschehen? Er muss mich mit jemandem verwechseln. Nein, ich weiß, dass das nicht stimmt. Wie konnte ich mich so in dem Übeltäter täuschen? Ich habe einige Wochen Zeit verschwendet. Was, wenn er meiner besten Freundin etwas antut? Oder jemand anderen verletzt?

Das Orchester beginnt mit der Musik zum zweiten Akt der Oper *Zauberflöte* und schreckt mich aus meinen Gedanken, so dass ich auf meine Füße springe und erkenne, dass ich mich nicht länger im kleinen Soldatenwachhäuschen auf der Bühne verstecken kann. Der Solist wird jeden Augenblick auftreten und mein Versteck verraten. *Was soll ich tun? Was soll ich tun? Denk nach! Denk nach!*

Ängstlich schaue ich umher und wünschte, ich hätte etwas, womit ich mich selbst verteidigen könnte, aber leider gibt es bei meinem Bühnenkostüm, das aus einem glänzenden silberblauen Hosenanzug und einem weißen Herrenhemd mit einem kurzen Umhang besteht, keinerlei Waffe. Die George Washington-Perücke ist zu auffällig, und er weiß, dass ich in diesem Kostüm stecke. Ich trage 10 cm hohe, silberne Stöckelschuhe, für die man sterben könnte, aber das meine ich im übertragenen Sinne. Vielleicht kann ich einen davon ausziehen und ihm damit auf den Kopf schlagen. *Lass die Belanglosigkeiten, Mädchen, denk nach!*

Ich entscheide, dass Flucht sicherer ist als Kampf, greife den Priesterhut und Umhang, die an der Wand des Wachhäuschens für eine andere Szene bereithängen. Ich schleiche mich durch die Vordertür des Häuschens und stehe auf der Bühne vor dem Publikum.

Die Szene beginnt mit dem Marsch der Priester. Sie treten von links und rechts auf, lächelnd und sich begrüßend, um sich dann in einer diagonalen Reihe vor dem Isis-und-Osiris Schrein mit seinen zwei riesigen goldenen Götterstatuen auf der hinteren Bühne aufzustellen. Es gibt zwei hölzerne Wachhäuschen, auf jeder Seite des Schreins, aus denen die beiden Tenöre, die die Rolle der Sprecher spielen, auftreten. Sie singen diese Szene und stehen dann neben Sarastro während seiner Arie.

Wenn ich meinen Kopf nach unten halte, kann ich mich in den Männerchor einreihen, und es hilft ihm nicht weiter. Also los. Ich ziehe den Umhang an, um mein Kostüm zu verbergen, setze den Hut über die Perücke und trete auf die Bühne. Dort bleibe ich stehen und schüttle Hände, wie die Priester es tun. *Bitte verratet mich nicht!* flehen meine Augen, und ich schüttle meinen Kopf ein wenig, als Paul mich mit erhobenen Augenbrauen ansieht, während ich ihm die Hand gebe.

Sie singen den Isis und Osiris Chor, und ich habe nicht die leiseste Idee vom Text, also bewege ich nur meinen Mund und wende mein Gesicht vom Publikum ab. Während Sarastro singt, versuche ich, auf die Seitenbühne zu sehen, aber ich kann wegen des hellen Bühnenlichts nichts im Schatten erkennen. Dieser verdammte Hut ist zu groß für meinen Kopf, sogar über der Perücke, und ich muss ihn mit einer Hand festhalten, damit er mir nicht über die Augen rutscht. Ich seufze. Ich sehe, dass er an der Seite steht und den Vorhang mit seiner linken Hand festhält. In der rechten Hand hält er etwas, das bedrohlich aussieht. Rasch tauche ich unter meinem Hut und sehe Sarastro an. Er blickt mich mit weit aufgerissenen Augen an, weil ich ihm gerade seine wichtigste Szene vermassele. *Was für ein Arschloch! Er ist ein aufgeblasener Depp, auch wenn er nicht auf der Bühne steht.*

Und nun? Die Arie ist fast fertig, anschließend werden die Herren von der Bühne marschieren. Er kann mich greifen, wenn ich am Vorhang vorbei gehe. Ich beschließe, umzudrehen und auf der anderen Bühnenseite abzugehen. Das Publikum mag murmeln und brabbeln, wie lächerlich ich aussehe, und der Regisseur wird wütend sein, aber was soll's? Mein Leben steht auf dem Spiel.

Ich renne zu den Aufzügen, aber er ergreift meinen Umhang. Schnell öffne ich ihn, und er hält ein leeres Kleidungsstück in der Hand. Ich renne den Korridor entlang.

Oh, hier gibt es kein Versteck! Was soll ich tun? Warum ist hier draußen niemand? Oh, sie stehen alle für ihren nächsten Bühnenauftritt bereit.

Rasch drehe ich um und laufe stolpernd auf den Tunnel zu. Schweigend, schreie ich innen.

Hilfe! Warum ist nie ein Polizist zur Stelle, wenn man ihn braucht? Oh, hilf mir Gott, er ist direkt hinter mir!

Kapitel 1
Das Arbeitsleben einen Monat zuvor

„Bravo! Bravi! Bravissimo!" ruft die Menge im Frankfurter Opernhaus nach der Sopranarie der Elisabeth, „O ciel", mit einem hohen h. Die Note ist voll und hoch und unmöglich, sie scheint eine ganze Minute lang in der Luft zu hängen. Sie bildet das Ende des letzten Aktes von *Don Carlos*. Elisabeth sinkt bewusstlos zu Boden. Wie gewöhnlich, beginnt das Publikum zu applaudieren, bevor das Orchester ausgespielt hat. Sie denken immer, die Oper ist vorbei, wenn die Sänger mit dem Singen fertig sind, nicht, wenn die letzte Note gespielt ist. *Na ja*, denke ich, *daran sind wir gewöhnt*.

„Bitte, alle Beteiligten auf die Bühne!" hören wir hinter der Bühne den Inspizienten, der uns auffordert, unsere Plätze für die Applausordnung einzunehmen.

Während die Solisten sich nach vorne begeben, stellen wir Choristen uns im hinteren Teil der Bühne von der Seitenbühne her auf. Wir wissen, dass das Publikum in erster Linie für die Solisten klatscht, welche den Generalmusikdirektor (GMD), Herrn Mauer, auf die Bühne nötigen, um sich mit dem Orchester zu verbeugen. Er sieht sehr groß und vornehm aus in seinem schwarzen Frack, trägt aber sein Haar als eine wilde graue Mähne, die er mit beiden Händen nach hinten streicht. Wir nennen ihn Einstein, aber nur unter uns. Er verbeugt sich steif, wie ein Roboter. Ich könnte schwören, er hat einen Stock im Hintern!

Uns ist es einerlei, dass der Chor nicht viel Anerkennung bekommt. Wir wissen, dass sie trotzdem alle hundert Leute von uns für das Stück brauchen. Wie herrlich ist es doch, im Frankfurter Opernhaus zu spielen und dafür bezahlt zu werden, diese großartige Verdi-Musik zu singen! Seine Chöre sind stets gesättigt mit Melodien und Harmonien, die eine sängerische Herausforderung darstellen und die volle Stimme verlangen. Tatsächlich gibt es für den Chor oft gemischte Ensembles mit den Solisten.

„Ich liebe diese Oper, aber wir sind jetzt dreieinhalb Stunden auf den Beinen, und meine Füße bringen mich um", sage ich zu meiner Freunden Jenny, die neben mir steht. Die Bühnenbeleuchtung knallt auf uns herunter, und ich verlege mein Gewicht von einem Fuß auf den anderen; es fühlt sich an, als stünden wir auf einem Grill.

Jenny ist Amerikanerin. Sie ist etwa so groß wie ich, 1,85 m, und hat eine umwerfende Figur. Die Jungs im Theater und sogar auf der Straße sehen ihr immer hinterher. Sie hat langes, glattes, schwarzes Haar bis zum Po, das sie immer zur Seite ziehen muss, wenn sie sich setzt. Auf ihrem Gesicht hat sie ein falsches Lächeln, als wir uns wiederholt verbeugen. Sie ist meine beste Freundin und hat mir sehr geholfen mit den unzähligen Dingen, die ich erledigen musste, um in Deutschland Fuß zu fassen.

Manfred, der auf meiner anderen Seite steht, wischt sich mit dem Arm über das Gesicht und murmelt: „Ich bin es so leid, dieses stinkige Kostüm zu tragen. Kann es nicht erwarten, rauszukommen!"

Manfred ist Deutscher, geboren in Hamburg, und singt Bariton im Chor. Er ist muskulös, hat mittelbraunes Haar und einen Spitzbart. Ich finde immer, Spitzbärte sehen albern aus - Männer sollten entweder einen Vollbart haben oder sich rasieren. Spitzbärte sehen aus, als hätten sie eine Spülbürste unterm Kinn.

Auf Jennys anderer Seite steht Angelique. Sie gähnt und versucht, dies hinter ihrer Hand zu verbergen. „Ich weiß nicht, warum wir immer bis zum Schlussapplaus bleiben müssen, wir waren schon vor dreißig Minuten fertig!" So viel zum glamourösen Leben eines Opernsängers.

Nach einer langen Vorstellung sind wir erschöpft und können nur noch daran denken, nach Hause zu kommen und zu schlafen. Angelique ist Französin und sehr zierlich, und wir hören gern ihr Deutsch mit Pariser Akzent. Sie ist gutmütig und immer geschwätzig, besonders bei unseren frühen Vormittagsproben, wenn kein Mensch auch nur wach genug ist, um geradeaus zu denken, geschweige denn zu singen. Sie hat langes blondes Haar und trägt immer acht-Zentimeter-Absätze, womit sie überall herum schwankt. Wir warten darauf, dass sie hinfällt, aber vielleicht denkt sie, es verleiht ihr beim Gehen eher ein sexy französisches Wackeln. Ihre Schuhe sind jedenfalls immer ein Gesprächsthema, da sie alle importiert sind und ein halbes Monatsgehalt kosten.

Ich bin Amerikanerin und habe meinen ersten Vertrag zum Singen im Frankfurter Opernchor letzten August bekommen. Wenn ich nicht eine Perücke auf der Bühne trage, bin ich leicht zu erkennen mit meiner Unmenge von roten Locken, die normalerweise unmöglich zu bändigen sind. Dieses Haar sowie meine grünen Augen, die Himmelfahrtsnase und die Sommersprossen sind auf meine irische Abstammung zurückzuführen.

Ich habe zwei Grübchen in meinen Wangen, die ich als Geburtsfehler betrachte, die aber von vielen als niedlich angesehen werden.

Das Frankfurter Opernensemble ist ein Repertoire-Theater. Wir erarbeiten fünfzehn Produktionen innerhalb einer Spielzeit von Mitte August bis Ende Juni. Die Vorstellungen reichen von Opern über Operetten bis hin zu Musicals.

Manche Vorstellungen finden mehrmals im Monat statt, über Jahre hinweg, und andere nur ein paar Monate lang, je nachdem, wie sie ankommen. Der Theaterkomplex beherbergt ebenso das Symphonieorchester, das Ballett und das Schauspielensemble. Mit den verschiedenen Musikproduktionen kommen wir im Chor auf durchschnittlich fünfzehn bis zwanzig Vorstellungen pro Monat.

Für gewöhnlich gibt es zwei Produktionen, die aus der Spielzeit des Vorjahres übernommen werden. Dieses Jahr waren dies *Don Carlos* und *Die Lustige Witwe*. Ich musste die gesamte Musik lernen, bevor ich nach Deutschland kam. Zum Glück gab es zwei Proben vor der ersten Vorstellung, um die Inszenierung wieder aufzufrischen und die Musik durchzuarbeiten. Der größte Teil des Chores hatte diese beiden Stücke im Vorjahr bereits gesungen, für sie war es Routine. Aber für mich war alles neu. Ich musste wirklich aufpassen, um in diese Produktionen hineinspringen zu können. Ja, das bedeutete Stress. Aber irgendwie habe ich es geschafft und nun gibt es für mich weniger Stress.

Im September haben wir mit einer neuen Inszenierung von *Orpheus in der Unterwelt* von Offenbach begonnen. Es ist eine lustige französische Operettenkomödie, in welcher der Can-Can vorkommt, getanzt von den Ballettmädchen. Hoffentlich haben wir das Glück, mit ihnen tanzen zu dürfen.

Ich fragte meine Freundin Suzanne, die im *Orpheus* Solo singt, ob sie sich auch auf die Aussicht freut, Can-Can zu tanzen. Sie sah mich an und antwortete: „Ich Can-Nicht, also komm bitte nicht auf die Idee, es vorzuschlagen!"

Suzanne ist ebenfalls Amerikanerin. Sie war drei Jahre lang in Aachen im Chor, um sich das Leben in Deutschland zu ermöglichen, und sang dann für eine Solostelle vor. Fünf Jahre lang war sie als Solistin in Gießen tätig, wo sie der Frankfurter GMD hörte. Er mochte ihre Stimme und engagierte sie für Frankfurt. Suzanne ist eine kräftig gebaute Dame, und eine gute Darstellerin, hat aber manchmal Probleme, einen Job zu finden, weil sie groß und stämmig ist. Wissen die Leute nicht, dass gut geschneiderte Kostüme das ausgleichen können? Weil sie Chorsängerin war, ist sie sich nicht zu fein, sich mit uns abzugeben.

Es gibt eine Menge verschiedenartiger Proben, wenn eine Oper einstudiert wird. Wir beginnen mit musikalischen Proben, gefolgt von Bühnenproben, dann eine „Orchestersitzprobe", bei der wir einfach nur die Musik zusammen mit dem Orchester durchsingen, dann die Orchestersitzprobe auf der Bühne im Kostüm oder „Hauptproben" und „Generalprobe", und schließlich die Premiere. Der gesamte Vorbereitungsprozess dauert normalerweise etwa zwei Monate. Morgen haben wir eine frühe Bühnenprobe um 10.00 Uhr.

Jedem anderen erscheint dies ein relativ später Start in den Tag, aber man muss verstehen, dass dies kein gewöhnlicher 8-Stunden-Job ist. Heute Abend hatten wir eine Don Carlo Vorstellung. Das heißt, ich musste eine Stunde vor meinem ersten Auftritt im Theater sein. Deshalb muss ich dort um 18.30 Uhr erscheinen, um mich zu schminken, die Perücke aufgesetzt und das Kostüm angezogen zu bekommen und mich einzusingen. Die Vorstellung dauert dreieinhalb Stunden, und dann dauert es mindestens eine halbe Stunde, um die Schminke wieder abzukriegen und sich umzuziehen, daher bin ich nie vor Mitternacht zu Hause. Und all das berücksichtigt nicht, dass ich nach einer Vorstellung nie einschlafen kann, ich bin immer viel zu aufgeregt.

Als ich zuerst im Theater ankam, stieß ich mit einem der Solisten zusammen, der sich im Chorsaal einsang, und er sagte: „Ich brauche diesen Raum, um mich einzusingen. Chormitglieder müssen sich nicht einsingen."

Wie bitte, dachte ich, *nur weil wir kein Solo singen, brauchen wir uns nicht einzusingen?* Nun, einige von uns sind neu dabei und meinen, dass wir das auch bräuchten.

Aber dann erfuhr ich, dass die meisten Chormitglieder sich nicht die Mühe machen, ihre Stimme aufzuwärmen, was mir ein wenig stumpfsinnig erscheint. Sie sehen das Ganze einfach als einen Job an und dächten nicht im Traum daran, zu üben oder sich vorher die Musik anzusehen. Läuft man einen Marathon, ohne sich aufzuwärmen oder Stretching-Übungen für die Beinmuskulatur zu machen? Ich landete also summend in der Toilette, so musste ich wenigstens nicht kalt, ohne meine Stimmbänder eingesungen zu haben, auf die Bühne gehen. In Zukunft werde ich mich zu Hause einsingen, wenn möglich.

Wenn wir gerade nichts auf der Bühne zu tun haben, sitzen wir entweder ruhig auf der Seitenbühne, gehen in unsere Garderobe oder runter in die Kantine, um etwas zu essen oder zu trinken. Ich habe unendlich viele „Kaffee mit Milch, bitte!" getrunken, während wir auf den Durchruf für unseren nächsten Auftritt warteten. Zum Glück haben wir Lautsprecher in unseren Garderoben und einen Bildschirm, der uns zeigt, was gerade auf der Bühne passiert, damit wir nicht unser Stichwort für den nächsten Auftritt versäumen.

Nach der Oper sind wir alle am Verhungern und noch aufgekratzt von dem Erlebnis auf der Bühne, daher ist es nicht ungewöhnlich für uns, noch spät etwas zu essen, bevor wir nach Hause gehen. Auf dem Weg zur Probe bin ich oft noch müde vom Abend zuvor.

Unser normaler Plan sieht vor, morgens zu proben und dann wieder abends zu proben oder eine Vorstellung zu haben. Sonntags morgens haben wir frei, plus einen weiteren Vormittag und einen Abend pro Woche, aber nicht am gleichen Tag.

Bevor ich hierher kam, hatte ich keine Ahnung davon, dass es alle möglichen gewerkschaftlichen Regelungen gibt dafür, wie viele Stunden eine Probe dauern darf, wie lange der Zeitraum zwischen Proben und einer Vorstellung und der Probe am nächsten Morgen sein muss. Zwischen einer Probe am Vormittag und der nächsten müssen vier Stunden liegen. Eine musikalische Probe darf höchstens zwei Stunden dauern, mit einer Pause von 15 Minuten dazwischen. Orchesterproben dürfen drei Stunden dauern, mit einer Unterbrechung von 15 Minuten, und eine Kostümprobe kann so lange dauern, wie es notwendig ist. Überlassen wir es den gut organisierten Deutschen, dies auszutüfteln.

Etwas muss man natürlich sagen, dass dadurch unsere Stimmen geschont werden. Wenn man jeden Tag sechs bis acht Stunden singen müsste, zehn Monate lang, würde es für die Stimme zu angestrengt sein. Die meisten Menschen wissen nicht, dass es sich bei den Stimmbändern um Muskeln handelt, die trainiert werden müssen. Allerdings muss man die Kraft, wie bei jedem anderen Muskel, langsam aufbauen. Man würde nicht 100 Meter schwimmen, ohne täglich zu üben, und mit der Stimme ist es das gleiche. Man muss täglich stundenlang trainieren, um genauso viele Stunden täglich etwas aufführen zu können. Ganz zu schweigen davon, dass man den gesamten Körper beim Singen einsetzen muss, zum Atmen, für das Gleichgewicht und die Bewegung. Die meisten Leute wissen dies nicht, aber eine Oper aufzuführen und zu singen kann körperlich so anstrengend sein wie ein Triathlon.

Auf der Bühne sind wir noch immer am Lächeln und verbeugen uns als Gruppe, wobei wir auf die Zeichen unseres Chordirektors achten.

Immer nur lächeln, denke ich, und mein Gesicht ist zu einem breiten Bühnenlächeln eingefroren. *Das zahlt die Rechnungen, denk daran!* Ich kann immer noch nicht glauben, dass ich ein richtiges Gehalt dafür bekomme, das ganze Jahr über Opern zu singen. Meine Stimme zahlt meine Miete UND mein College-Darlehen. Ich bin dankbar und immer noch erstaunt darüber. Aber hier, am Ende von *Don Carlos*, wenn die Zuschauer sich erheben für noch mehr donnernde Ovationen, horche ich auf ihren Applaus, der die Bühne erschüttert und denke *Mein Gott, ich verhungere, und ich brauche jetzt wirklich was alkoholisches zum Trinken.*

Kapitel 2
Garderoben-Diven

Während wir uns durch die Massen von Sängern schlängeln, die von der Bühne abgehen, fragt Jenny: „Möchtest du die Treppen raufgehen und dich durch die Mengen schubsen oder auf den Aufzug warten?"

„Ich glaube, es geht schneller, wenn wir die Treppen nehmen, auch wenn wir eventuell niedergetrampelt werden", antworte ich. Mein Kleid auf beiden Seiten hochnehmend, gehe ich in Richtung Treppe zwischen den beiden Aufzügen, um in den zweiten Stock hinaufzusteigen.

Wir trotten die Treppe nach oben zu den Garderoben der Chordamen. Es dauert mindestens zehn Minuten, bis hundert Menschen nach oben gelangt sind.

Die Räume der Solisten liegen im ersten Stock, auf der gleichen Bühnenseite wie die Aufzüge. Es befinden sich nur ein oder zwei Personen darin, und keine Stufen. Für die Damen des Chores gibt es vier Garderobenräume für jeweils sechs Personen, und einen etwas größeren Raum für zehn Personen.

In unserem Sechser-Raum sind Plätze für jeweils drei Damen auf jeder Seite, an jedem gibt es helle Lampen um einen rechteckigen Spiegel, eine Garderobenstange in der Mitte und einen gepolsterten Stuhl ohne Armlehnen. Gegenüber der Tür befindet sich eine kleine Toilette mit einem Waschbecken. Der Garderobenraum ist groß und hat Fenster an einer Seite, so fühlen wir uns nicht zu eingeschlossen in einem stickigen Raum ohne Luft.

„Als ich am Gelsenkirchener Theater war, hatten wir alle zwei große Räume, und in jedem befanden sich einundzwanzig Sängerinnen. Unsere Garderoben hier sind eher so, wie dort die Solo-Garderoben waren", sagt Heidi, die rechts von mir sitzt.

Ich kann mir den Geräuschpegel mit so vielen Frauen in einem Raum nicht vorstellen. Unsere Garderobiere, Marta fragt uns, „Bitte, lass mich Ihnen helfen die Kleidung auszuziehen," und versucht uns aus unserer Kostüme zu helfen.

Marta kommt aus Bulgarien und ist manchmal schwer zu verstehen. Sie trägt ihr braunes Haar stets in geflochtenen Zöpfen, die sie um den

Kopf windet. Wenn sie uns beim An- und Ausziehen behilflich ist, trägt sie keine Uniform, aber ein langes Kleid mit einem Kittel.

Auf jeder rechten Seite unserer Schminktische gibt es drei kleine Schränke, in denen wir unsere Mäntel und die Straßenkleidung aufhängen können. Jeder bekommt einen Schrank zugewiesen, der mit einem Zahlenschloss ausgestattet ist. So sind unsere Handtaschen und persönlichen Wertsachen sicher verstaut, während wir auf der Bühne sind.

„Danke, Marta, hier ist mein Kostüm aus dem letzten Akt", antworte ich.

Die meisten Frauen behandeln sie, als ob sie ihre Dienerin wäre, und verstimmen sie, was mich wirklich ärgert. Oft sehen sie sie nicht einmal an, geschweige denn ihr zu danken oder mit ihr zu reden.

Die Männer des Chores haben vier Garderoben auf der anderen Seite des Ganges. Wir können sie durch die Wände scherzen hören.

Plötzlich steht Karl-Walter in der Tür. Er sieht mich an und fragt: „Hast du die Formulare für die Deutsche Bühnengewerkschaft ausgefüllt, die ich dir gegeben habe?" Ich glaube, er möchte einen Blick auf uns erhaschen, während wir uns umziehen.

Karl-Walter war ein paar Jahre lang Solist in Hof, bevor er zum Chor ging. Im Frankfurter Chor singt er seit zwanzig Jahren Tenor. Er ist groß, aber korpulent und hat einen deutlichen Bierbauch. Ich glaube, er hat zu viel Wurst gegessen und Bier getrunken. Nach dem Essen hat er immer etwas auf seinem Hemd geschmiert. Es stößt mich jedesmal ab, wenn ich ihn sehe.

„Ich bringe sie dir morgen mit", antworte ich verärgert und halte meine Jeans vor die Brust.

Als Chormitglieder müssen wir dem „Deutschen Bühnenverein" beitreten, der seine Mitglieder hinsichtlich aller Regelungen und Vereinbarungen berät und uns vertritt, falls Probleme auftreten. Es gibt je einen Vertreter für das Orchester, den Chor und die Schauspieltruppe. Wir wählen unseren Chorvertreter, der ein Büro auf dem Gang neben der Garderobe hat.

In den vergangenen vier Jahren war Karl-Walter Bohnen der Chorvertreter. Er ist ein bisschen aufgeblasen wegen seines Postens, aber man sagt mir, er achte wirklich gut darauf, dass die Rechte des Chores beachtet werden (wie ausreichend Zeit zwischen Proben und Vorstellungen, sowie Pausen, die Beleuchtung und Sicherheit auf der Bühne - eine Menge Vorschriften). Wir werden sehen. Bei der ersten Chorprobe übergab er mir ein dickes Pamphlet, in dem alle Rechte eines Chormitgliedes erläutert sind. Ich kann die ganzen technischen und juristischen Begriffe in Deutsch nicht verstehen.

Als ich zum ersten Mal mit ihm sprach, sagte er in einer etwas spöttischen Art: „Du musst mir nur sagen, wenn es irgendein Problem mit irgendwem im Theater gibt, dann helfe ich dir.", wobei er an mir herauf und herab sah, was mir Gänsehaut verursachte. Was für ein eingebildeter Fatzke! Er wäre der Letzte, den ich ansprechen würde. Er ist sicherlich über vierzig, und so schlampig und ekelhaft!

Anscheinend hat er eine Freundin im Ballett, und ich sehe sie häufig aus seinem eigenen Büro kommen. Erika schimpft immer scherzend: „Wir wissen, dass in diesem Raum etwas Unanständiges vorgeht, und sie tauschen sich nicht über Verträge aus." Wie er auf jemanden, der so schlank und zehn Jahre jünger ist als er, attraktiv wirken kann, ist mir ein Rätsel. Diese Frau sucht entweder Einfluss oder Geld.

Meine Freundin Jenny sitzt auf meine linken Seite, und murmelt aus dem Mundwinkel: „Guck mal zu Heidi. Ist das zu glauben?"

Ich schaue vorsichtig nach rechts und sehe, dass Heidi, die normalerweise aussieht wie eine kleine, unscheinbare Hausfrau, eine scharlachrote Lustige-Witwe-Korsage trägt mit Mieder und Strümpfen, die von schwarzen Strumpfbändern gehalten werden. Hallo, Victoria's Secret. Sehr erstaunlich! Ich frage mich, ob sie verheiratet und in Wirklichkeit eine verkleidete Carmen zu Hause ist. Jenny kichert neben mir. Heide trägt sonst stets unscheinbare, formlose Kleider, und entweder hat sie eine Perücke auf oder sie verklebt ihr eigenes Haar so mit Haarspray, dass man es selbst mit einem Hammer nicht aus der Form bekäme.

„Fass nichts an, das zu meinem Platz gehört!" kreischt sie, denn sie hat einen Bazillen- und Sauberkeitsfimmel. Alles hat seinen Platz, und wehe, wenn man etwas von ihren Sachen anfasst! Ich frage mich, ob ihre Familie mit Howard Hughes verwandt ist.

Dann gibt es noch Erika, gegenüber von mir. Sie ist dürr und verschrumpelt, deshalb werden ihre Kostüme immer ausgestopft, um sie besser in Form zu bringen. Bei unserem ersten Zusammentreffen, im Aufzug auf dem Weg zu meiner ersten Chorprobe, sagte sie auf Deutsch: „Sieh dir das neue Frischfleisch an!", und meinte mich. Ich tat so, als würde ich sie nicht verstehen, was aber nicht stimmte.

Ich streckte ihr meine Hand entgegen und sage lächelnd: „Ich heißt Myra Barnett und bin eine neue Altistin im Chor. Ich komme aus den USA. Und Sie sind?"

Widerwillig mein Hand schüttelnd (es wäre sehr unhöflich, dies nicht zu tun), erklärte sie: „Mein Name ist Frau Strichler. Ich bin ebenfalls Altistin und bin schon seit fünfundzwanzig Jahren im Chor. Wenn ich Sie wäre, würde ich auf ein erfahrenes Chormitglied hören, um die richtigen Vorgehensweisen für die Vorstellungen in diesem Theater zu erlernen."

Sie ist dermaßen unerträglich. Mein Ziel ist es, ihr im Weg zu stehen und sie dazu zu zwingen, mich wahrzunehmen und mich letztendlich anzusprechen und beim Vornamen nennen zu müssen. Ich gehe ihr mit Sicherheit auf die Nerven jetzt, wenn ich immer „Guten Morgen!" rufe beim Betreten eines Raumes, indem ich sie explizit ansehe mit einem zuckersüßen Lächeln. Sie kleidet sich immer mit einem Pulli aus den Siebzigern und langen Hosen, mit passender Handtasche und Schuhen.

An Erikas rechter Seite sitzt Leila, die aus Rumänien kommt. Sie sieht aus und benimmt sich wie Zsa Zsa Gabor, groß und stattlich, mit einer blonden Turmfrisur. Sie bittet immer darum, das Fenster zu schließen, wegen der Zugluft. „Es zieht, bitte machen Sie das Fenster zu, meine Liebe." Ich habe bemerkt, dass sie es niemals selbst tut - sie kommandiert nur die anderen herum. Ehrlich, sie verzieht ihre Lippen und schmollt wie ein Teenager. Sie ist definitiv unsere beste Chordiva. Gern trägt sie jede Menge Schmuck und elegante, extravagante, glänzende Blusen mit Schals in allen möglichen Farben. Keiner ihrer Finger ist ohne Ring. Sie nimmt sie ab und steckt sie in ein ausgepolstere Schmuckkästchen, was sie bei jeder Vorstellung in ihr Schrankfach einschließt. Sind sie etwa mit Diamanten bestückt? Als ob wir uns etwas daraus machten!

Jenny setzt ihre Perücke verdreht auf und singt: „Look at me, I'm Sandra Dee! Lousy with virginity. Won't go to bed til I'm legally wed, I can't, I'm Sandra Dee!", und ich lache mich schief. Die anderen Damen sehen uns an, als ob wir den Verstand verloren hätten. Ich hoffe, sie verstehen nicht allzu viel Englisch. Ich bezweifle, dass sie das Wort *virginity* als englisches Standard-Vokubular gelernt haben in der Schule. Jennys Albernheit hilft jedenfalls, die Spannung und die Müdigkeit des Abends zu lindern.

Sie zupft an ihrem langen schwarzen Haar, blickt in den Spiegel, kneift die Augen zusammen und sagt: „Ich muss unbedingt mein Haar wieder nachfärben. Ich sehe meine weiße Strähne herauswachsen. Sehe aus wie ein Stinktier!" Sie hat Cherokee-Blut in sich, und diese Strähne mitten im Haar neben dem Scheitel hat sie, seit sie zehn Jahre alt war. Ich finde, es sieht exotisch aus, und könnte leicht einige Teenager benennen, die als heiße Feger durchgingen mit so einer Strähne.

„Guess mine is not the first heart broken, my eyes are not the first to cry...." trällert Jenny beim Ausziehen. Ich glaube, heute abend ist sie auf dem Grease-Trip. Man weiß nie, aus welchem Musical sie etwas singt, und die meisten Chormitglieder aus Europa haben diese Melodien nie gehört. Aber Jenny bringt uns alle zum Lachen mit ihren Späßen. Für gewöhnliche singe ich eine Alt-Harmonie zu ihrem Gesang.

Die Sechste in unserem Raum ist die sehr stille Maria. Sie ist klein, zierlich und trägt immer Hosenanzüge. Sie sieht aus wie „Munchkin"in the Wizard of Oz. Wir machen Witze darüber, dass sie aufstehen soll, wenn sie bereits steht. Sie weiß, dass wir nur Spaß machen und ist nicht beleidigt.

Sie ist stets sehr höflich und sagt freundlich „Nach Ihnen", lässt andere Personen zuerst durch eine Tür gehen. Sie kann nicht verstehen, dass die Chorsänger, die am längsten hier sind, meinen sie haben Vorfahrt und sich einfach an ihr vorbeidrängeln. Paul erzählte mir, dass sie die einzige Unterstützung für ihre Familie in Krakau ist und den Großteil ihres Gehaltes nach Hause schickt. Sie hat die Karol Szymanowki-Musikakademie in Kattowitz besucht mit einem Abschluss als Sängerin. Ihre Sopranstimme klingt sehr schön, aber sie konnte nicht als Solistin engagiert werden, weil sie nur 1,55 m groß ist. Die Gewerkschaft sollte einen Paragrafen bezüglich Vorurteilen gegen die Körpergröße von Personen aufstellen. Es ist unfair.

Maria kommt aus Polen, dem größten katholischen Land in Europa, und besucht regelmäßig die Kirche. Oft trägt sie ein Kreuz um den Hals. Ihr Haar ist dunkel, mit einem konservativen, schulterlangen Pagenschnitt. Wenn man eine Garderobe teilt, lernt man eine Menge über Leute. Ob man will oder nicht.

„Bitte achtet darauf, die Kostüme nicht zu verkrumpeln, und setzt eure Perücken auf die Styropor-Köpfe, damit die Maskenbildner sie für den nächsten Gebrauch vorbereiten können", sagt Marta, als sie uns aus den Kostümen hilft, die aufgehängt und für die nächste Vorstellung aufbewahrt werden.

Die Kostüme werden an einen frei stehende Garderobenständer gehängt, der vor jeder Vorstellung mitten in den Raum gestellt und danach wieder herausgerollt wird.

„Der Samtstoff unserer Hofdamen-Kostüme fühlt sich toll an, aber die weiße Halskrause liegt wirklich etwas eng an, und die Puffärmel sind so steif. Sie krumpeln bei jeder Bewegung", kommentiere ich, als ich Marta das Kleid gebe.

Jenny beklagt sich: „Der riesige, gefütterte Reifrock, den ich um die Taille gebunden habe, ragt mindestens 30 cm unter jeder Hüfte heraus. Er wiegt eine Tonne, und ich kriege Kopfschmerzen, wenn ich ihn eine Zeit lang getragen habe." Die Kleider haben Fischbein-Korsagen, die uns eine schmeichelhafte Figur verleihen. Es ist vollkommen unmöglich, sich in diesen Gewändern zu setzen, ohne das Gleichgewicht zu verlieren und zu fallen (was mir in der ersten Probe passiert ist), aber es sieht sehr elegant aus. Der Regisseur wollte, dass ich mich auf den Boden setze auf der Vorderbühne und einen dünnen Schal schwenke in der Gartenszene mit den Hofdamen der Königin. Er änderte seinen Plan nach der ersten Kostümprobe, da ich nicht vom Boden hochkam. Lustig anzusehen, aber ich hielt mich doch für etwas koordinierter. Jenny musste mich an den Händen hochziehen. Praktikabilität ist kein Kriterium für Kostümbildner.

Für die Autodafé-Szene am Ende des dritten Aktes sind wir als Bürger der Stadt gekleidet. Diese Kostüme sind rechteckig ausgeschnittene, wollene, bodenlange Kleider mit langen Ärmeln, die vom Ellbogen herunterbaumeln. Darüber tragen wir einen Schal, da wir so tun, als stünden wir draußen in der Kälte. Auf unseren Köpfen tragen wir Kappen oder Kapuzen mit hauchdünnen Schleiern darüber. Wir haben schwarze Schuhe an zu allen Kostümen, so muss man nicht zu viele verschiedene Schuhe für die verschiedenen Stücke bereitstellen.

Richtig gut an der Autodafé-Szene ist die Idee, dass sich die Bühne in vier Stufen teilt, die sich nacheinander heben, beginnend mit der hinteren, während wir singen. Das sieht für das Publikum sehr Ehrfurcht gebietend aus. Wir müssen darauf achten, bei der richtigen Bodenmarkierung zu stehen, denn jede Stufe erhebt sich über einen Meter hoch. Ich stehe zum Glück auf der zweiten Stufe, denn ich habe Höhenangst.

Das Autodafé ist der öffentliche Aufmarsch und die Verbrennung der verurteilten Ketzer. Während die Menschen feiern (das sind wir), zerren Mönche die Verurteilten zum Scheiterhaufen. Nicht unbedingt Familienprogramm.

Sechs flämische Gesandte erscheinen plötzlich, angeführt von Don Carlos, und knien vor König Philipp nieder.

„Wer sind diese Menschen, die vor mir knien?" fragt der König.

Don Carlos antwortet: „Abgesandte aus Brabant, aus Flandern, die dein Sohn zu dir sendet."

Sie erbitten vom König Freiheit für ihr Land, aber Philipp entgegnet: „Ihr seid nicht treu zu Gott, und ihr seid nicht treu zu eurem König. Diese Bittsteller sind Rebellen. Wachen! Entfernt sie aus meinen Augen!"

Der König ist definitiv eine harte Nuss. Don Carlos zieht sein Schwert und wird ebenfalls verhaftet. Keine Wohlfühl-Geschichte.

Wir fanden heraus, dass Manni (Manfred, ein Tenor aus dem Chor) farbenblind ist, als wir in dieser Szene rote Schals schwenken sollten, um für die Verurteilung der Ketzer zu stimmen. Die Schals nehmen wir uns von einem Tisch hinter der Bühne, und Manni griff sich einen weißen. Ich muss ihm jedes Mal sagen: „Nein, nein, du sollst einen roten nehmen!", und ihm einen Schal in der richtigen Farbe geben. Jetzt fragt er irgendjemanden, ob er den richtigen Schal hat. Ich frage mich immer, wie er Auto fährt, wenn er die Ampelfarben nicht erkennen kann, aber er sagt er kann Unterschiede in den Schattierungen erkennen. Trotzdem fahre ich nicht mit ihm.

Unsere Perücken für die erste Szene sind in der Mitte geteilt und dann entweder seitlich zu Zöpfen geflochten oder hinten als Knoten zusammengefasst, mit bunten Kämmen aufgesteckt. Meine hat Zöpfe, die meinen gesamten Kopf umfangen, da ich einen kleinen Kopf habe, der so größer wirkt. Die Maskenbildner haben immer Schwierigkeiten mit meinen Perücken, weil mein Kopf so klein ist und ich einen langen, schmalen Hals habe. Standardgrößen passen mir nicht.

Nachdem wir ausgezogen sind und unsere Perücken abgesetzt haben, bittet Jenny: „Gib mir ein bisschen von dieser gesichts Creme. Dieses Pfannkuchen-Make up ist so dick und klebt auf meiner Haut. Ich trage immer Feuchtigkeitscreme auf, aber ich kriege mit Sicherheit jedes Mal einen neuen Pickel, wenn ich es auftrage! Es ist so trocken auf meinem Gesicht!"

Ich nehme die Haarnadeln aus meinem Haar und entferne das Band, das um meinen Kopf gewickelt ist und an dem die Perücke befestigt wird, und antworte: „Dieses Perückennetz auf meinem Haar lässt mich schrecklich schwitzen. Ich bin echt froh, es endlich abzukriegen, mein Haar ist feucht und schlaff. Jede Vorstellung ruiniert meine Frisur. Uh! Ich kann nur Wasser draufgeben und es mit einem Handtuch trocknen, damit es aufgefrischt wird. Man könnte es als „Natur-Styling" bezeichnen." Mein Haar reicht mir etwas über die Schulter und ist tiefrot, wenn es nass ist. Es ist so lockig, dass es sich durch Feuchtigkeit kringelt. Für die Hexen in *Macbeth* wäre das ein super Look.

Schließlich ziehe ich noch mein geknöpftes Hemd an, das ich absichtlich trage, damit ich es ausziehen kann, bevor ich ins Kostüm schlüpfe, ohne Probleme mit der Perücke zu bekommen. Das Hemd muss waschbar sein, aber nach einem Monat kann man es wegwerfen, weil das Make up niemals völlig rausgeht und das Hemd ruiniert. Ich füge mehrere goldene Armbänder hinzu, ziehe meinen wadenlangen blauen Wollmantel an, die pinkfarbene Mütze mit dem passenden Schal, und nehme meine Handtasche. Ich trage etwa Kleidergröße 40, was nicht sehr zierlich ist, mir aber genügend Gewicht verleiht für meine Singmuskulatur. Man kann nicht ohne Zwerchfell singen, man benötigt Bauchmuskeln, die gleichen wie für Sit-ups, die ich hasse.

Nachdem ich meinen Klavierauszug zurück in meinen Schrank gelegt und das Zahlenschloss sicher verschlossen habe, gehe ich die Treppe wieder hinunter. An der Bühnentür treffe ich Simon Sterling und Jenny, und Simon schlägt vor: „Lasst uns zum alten Wasserloch gehen und was futtern."

Simon hat immer lustige Sprüche drauf wie „Stille Wasser gründen tief", woran er sich aber nie hält. Mein Lieblingsspruch ist *„He is as daft as a brush"*, das kommt aus dem Britischen und bedeutet „Er ist dumm." Ich habe diese Sprüche sicher zuvor noch nie gehört, weil ich Amerikanerin bin.

Simon singt Bass im Chor und ist seit zwei Jahres dabei. Er ist 2,06 m groß, schlaksig und schlurft ständig gebeugt herum. Ich nehme an, er hat Angst, gegen einen Türsturz zu knallen. Wenn er irgendwo hineingeht, bückt er sich immer ein bisschen. Er kommt aus London und hat seinen Gesangsausbildung am Royal College of Music abgeschlossen. Er trägt nur Markenklamotten, heute ein langärmeliges Armani-Polohemd und graue Samtjeans mit braunen La Crosse-Schuhen. Sein blondes Haar ist mit roten und hellbraunen Strähnen durchzogen und er ist stets einwandfrei frisiert.

Simon besitzt einen bissigen, raschen Wortwitz, kann aber manchmal sehr scharfzüngig und beleidigend sein. Ich mag seinen Humor aber, und ich fürchte, ich ermutige ihn mit seinem Sarkasmus, weil ich immer lache. Er erhält mich gesund.

CODA *Don Carlos* von Verdi

Diese Oper wurde in Paris im Salle le Pelettier im März 1867 uraufgeführt. Wenn sie italienisch gesungen wird, heißt sie *Don Carlo*, in französisch *Don Carlos*.

Die Geschichte spielt im Jahre 1565 und handelt von Don Carlos, dem Prinzen von Asturias, dessen Verlobte Elisabeth aus politischen Gründen mit seinem Vater, Philipp II. von Spanien, verheiratet wurde.

Lady in Waiting costume, in black velvet with white ruff and puffed sleeves.

Kapitel 3
Futtern nach der Vorstellung

Nach der Vorstellungen versammeln sich einige Mitglieder des Chores, Extra-Chores und des Orchesters in einer Gaststätte direkt gegenüber vom Theater. Der *Burghof* sieht aus wie eine typisches Schweizer Chalet mit Giebeldach, dekorativem Stuck und einem Balkon in hellen Farben. Sehr pittoresk. Draußen nieselt es leicht, darum hüllen wir uns gut in unsere Hüte, Mäntel und Schals.

Der Extra-Chor setzt sich zusammen aus etwa dreißig Leuten, die keine Vollzeit-Sänger sind. Häufig sind es Studenten oder Leute mit anderen Jobs, wie Lehrer oder Anwälte, die aus reiner Berufung singen. Sie wirken mit in Vorstellungen, in denen ein großer Chor erforderlich ist und bekommen eine kleine Aufwandsentschädigung für die Proben und etwas mehr für die Vorstellungen. Sie sind nicht beim Theater angestellt, sondern sozusagen freie Mitarbeiter.

„Dürfen wir uns an den Stammtisch setzen?" frage ich die Bedienung. Das ist ein großer, runder Tisch für etwa fünfzehn Personen. Die meisten Gaststätten haben einen für ihre Stammgäste. Wehe, wenn man dort sitzt und nicht dazugehört! Weil dieses Restaurant aber jeden Abend nach den Vorstellungen von Theatermitgliedern frequentiert wird, gehören wir zur Elite und dürfen daran Platz nehmen.

Simon greift über den Tisch. „Gib mir die Speisekarte, ich habe Hunger wie ein Pferd! Welche Sorte Schnitzel haben sie?"

Tief Luft holend antworte ich: „Hier ist das Richtige für dich: Rahmschnitzel in Sahnesoße, Champignonschnitzel, Käseschnitzel, Jägerschnitzel, Paprikaschnitzel, Putenschnitzel oder Schnitzel Wiener Art. Was wäre deine Wahl des Tages?" Ah, unglaubliche Auswahl!

„Eigentlich habe ich von meiner Mutter, die deutsche Vorfahren hat, gelernt, wie man Schnitzel zubereitet. Aber wir haben immer ein einfaches paniertes Kotelett mit Zitronen-Buttersoße gemacht. Ihr Apfelstrudel ist ein anderes Thema. Wetten, dass ihr nicht wusstet, dass *wienerschnitzel* eigentlich ein österreichisches Nationalgericht ist?" erkläre ich meinen Tischnachbarn.

„Du bist ein wandelndes Lexikon, meine Liebe", sagt Paul und rollt die Augen, weil er meiner nutzlosen Wissensergüsse müde ist.

Paul kommt aus Holland (man sagte mir, das korrekte Wort sein „Niederlande") und war ursprünglich Balletttänzer in einem Theater im Nordwesten Deutschlands. Er musste das Tanzen wegen Knieproblemen aufgeben. Als er bemerkte, dass er nicht mehr weitermachen konnte, weil seine Beine die anstrengenden Bewegungen nicht durchstehen würden, studierte er Gesang und kam in den Chor. Dies ist seine erste Chorstelle.

Er ist sehr nett und spricht Englisch, weil das in den Niederlanden eine Pflichtsprache an den Schulen ist. Er ist groß und schlank, bekommt allerdings allmählich eine Glatze. Diesbezüglich ist er sehr sensibel, also: Keine dummen Witze! Er neigt dazu, sich mit perfekten Model-Mädchen zu verabreden, und wundert sich, dass sie ihn verlassen, sobald sie erfolgreich werden. Als einfacher Chorsänger stellt eine keine Konkurrenz dar zu Männern mit mehr Geld und Ansehen.

„Trinkst du wie gewöhnlich dein deutsches Bier?" frage ich Simon, einen meiner besten Kumpels. Deutsches Bier haut einen eher um als unser verwässertes amerikanisches Bier. Ich persönlich mag Rotwein. „Du vergisst, dass ich Engländer bin und an das deutsche Bier gewöhnt. Sicher trinkst du wieder deinen langweiligen Rotwein?" hänselt mich Simon.

Ich sitze mit meinen Freunden Simon, Suzanne, Paul, Sigi und Jutta zusammen. Suzanne singt die Elisabeth-Solorolle im *Don Carlo*. Sie hat ein wunderschönes Gesicht, wie ein Kinostar aus den vierziger Jahren, mit dichten Augenbrauen und einer kecken Nase, und sie sprüht derart vor Energie, dass es mich ermüdet.

Sigi ist Deutscher und kommt ursprünglich aus Wiesbaden. Er hat an der Frankfurter Musikhochschule studiert. Er ist 1,85 m groß, stämmig und stark. Ich weiß das, weil er mein Partner in *„Die Lustige Witwe"* ist, und mich auf echte Walzerart herumschwenkt, so dass ich um mein Leben fürchten muss. Es ist so berauschend! Jutta ist eine deutsche Grundschullehrerin, die im Extra-Chor singt. Sie hat eine irre Mähne aus langem, blondem Haar, das immer gut und frisch gelockt aussieht, auch wenn sie den ganzen Abend eine Perücke tragen musste.

Ich wende mich an den Kellner: „Bringen Sie mir bitte ein Champignonschnitzel!" Manchmal haben sie eine besondere Sorte Pilze, Pfifferlinge, die aus dem Taubertal südöstlich von Frankfurt kommen. Sie schmecken unheimlich gut, sind aber nicht das ganze Jahr über erhältlich.

Mein Schnitzel ist ein paniertes Kotelett mit Pilzen, und es ist sehr gut - es bedeckt den gesamten Teller und trieft in Pilzsoße. Das ist nicht besonders gut für den Kalorienhaushalt, schmeckt aber gut zu meinem Rotwein. Über mein Gewicht mache ich mir morgen wieder Sorgen. Alles, was man bei Mondlicht isst, hat keine Kalorien, ist mein Wahlspruch.

Simon bestellt eine „große Pizza mit Salami und Zwiebeln und ein großes Bier". Zu mir gewandt fragt er: „Warum nennt man den Keller Herr Ober - gibt es auch einen Herrn Unter?" Wir lachen. Zumindest manche Wörter klingen genauso, wenn auch anders geschrieben - „Bier" ist „beer" und „Haus" ist „house".

„Ich dachte, du wolltest Schnitzel bestellen?" frage ich Simon. Er lächelt nur und schüttelt den Kopf.

Suzanne bestellt Salat Nicoise. Offensichtlich möchte sie ihre Kalorien im Griff behalten, aber sie wird nicht so glücklich nach Hause gehen wie ich. Es ist mir ein Rätsel, dass sie nach so einer anstrengenden Gesangspartie nicht ein ganzes Pferd verspeist. Jutta bestellt eine Gulaschsuppe.

„Ich finde, das Orchester war heute Abend außergewöhnlich gut", gebe ich meinen Kommentar zu Bill, einem der Amerikaner, die im Orchester spielen. Er kommt häufig in die Gaststätte uns sitzt mit uns zusammen.

„Ja", antwortet Bill, „sie schienen heute alle im Takt zu sein, und der Dirigent war gut und hat das ganze Stück zusammen gehalten."

Bill kommt aus Chicago und ist schon seit ewigen Zeiten hier. Er ist mit einer Deutschen verheiratet, sie haben drei Kinder, die Englisch mit deutschem Akzent sprechen. Lustiger Weise antworten sie ihrem Vater nur auf Deutsch, wenn er mit ihnen Englisch spricht, aber mit anderen Personen reden sie problemlos Englisch. Wer kann sich schon in Kinder hineinversetzen?

„Herr Mauer ist ein toller Dirigent für Sänger - er atmet sogar mit den Sängern und sieht uns direkt an, wenn er Einsätze gibt. Er kennt die Inszenierung und hat viel Ahnung vom Singen. Nicht alle Dirigenten sind so, und dann ist es schwierig, ihnen zu folgen. Er dirigiert auch gute Tempi, nicht zu langsam, dass es auf die Stimme geht oder man Probleme beim Atmen hat", urteilt Suzanne.

Ich glaube, viele amerikanische und englischsprachige Darsteller finden sich zusammen, weil sie weit weg von zu Hause sind und nicht besonders gut Deutsch sprechen. Man weiß, dass man gut Deutsch spricht, wenn man beginnt, in Deutsch zu denken und im Kopf auf Deutsch übersetzt, was man auf Englisch sagt. Ich arbeite noch daran.

Viele Menschen, die im Theater arbeiten, besonders Orchestermitglieder, leben nicht mit ihrer engsten Familie zusammen. Die Familien wohnen in anderen Städten oder Ländern. Das muss hart sein. Ich kenne Sänger, die verheiratet sind mit jemandem aus einem anderen Theater, und sie sehen sich einmal im Monat, wenn sie Glück haben. Es ist kein super tolles Leben, das man in Europa als Musiker führt. Aber ich kann mich nicht beklagen, denn ich kann machen, was ich liebe - singen. Ich bin flexibel, weil ich Single bin und problemlos umziehen könnte, ohne mir über einen Ehemann Gedanken zu machen, der an einem anderen Theater arbeitet.

Kapitel 4
Home Sweet Home

„Du wirst ein Taxi nach Hause nehmen müssen, weil es schon nach elf ist. Du fährst ja nicht gern so spät mit der U-Bahn wegen der zwielichtigen Gestalten, die dort überall herumhängen." Simon lächelt mich an und hebt das Glas.

„Alles klar, Sherlock. Ich hatte das schon bedacht", lache ich. „Ich habe Angst, über Betrunkene wie dich zu stolpern, die mir keine Ruhe lassen."

„Was kostet es bis zu deiner Wohnung? Mich kostet es nur etwa sechs Pfund Sterling, wenn ich ein Taxi nehme. Schade, dass wir nicht in der gleichen Richtung wohnen, ich könnte dich mitnehmen", scherzt er.

Er ist so gemein, er weiß ganz genau, dass ich den Wert der britischen oder schottischen Währung nicht kenne. Simon wohnt östlich vom Opernhaus, und ich in westlicher Richtung. Er würde mich mitnehmen, wenn es wirklich nötig wäre, aber ich fahre nicht gern mit ihm, wenn er etwas getrunken hat. Simon fährt ein wunderschönes rotes BMW Cabriolet, das großen Fahrspaß bietet - aber man findet selten einen Parkplatz dafür. Glücklicher Weise hat er eine Garage in der Nähe seiner Wohnung gemietet, so dass er sein Baby an einem sicheren Ort unterbringen kann. Was haben die Männer nur immer mit ihren Autos?

„Ein Taxi kostet nur etwa 5 € zu meiner Wohnung. Das ist es wert, früher nach Hause zu kommen, denn ich bin hundemüde", erkläre ich.

„Könnt ihr mir bitte ein Taxi rufen?" bitte ich Luciano, den Inhaber der Gaststätte.

Er ist etwa fünfzig, hat diese süße, sexy italienische Art, einen anzusehen. Er ist klein, etwa meine Größe, hat schwarzes, welliges Haar und ist sehr vornehm. Er begrüßt seine Gäste immer an der Tür und begleitet sie zu ihren Plätzen. Die meisten Kellner und Köche sind Verwandte von ihm. Er ist ein Gentleman der alten Schule, trägt immer schwarze Stoffhosen mit Jackett und ein schwarzes Hemd. Ich lasse mein Geld auf dem Tisch liegen mit etwas Trinkgeld und der Rechnung. Ich finde es sehr schlau, dass jeder Euro--Schein eine andere Farbe hat, je nach Wert. Auf diese Art kann es nicht passieren, dass man den falschen Geldschein hinlegt, wie es bei amerikanischen Dollars der Fall ist. Die sind alle grün, egal wie viel sie Wert sind.

„Tschüss", rufe ich allen zu, packe mich in meinen warmen Hut, die Handschuhe, Mantel, Schal und gehe zur Tür.

Man muss das Wort *tschüss* stets SINGEN - man kann es nicht einfach sprechen. Man singt es auf zwei Noten, die erste höher als die zweite, und hält den Ton etwa fünf Sekunden lang. Natürlich übertreiben Simon und ich dabei spaßeshalber.

„Abysinnia!" winkt Simon, ich kenne das auch, es ist ein umgangssprachlicher Ausdruck für „*I'll be seeing you!*"

„Bis morgen!", rufen Jenny und Suzanne unkonzentriert, denn sie zahlen gerade ihr Essen und rechnen das Trinkgeld aus.

In der Rechnung ist das Trinkgeld stets beinhaltet, aber es ist höflich, dem Kellner noch etwas extra zu geben. Ich finde es lustig, dass unter dem Getränk ein quadratischer Pappdeckel liegt, auf den die Kellner Striche machen für jedes einzelne Getränk oder auch den Preis für das Essen, was man bestellt, notieren. Wenn man zahlen möchte, rechnen sie einfach die Pappe oder den „Bierdeckel" zusammen. Praktisch.

„Ich könnte dich auch mitnehmen, aber du wohnst in der falschen Richtung", meint Jutta.

Sie macht bei *Orpheus* nicht mit, deshalb wird sie morgen nicht im Theater sein, außerdem muss sie unterrichten. Ich wundere mich, dass sie so spät noch mit uns unterwegs ist, aber sie war auch hungrig.

„Macht nichts, du hast mich schon oft genug mitgenommen."

Ich verlasse das Restaurant und mache mich auf dem Heimweg. Im November können die Temperaturen 5 Grad Celsius tagsüber und etwa 0 Grad bei Nacht erreichen. Natürlich muss ich die Temperaturen immer in Fahrenheit umrechnen, ich habe immer noch Schwierigkeiten mit den Unterschieden. Ständig dran zu denken, mit soundso viel zu multiplizieren und durch soundso viel zu dividieren - vergiss es! Zum Glück habe ich eine App auf meinem Telefon, die umrechnen kann. Mathe war nie mein starkes Fach an der Schule.

Als ich anfangs hierher zog, fragte ich Herrn Meyerbenz vom Verwaltungsbüro im dritten Stock des Opernhauses. Er ist ein witzig aussehender Mann und trägt einen Zwicker, der dauerhafte Spuren auf seiner großen Nase hinterlassen hat. Groß gewachsen, und immer im Anzug. „Es gibt da eine Wohnung, die Sie mieten könnten, weil einer unserer Sänger einen Vertrag in Dortmund bekommen hat", erklärt er mir. „Er sucht einen Nachmieter und ist schon ganz verzweifelt, deshalb könnten sie einen guten Preis aushandeln."

Ich dankte ihm für den Tipp, er gab mir Namen und Telefonnummer, und ich rief an. Sein Name war Reinhardt. Er war Tenor im Theater und war noch vier Monate lang an einen Vertrag gebunden, daher brauchte er für diese Zeit einen Untermieter. Nach dieser Zeit konnte ich den Vertrag übernehmen. Ich nehme an, dass dies in Deutschland allgemein so praktiziert wird.

Er erzählte mir, die Wohnung läge etwa zweieinhalb Meilen westlich vom Theater bei der Bockenheimer Warte. Ich kann die U-Bahn vom Willy-Brandt-Platz direkt vor dem Theater bis zur Bockenheimer Warte nehmen. Die Fahrt dauert nur zehn Minuten, wenn man einen durchgehenden Zug erwischt. Die Wohnung hat ein Schlafzimmer, eine kleine Küche, ein Bade sowie ein Wohnzimmer. Er hatte ein Sofa, einen Tisch, ein Kaffeetischchen (es verwirrt mich immer, dass das hier „Couchtisch" heißt), Polsterstuhl und einen Kleiderschrank, die er nicht mitnehmen wollte nach Dortmund, so kam ich zu ein paar Möbelstücken. In der Küche gab es auch einen Herd und einen Kühlschrank, die ich ihm für wenig Geld abkaufen konnte. Es ist befremdlich für mich, dass man sich sämtliche Geräte und Schränke für eine Wohnung extra kaufen muss, weil dort nichts anderes als ein Waschbecken dazu gehört. Apartments in den USA haben stets vollständige Küchen.

Ich nahm die U-Bahn um 9.11 Uhr und traf Reinhardt an der Haltestelle, nur einen Block von der Wohnung entfernt. Er trug einen langen, warmen Trenchcoat, einen Hut und einen warmen Schal um seinen Hals und sprach kein Wort, bis wir in der Wohnung ankamen. So schützte er seine Stimme vor einer Erkältung. Er war klein und hatte einen dicken Hals. Die Wohnung war so, wie ich sie brauchte, also unterschrieb ich einen Vertrag mit ihm und handelte eine mündliche Übereinkunft mit dem Vermieter aus, dass ich einen neuen Mietvertrag bekäme, sobald dieser ausgelaufen war.

Es hat eine Weile gedauert, bis ich mich an den Gebrauch militärischer Zeitangaben gewöhnt hatte, anstatt *a.m.* und *p.m.* zu verwenden, wie bei uns in Amerika. Ich finde es großartig, wie die Züge exakt auf die Minute fahren, und nicht stündlich oder halbstündlich. Es heißt nicht 13.00 Uhr, sondern 13.22 Uhr genau. Sehr befremdlich. Aber das Gute daran ist, dass die Intercity-Züge für gewöhnlich pünktlich sind in Deutschland, so kann man seine Reise hin und zurück wirklich planen. Ein Hoch der deutschen Gründlichkeit.

Manchmal erwische ich die U4 nicht, die direkt durchfährt, und muss an der Hauptwache umsteigen. Dann dauert es länger, zur Arbeit zu kommen, und ich darf nicht zu spät kommen. Deutsche drehen durch, wenn man sich verspätet. Das geht einfach nicht. Sich häufig zu verspäten, ist ein guter Weg, wenn man seinen Vertrag nicht verlängern will.

Ich finde es toll, dass man eine *Monatskarte* für etwa 83 € kaufen kann. Sie wird auf das Mobiltelefon (das man hier *Handy* nennt) geladen, und man kann damit seinen Fahrschein vorzeigen, sofern der Telefonakku geladen ist. Ich habe aber gern ein Stück Papier in der Tasche, für alle Fälle. Man kann auch im Internet den Fahrplan für die Züge nachsehen, das ist so bequem. Das Theater zahlt mir ein Job-Ticket mit Namen darauf, ich muss es mit meinem Ausweis zusammen vorzeigen. Das ist gleichbedeutend mit einer Monatskarte, was eine nette Geste ist.

Meine Wohnung liegt in der Schumannstraße 54, neben der Beethovenstraße. Nein, ich mache keine Späße, die Straßen heißen wirklich so. Ich wohne im dritten Stock, im Dachgeschoß, ohne Aufzug. Das ist auch eine Art, in Form zu bleiben, aber wenn man abends müde ist, erscheint es wie eine Ewigkeit, bis man die Treppen hochgestiegen ist. Jedes Stockwerk bedeutet zweimal zehn Stufen. Sie wendeln sich nach oben und sind auf einer Seite schmaler als auf der anderen. Die Briefkästen befinden sich im Erdgeschoss, deshalb unternehme ich keine Extra-Touren, um nach der Post zu sehen. Das kann warten, bis ich aus meinem Apartment (oder *flat*, wie ‚Simon says‘ - kein beabsichtigtes Wortspiel) komme oder weggehe.

Um die Ecke des Apartment-Gebäudes befindet sich eine alte, steinerne evangelische Kirche mit Namen Christus Immanuel. Meine Wohnung ist in einem der älteren Gebäude der Straße, das aussieht wie vier Gebäude, jedes drei Fenster breit und rot, cremefarben und dunkelgrün gestrichen von links nach rechts. Jeder Abschnitt hat ein geschnitztes „Lebkuchendach“, und ich wohne in dem grünen, hinteren Teil mit einem Türmchen obendrauf. Es sieht sehr hübsch aus, aber ich bin sicher, der neuere Betonbau gegenüber bietet mehr modernen Komfort, allerdings weniger Charme. Ich mag mein altes Gebäude, und in einer Wohnung mit einem Dachtürmchen zu haben fühle ich mich wie eine Prinzessin im Märchen.

Ich habe Glück, eine eigene Wohnung zu haben und keine Mitbewohner. Es sieht noch ziemlich leer aus bei mir, aber zumindest musste ich nicht alles auf einmal kaufen, denn ich hatte mein erstes Gehalt noch nicht bekommen, als ich einzog.

Leider haben die Wohnungen in Deutschland keine eingebauten Lampen, nur von der Decke runterhängende Drähte, an die man Lampen anschließen muss. Damit hätte ich Schwierigkeiten, denn ich habe keine Ahnung, wie man das macht und fürchte, mich würde der Schlag treffen. Zum Glück ließ Reinhardt alle Lampen hier.

Auf den Fußböden liegt Laminat, das leicht sauber zu halten ist, und die Böden in Bad und Küche sind weiß gekachelt. Es ist schwierig, sich an einen kleinen Herd mit vier Platten und Backofen und an einen Kühlschrank in halber Größe mit einem kleinen Eisfach zu gewöhnen. Ich nenne ihn Mini-Kühlschrank, aber hier ist das Standardgröße. Zumindest muss ich Küche und Bad nicht teilen, wie ich es Zürich tat in einer möblierten Pension. Aber es ist weit entfernt von unseren gut ausgestatteten Küchen in Amerika. Ein Geschirrspüler ist Luxus, und man muss seine eigenen Schränke kaufen. Wenigstens gibt es eine Spüle mit einem niedrigen Schränkchen mit Ablaufbrett. Ich kann es kaum erwarten, mir eine Mikrowelle zu kaufen.

Etwas wie Einbauschränke im Schlafzimmer gibt es nicht, darum muss ich meine Klamotten auf eine Garderobenstange hängen, bis ich mir eine Kommode und einen Schrank leisten kann, *Kleiderschrank* heißt das hier. Ich habe mir vorübergehend Regale aus Backsteinen und Brettern gebaut für meine Schuhe und Klamotten.

Reinhardt hatte auch eine Waschmaschine im Bad, die ich ihm günstig abkaufen konnte, weil er nicht zu viel für den Umzug bezahlen wollte. Es gibt keinen Trockner, aber ich habe ein Trockengestell, auf das ich meine Wäsche hängen kann. Im Bad gibt es ein beheiztes Gestell von der Decke bis zum Boden, auf das ich meine Handtücher zum Trocknen hänge. Ein heißes Handtuch nach dem Bad ist nett.

Wäsche waschen ist auch nicht einfach. Kaltwäsche (*pflegeleicht*) ist auf 30 Grad, 40° ist für bügelfrei, und es geht bis 90° für Farbiges (*Koch/ Bunt*) und Wolle, aber das würde die Klamotten kochen und ruinieren. Ich achte stets darauf, nicht über 40° zu waschen, ich kann mir keine neue Garderobe leisten. Um das Bad oder die Waschmaschine zu benutzen, muss man den Wassererhitzer im Bad auf 40° stellen, sonst hat man kein heißes Wasser. Wenn man fertig ist, muss man ihn wieder herunterdrehen.

Das Wichtigste, das ich für mein Apartment brauchte, war ein bequemes breites Brett, das war meine erste Anschaffung in Frankfurt - IKEA muss man einfach lieben. Ich brauchte vier Stunden, um das Bett zusammenzubauen, und musste kleinstgeschriebenen deutschen Text entziffern, um die Gebrauchsanweisung zu verstehen. Zum Glück hatte ich mir Werkzeuge wie Hammer, Bohrmaschine und normale Schraubenzieher sowie Schraubenschlüssel und Kombizange gekauft. Mein Vater sagt immer, man sollte auf jeden Fall eine Basis-Werkzeugkiste besitzen.

Ich liebe die Daunen-Bettdecken, die es hier gibt und habe mir ein Decken-Kopfkissen-Set mit Rosenmuster gekauft. Woran man sich gewöhnen muss, sind die Lattenroste mit einer 15 cm-Matratze, nur 25 cm über dem Boden, und keine Boxspring-Betten.

Draußen vor dem Haus habe ich ein altes Nachttischchen und einen Holzstuhl gefunden, die jemand wegwerfen wollte, die habe ich gleich für mich konfisziert. Sie sind ein bisschen mitgenommen, aber ich kann sie gebrauchen, bis ich mir etwas Passenderes leisten kann. Jenny sagte mir, dass man ausrangierte Möbel von der Straße rechtmäßig mitnehmen darf, das nennt sich *Sperrmüll*. Die Möbel werden sonst von der Müllabfuhr abgeholt, wenn sie keiner mitnimmt. *Sperrmüll* ist auch der Name eines deutschen Rocksängers, was ich äußerst witzig finde. Wer möchte schon „Müll" genannt werden? Die Bretter für meine Regale habe ich auch auf diese Weise gefunden.

Als ich die Tür öffne, kommt mein kleines graues Kätzchen namens „Maestro" angerannt, um mich zu begrüßen. „Meow" (oder „Miau", auf Deutsch) ruft es. Ich denke, das heißt wahrscheinlich „Folge mir!" Ich gehe in die Küche, um Futter zu holen. Ich öffne die Fenster im Wohnzimmer, Schlafzimmer und in der Küche, weil es muffig in der Wohnung ist, wenn man den ganzen Tag alles verschlossen hatte. Dass die Fenster in zwei verschiedene Richtungen aufgehen, finde ich genial. Wenn ich den Griff zur Seite drehe, öffnet sich das Fenster rechts, oben und unten, und ist links fest. Wenn ich den Griff nach oben drehe, öffnet sich das Fenster auf den Seiten und oben und ist unten fest. So kann der Regen nicht eindringen und der Fensterflügel schwingt nicht im Wind. Griff nach unten schließt das Fenster. Die Fenster haben Doppelglas-Scheiben, die die Kälte von draußen gut isolieren.

Maestro war das Beste, das ich fand, als ich hierher kam. Ich habe ihn auf der Stelle adoptiert, und er ist mein bester Freund. Er ist ein Russisch

Blauer Kater und hat dichtes, seidenweiches Fell. Wenn man sein Fell nach hinten streicht, sieht die Farbe fast wie lavendel aus statt grau. Sein Gesicht erinnert eher an einen Bären als an eine Katze, wegen des dicken Felles.

Als ich ihn im Laden abholte, schlief er sofort auf meiner Brust ein und schnurrte, darum glaube ich, er hat mich ausgesucht, nicht umgekehrt. Ohne seine Gesellschaft wäre ich verloren. Aber, wie sagt man so schön: „Hunde haben Besitzer, und Katzen haben Bedienstete." Genauso behandelt er mich auch. Zu allererst muss ich ihn füttern. Dann darf ich endlich ins Bett fallen. Er springt auf das Bett und stupst meinen Arm an, damit ich ihn streichle, und wenn es ihm reicht, kneift er mich in den Arm, damit ich aufhöre. Anschließend wird er endlich geruhen, sich neben mich zu kuscheln.

Ich bin so froh, endlich schlafen zu können, denn es war ein langer Abend und eine lange Vorstellung. Aber es ist so aufregend, zu singen und zu spielen, dass die Zeit rasch vergeht. Man merkt gar nicht, wie viel das von einem verlangt, bis der Adrenalinspiegel sinkt. *Ich kann immer noch nicht glauben, dass ich für das Singen bezahlt werde*, denke ich. *Das könnte ich in den USA nicht als Vollzeit-Job machen.*

Kapitel 5
Nachwehen

An den Banyan-Baum gelehnt sieht er die Kratzer von den Büschen überall auf seinen Beinen und Armen. Herabhängende Äste schlagen ihm ins Gesicht bei seiner rasenden Hetze. Wie unsinnig, sich über eventuelle Narben auf der Haut Gedanken zu machen. Man wird sie gewiss nicht sehen, wenn er erst im Sarg liegt.

Er fühlt sich, als sei er bereits stundenlang gerannt, dabei können es höchstens fünfzehn Minuten gewesen sein, weiß er. Schade, dass er nicht mehr Sport getrieben hat, als er die Möglichkeiten dazu hatte. Sein schweres Atmen wird sicher seinen Aufenthaltsort verraten. Was wäre, wenn man den Atem dreißig Sekunden lang anhalten könnte?

Er wünschte, der Baum stünde dort, wo Krishna wohnt, und er könnte in Sicherheit gezaubert werden, fürchtet aber, dass es eher einer ist wie der, in dem Robinson Crusoe lebte, und der seinen langen, schlacksigen Körper nicht verbergen kann. Jetzt hört er wieder Rascheln im Unterholz und weiß, dass er hier nicht stehen bleiben kann. Er muss weiter.

Sich durch die spinnenartigen Äste einen Weg zu bahnen ist wie Brustschwimmen, nur dass dies hier kein nachgebendes Wasser ist. Er weiß, wenn er weiterläuft, kann er den Kai erreichen, wo die Ozeandampfer auf den Wellen schaukeln. Eine französische Ballade namens „Les Berceaux" kommt ihm in den Sinn, worin die Bewegungen der riesigen Schiffe mit einer Wiege verglichen werden. Wie kann einem dies in einer solchen Situation einfallen?

Wie er sich nach der Sicherheit dieser beschützenden Wiege sehnt, um dieser Angst zu entkommen, die seinen Brustkorb wie ein Schraubstock umfängt und seine Muskeln fast vollständig lähmt, so dass er keinen Fuß vor den anderen setzen kann.

*Er späht durch Bäume, sieht den Kai und denkt: „Beeile dich,
du schaffst es!" Aber dann hört er ein Rascheln, und als er
seinen Kopf dreht, sieht er an den Wurzeln, die an dem Baum
neben seinem Arm hinaufranken, eine Faust mit blechernen
Knöcheln und sagt: „Oh, Bloody Hell!"*

Simon wacht keuchend auf, er fühlt sich, als sei er einen Marathon gelaufen. Er schwingt die Beine aus dem Bett auf den Boden und greift sich mit beiden Händen an den Kopf. *Warum habe ich ständig diesen Albtraum? Warum kann die Vergangenheit nicht begraben sein? Wann werde ich jemals über diese schreckliche Erfahrung hinwegkommen? Mein Hirn will sie einfach nicht sterben lassen. Außerdem ist mir schlecht. Das als Erstes.*

Er springt auf, rennt ins Badezimmer und erreicht die Toilette gerade noch, bevor sein Abendessen hochgesprudelt kommt. *Super. Damit muss ich mich auch abfinden. Jetzt habe ich meinen schönen, blau-weiß gestreiften Armani-Pyjama ruiniert, und ich habe ihn zum ersten Mal an. Das ist nicht mein Tag. So ein Mist.*

Kapitel 6
Proben-Blues

Als ich mich am nächsten Morgen aus dem Bett quäle, höre ich das Wasser aus der Dusche der Nachbarn über mir laufen. Wir haben wahrscheinlich eine gemeinsame Wasserleitung. Ich kann ihr Gekreische bis hierher hören, keine Möglichkeit, meine Augen nochmal zu schließen und mir noch weitere fünfzehn Minuten Schlaf zu gönnen. Außerdem hat Maestro sich dazu entschlossen, meine Zehen unter der dicken Daunendecke im Sturzflug anzugreifen. Spaßig, wie er hochspringt und dann mit den Vorderpfoten zuerst landet. *Schnapp die Maus!*

Ich gehe ins Bad und dusche. Eigentlich bin ich der Typ für ein ausgedehntes, heißes Schaumbad, aber heute Morgen ist dafür keine Zeit. Ich finde die Toiletten hier immer so interessant, sie haben zwei Spülmöglichkeiten, angebracht in einem großen Oval an der Wand, mit einer kleinen ovalen Drucktaste rechts in einer größeren ovalen Drucktaste. Die kleine benutzt man, wenn man wenig Wasser braucht. Die größere ist für die gewichtigeren Geschäfte. Das Wasser sprudelt nur so heraus, wenn man noch draufsitzt, kriegt man einen nassen Hintern. So was können die Deutschen prima austüfteln, aber immerhin spart es Wasser und Energie. Außerdem gibt es einen Absatz für die Hinterlassenschaften, was ich echt krass finde. Simon sagt, die Chinesen lesen in Teeblättern, und die Deutschen lesen aus anderen Dingen. Uh! Ich finde das NICHT sehr hygienisch.

Meine Probe für *Orpheus in der Unterwelt* beginnt um zehn Uhr auf der Probebühne im Schauspielhaus. Ich ziehe einen dicken blauen Strickpulli mit langen Ärmeln an und Blue Jeans. Bestimmt muss ich viel hin und her laufen und vielleicht auf dem Boden sitzen, also brauche ich etwas, das schmutzig werden darf. Nachdem ich noch meine blauen Armreifen mit dem Rosenmuster angezogen habe (fünf sind einfarbig und dünn und zwei dickere sind gemustert), bin ich ausgehbereit.

Die U4 um 9.38 Uhr wird um 9.42 Uhr dort ankommen. Sie geht von der Haltestelle Bockenheimer Warte zum Willy-Brandt-Platz vor dem Opernhaus. Ich muss etwa um neun Uhr losgehen, also habe ich Zeit für einen Kaffee und ein kleines Schoko-Croissant in dem kleinen „Coffee shop" um die die Ecke, anschließend gehe ich einen Block weiter zur U-Bahn-Station. Ich bin sehr froh, dass es Karamell-Macchiato jetzt in den meisten europäischen Coffee shops gibt.

Der Tag ist klar und sonnig, aber windig und kalt. Die Fontäne des Springbrunnens vor der Alten Oper sieht immer toll aus. Dies war das ursprüngliche Opernhaus, was im Zweiten Weltkrieg zerbombt und später wieder aufgebaut wurde. Es beherbergt in erster Linie das Radio Symphonieorchester Frankfurt, und manchmal singen wir Konzerte dort.

Das neue Opernhaus ist etwa anderthalb Kilometer davon entfernt und moderner. Der U-Bahn-Ausgang und eine Straßenbahnhaltestelle sind direkt davor, und dahinter gibt es einen Park, durch den man joggen kann. In der U-Bahn befindet sich ein Wandbild mit einer Szene aus der Oper *Herzog Blaubarts Burg*, das aussieht wie ein impressionistisches Gemälde in Blautönen. Wirklich eindrucksvoll.

Das Schauspielhaus steht links vom Opernhaus. Die beiden wirken wie ein Gebäude, aber man kann von einem zum anderen nur durch einen speziellen Tunnel im Erdgeschoss oder über einen im Obergeschoss gelangen.

Rechts vom Theater steht ein Springbrunnen mit nackten Wassernymphen, die Wasser spucken. Der Bühneneingang ist auch auf dieser Seite, mit breiten Treppenstufen, die hinunterführen. Das Opernhaus sieht eigentlich wie ein Bürogebäude aus, Fenster mit grünen Rahmen bedecken die Front und die Seiten. Ich hätte es nie für ein Theater gehalten.

Man erzählte mir, dass das gegenwärtige Opernhaus das ursprüngliche Schauspielhaus war, wo es nur Theaterstücke gab. Als die Alte Oper zerstört wurde, verlegte man die Opernvorstellungen hierhin, baute ein neues Schauspiel-Theater daneben und verband die beiden durch Tunnel. Die beiden Theater nehmen den gesamten Gebäudeblock ein. Neben dem Schauspielhaus gibt es ein teures Restaurant namens „Fundus", das hauptsächlich von Theaterbesuchern frequentiert wird. Der Bühneneingang für die Schauspieler befindet sich auf der linken Seite des Gebäudes in der Schauspielabteilung. Ich wünschte nur, man würde ein paar Pflanztöpfe mit bunten Blumen vor die Vorderseite des Gebäudes stellen, damit es nicht wie ein tristes Bürogebäude aus Stahl und Glas aussieht. Ein bisschen Farbe würde Wunder wirken.

„Guten Tag, Herr Bleiziffer", sage ich, als ich die Bühnentür öffne und am Pförtner vorbeigehe, der in seinem kleinen, abgeschlossenen

Kämmerchen auf der linken Seite sitzt. Sein Büro hat ein Glas-Schiebefenster, das er öffnet, um die Leute einzuweisen.

„Guten Tag, Frau Barnett", antwortet er, zieht eine Grimasse und reibt sich die Schulter.

Ob er wohl ein Problem mit seinem Schultergelenk hat oder eine Sportverletzung? Ich kenne ihn nicht gut genug, um zu fragen.

Im Eingang gibt es ein Schwarzes Brett, an dem die Probenpläne für den nächsten Tag aushängen. Wir bekommen diese Information auch als E-Mail. Für den August gibt es am ersten Tag einen Übersichtsplan, der die freien Tage, Feiertage, Proben- und Vorstellungszeiten auflistet. Er sagt aber nicht, ob es eine musikalische oder eine Bühnenprobe ist oder für welches Stück geprobt wird. Der tägliche Plan hält die genaueste und aktuellste Information bereit.

Zuerst gehe ich zur Chordamen-Garderobe, um den Klavierauszug aus meinem Schließfach zu holen. Es erinnert mich an mein Schließfach in der High School.

Von der Garderobe aus gehe ich ins Erdgeschoss, um durch den unterirdischen Tunnel zu laufen, der die beiden Gebäude verbindet. Der Tunnel besteht aus altem Gestein und Beton und ist dunkel, muffig und etwas Angst einflößend bei Nacht. Ich gehe nicht gern allein durch. Es gibt ja auch einen Bühneneingang für das Schauspielhaus, aber dann müsste ich zurückgehen, um meine Noten zu holen.

„Guten Morgen, Sigi, Manfred." Ich bleibe stehen und geben einigen meiner Kollegen die Hand auf dem Weg zur Probe.

Sigi trägt einen gefütterten Parka, mit schmalem Stehkragen und großen Taschenklappen, sowie eine russische Schaffellmütze im Fliegerstil und Lederhandschuhe. Manfred ist in einen einreihigen langen, grauen Mantel gekleidet, mit Hut und Schal. Unglaublich: Alles passt zusammen. Seine Frau muss ihn heute eingekleidet haben. Für eine Probe ist das ganz schön schick. Ob er vielleicht eine Verabredung hat?

„Guten Morgen, Myra. Ich muss meinen Pass verlängern lassen nach der Probe, außerdem treffe ich mich mit meiner Schwiegermutter und meiner Frau zum Mittagessen. Meine Schwiegermutter ist aus Mannheim zu Besuch, wie sehen sie nicht so oft", sagt Manfred.

Nun, das beantwortet meine Frage, denke ich. *Er möchte wohl einen guten Eindruck auf seine Schwiegermutter machen, oder vielleicht möchte seine Frau das.*

Wenn man zum ersten Mal an einem Tag trifft, ist es ein Ritual, sich die Hand zu geben. Das ist ein bisschen befremdlich für mich, denn in Amerika geben sich Frauen nicht die Hand. Wir nicken uns nur zu.

Diejenigen, die schon jahrelang am Theater sind, nennen immer noch jeden Herr oder Frau Soundso, auch wenn sie schon seit Jahren zusammenarbeiten. Erstaunlich, aber so ist es in Deutschland. Man kann das informelle und persönliche „du" nicht einfach verwenden, wenn man mit jemandem im Theater spricht, das wäre unverschämt. Man muss das formelle „Sie" benutzen, so lange man nicht auch außerhalb des Theaters befreundet ist. Die meisten Ausländer am Theater verstehen den Unterschied nicht und sagen einfach „du" zu jedem. Die Deutschen sind sehr tolerant, aber ich denke immer, sie müssen keine hohe Meinung haben von Leuten, die die Sprache nicht richtig verstehen. Verben passend zu Nomen zu konjugieren, ist auch sehr verwirrend. Egal, ich lerne noch und finde, man sollte zumindest versuchen, sein Deutsch richtig anzuwenden.

„Guten Morgen", wünsche ich Paul und Angelique, die einen heißen Kaffee schlürfen, als sie durch den Tunnel eilen. Er riecht nach Zimt und macht mich neidisch.

„Guten Morgen, wie geht's?" entgegnen sie.

„Gut, gut, danke."

„Simon hat sich scheinbar heute krank gemeldet", berichtet Paul.

„Oh nein. Gestern ging es ihm doch offenbar noch gut." *Ich werde versuchen, ihn während der Pause anzurufen.*

Endlich komme ich im Probenraum, wo wir alle versammelt sind und darauf warten dass der Regisseur erscheint. Es ist kalt in dem Raum, darum lassen wir alle unsere Mäntel und Schals an.

Die französische Operette *Orpheus in der Unterwelt* ist eine respektlose Parodie und bissige Satire auf die Geschichte von Orpheus und Eurydike aus der griechischen Mythologie. Sie endet mit dem skandalösen Can-Can. Die ursprüngliche griechische Sage handelt von Orpheus, der in den Hades hinabsteigt, um seine Frau Eurydike aus der Totenwelt zurückzuholen mit seinen zauberhaften Geigenklängen.

In Offenbachs Version hassen sich die beiden, sie kann sein Geigenspiel nicht ausstehen. Sie wird von Pluto (dem Gott des Todes) verführt und stirbt. Mit ihm geht sie zum Berg Olymp, und Orpheus ist froh, sie los zu sein. Aber die „Öffentliche Meinung" (eine tatsächliche Rolle, das denke ich mir nicht aus!) verlangt, dass er hinabsteigt und seine Frau zurückbringt, denn so will es die Legende. Man stelle sich vor: Jupiter schlüpft durch ein Schlüsselloch, indem er sich in eine wunderschöne goldene Fliege verwandelt, und singt in einem späteren Akt ein Duett mit Eurydike. Ich glaube, Offenbach hat was Komisches geraucht, als er dieses Stück schrieb, aber es ist urkomisch.

Orpheus wird von einem Tenor mit einer männlichen, hohen Stimme gesungen. Pluto sollte ebenfalls ein Tenor sein, aber in unserer Inszenierung wird er von einem Bariton gesungen mit einer Stimme in Mittellage. Eurydike ist einer hoher Sopran, und die Öffentliche Meinung ein Mezzosopran mit tieferer Stimme. Die Komponisten entscheiden, welches Stimmfach ihre Charaktere repräsentieren sollen.

Jeder Mensch wird mit einer speziellen Stimme geboren, abhängig von der Stärke und Länge der Stimmbänder. Man kann sich nicht einfach aussuchen, welche Stimmlage man singen möchte - man muss singen, wozu die Stimme am besten fähig ist. Meistens ist die Heldin ein Sopran und der Held ein Tenor, während der Schurke ein Bass oder Bariton ist. Wir Altistinnen kriegen die Rollen der Dienerinnen oder spielen oft junge Männer (genannt „Hosenrollen"), manchmal gibt es auch Hauptrollen wie Carmen oder Cenerentola.

Als Orpheus zum Olymp kommt, findet er alle Göttinnen und Götter schlafend vor, weil sie sich so langweilen. Der Chor stellt einige der Göttinnen oder Götter dar, wir haben spaßige Kostüme. Diese Szene soll heute geprobt werden. Wir singen das Stück auf Deutsch, obwohl es auf Französisch geschrieben wurde, denn es ist für das deutsche Publikum besser, die Gags und Witze im Stück in der eigenen Sprache zu hören. Aus diesem Grund werden wir wohl alle Musicals auf Deutsch singen. Man kann Übertitel oberhalb der Bühne anzeigen, aber das ist bei Vorstellung auf Deutsch nicht notwendig.

In Zürich habe ich gelernt, dass man Deutsch genau so singt wie jede andere Sprache, indem man den Klang auf die Vokale legt, diese rhythmisch singt, jede Note verbindet und eine Phrasierung auf die betonten Silben legt. Also versuche ich, Deutsch immer so zu singen, als sei es Italienisch, nur mit mehr Konsonanten, die man herausspucken muss.

Die Hauptrollen für die Götter - Jupiter, Juno, Pluto, Venus, Merkur, Cupido und Diana - werden von Solisten gesungen. Die restlichen „Nebengötter" singen Chormitglieder. Es gibt tatsächlich Namen für uns, obwohl wir hauptsächlich Chor-Ensembles singen. Ich bin Minerva und habe eine Strophe im ersten Lied. Die Rolle der Venus habe ich auch gelernt, falls eine Solistin erkrankt. Die Rollen sind doppelt besetzt, aber es ist immer gut, auf alles vorbereitet zu sein.

Endlich kommt unser Regisseur, Erhard Rehmann, den Gang heruntergerannt und wirft seinen Hut und Mantel auf einen Zuschauerstuhl. „Bitte fangen, wir an!"

Er hat die komische Angewohnheit, alte VW-Käfer zu sammeln, die er nicht renoviert, sondern nur bei seiner Wohnung abstellt. Kaum vorzustellen. Er trägt auch stets teure Armani- oder Ralph Lauren-Hemden und Pullis. Das Geld muss er geerbt haben, denn Regisseure verdienen nicht so viel, sofern sie nicht berühmt sind. Soweit mir bekannt, ist er nicht berühmt.

Die Bühne wird aussehen wie eine riesige Wolke. Sie ist aufgebaut aus großen Metallröhren, die mit Pappmaché verkleidet sind. Überall liegen Kissen, auf denen wir ruhen können. Die Probe dauert zwei Stunden. Es ist wichtig, dass wir die Szene einrichten in dieser Probe, denn morgen sind wir mit den Endproben auf der großen Opernbühne. Dann können wir uns daran gewöhnen, wie es wirklich sein wird bei der Vorstellung.

Natürlich ist unser Chordirektor, Franz Nüsse, dabei, um uns musikalisch zu unterstützen. Er ist leger in Jeans und Pulli gekleidet. Wir hatten schon einige musikalische Proben mit ihm, damit wir die Rollen beherrschen, bevor die Bühnenproben anfangen. Herr Nüsse ist wirklich süß, sehr begabt und geduldig. Er nimmt sich die Zeit, jede Einzelheit und Nuance der Musik durchzugehen. Sein buschiges Haar bildet einen Kreis um seinen ansonsten kahlen Kopf. Er wirkt wie jemand, der sich in einer Piano-Bar wohlfühlen könnte. Das hat er sicher auch getan während seine Universitäts-Ausbildung. Auf Wunsch spielt er alles von Operette bis Kabarett, und zwar meistens auswendig. Viel Spaß auf Partys! Er trägt so eine halbe Brille, über deren Gläser er uns beim Klavier spielen ansieht. Seine Klamotten sehen immer verknittert aus, aber er hat stets ein Lächeln auf dem Gesicht. Man sagte mir, die meisten Chorleiter seien nicht so nett und brüllten den Chor ständig an, darum bin ich froh, meine ersten Erfahrungen an einem Opernhaus zu sammeln mit einem tollen Chordirektor.

Herr Nüsses Frau, Helen, singt auch im Chor, sie ist Altistin. Sie ist in einer anderen Garderobe als ich, also kenne ich sie nicht so gut wie die Damen aus meiner Garderobe, aber sie ist immer freundlich und grüßt, wenn ich sie treffe. Ich glaube, sie behandelt junge Sänger oder Sängerinnen wie ihre eigenen Kinder und hat das Gefühl, uns bemuttern zu müssen. Sie lässt mich meine eigene Mutter vermissen.

Am Ende der Probe sagt Suzanne: „Komm, wir essen was zu Mittag drüben."

Wir gehen über die Straße in das Burger-Restaurant mit Namen „Die Kuh, die lacht". Na, in so einem Restaurant muss man ja wohl was essen!

Sie haben echt saftige Hamburger, fast so gut wie in den *Five Guys*-Restaurants in den USA. Ich mag den Avocado-Burger. Es gibt keine Süßkartoffel-Pommes, aber ihre normalen Pommes frites sind in Ordnung. Man bestellt am Tresen und bekommt das Essen am Tisch serviert. Die Lichtskulpturen über den Tischen gefallen mir, zusammengeleimte Holzlatten in einem rauen, modernen Design, mit Lampen in der Mitte.

Nach dem Essen gehen wir alle nach Hause, um uns für die Abendvorstellung auszuruhen.

CODA *Orphée aux Enfers* *(Orpheus in der Unterwelt)* von Jacques Offenbach

Diese operette ist eine Opera buffa oder ein Lustspiel. Das Werk wurde 1858 in Paris uraufgeführt. Der Infernalische Galopp aus dem zweiten Akt, zweiter Aufzug ist weithin bekannt als der Can-Can.

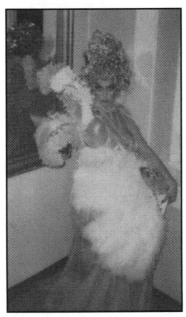

Venus

Kapitel 7
Schöne Blume

Ich kann nicht glauben, dass er an dem Gift nicht gestorben ist. Zugegeben, ich bin neu in diesem Metier, aber ich war sicher, dass genug Narzissen in seiner Pizza waren, um die Sache zu erledigen. Praktisch, dass Simon Zwiebeln auf seiner Pizza mag. Ich habe die Narzissen in Stücke gerissen, so dass sie aussahen wie Zwiebelscheiben oder Schalotten. Es kam sehr zu Pass, dass er eine Pizza mit Salami und Zwiebeln bestellte. Natürlich steht nirgendwo Internet, wie hoch eine tödliche Dosis sein sollte. Ich habe nicht genug hineingetan, oder er hat es überhaupt nicht verdaut.

Dabei hielt ich mich für sehr clever, im Burghof rumzuhängen, verkleidet mit Brille, Bart und einer Kappe, damit er mich nicht erkennen konnte. Nach der Vorstellung war ich ihm gefolgt und hörte, wie er seine Bestellung aufgab an diesem großen, runden Tisch, an dem alle Theaterleute nach den Vorstellungen sitzen. Es war so einfach, in der Ecke neben der Küche zu sitzen, wo sie die Tabletts mit dem Essen abstellen, die von den Kellnern abgeholt werden. Die zerpflückten Narzissenknollen auf seine Pizza zu streuen, war so einfach und bequem. Schade, dass es nicht funktioniert hat. Jetzt muss ich zu Plan B übergehen. Mir läuft die Zeit weg. Simon muss bald sterben.

Ich habe den ganzen Tag damit verschwendet, am Theater rumzuhängen und mich für einen Job zu bewerben, in der Hoffnung, Neuigkeiten von Simons Ende zu hören. Aber ich hörte nur eine der Chorsängerinnen sagen, dass er eine Lebensmittelvergiftung habe und heute nicht käme. Scheißdreck!

Ich hatte eine unnütze Zeit in zwielichtigen Bars verbracht, bis ich schließlich jemanden fand, der mir falsche Pässe besorgen konnte. Anschließend musste ich einige Dokumente fälschen, die meine Ausbildung, Fähigkeiten und Erfahrungen belegen sollen. Gut, dass ich in der Schule Deutsch gelernt habe, obwohl ich mich hauptsächlich an die bösen Wörter erinnere. Hoffentlich dauert das alles nicht ewig, denn ich kann nur einen Monat oder so Urlaub von meinen Job zu Hause nehmen.

Vielleicht hätte ich es mit Oleander versuchen sollen, aber der war schwieriger aufzutreiben im Blumenladen. Warum muss alles so kompliziert sein?

Kapitel 8
Lustiger Irrsinn

„Guten Abend", begrüße ich alle in unserer Garderobe. Wir bereiten uns vor für die Operette *Die lustige Witwe*. Ich sehe Erika ausdrücklich an, um eine Antwort zu bekommen.

„Guten Abend, Frau Barnett", ertönen die Damen in meiner Garderobe. Wir legen unsere Straßenkleidung ab und schlüpfen in Wickelkleider, um damit in den dritten Stock zu steigen, wo wir unser Makeup und unsere Perücken bekommen. Nach der Premiere sorgen wir selbst für das Makeup, aber nicht bei der allerersten Vorstellung. Hier muss das Schminken professionell gemacht werden von den Damen in der Maskenbildnerei. Ich finde „Schminke" so ein witziges Wort für Makeup. Dann gehen wir wieder zurück in die Garderobe, wo Marta uns in unsere ersten Kostüme hilft.

Heidis Unterwäsche ist heute Abend in dezenten Farben gehalten, aber immer noch ganz schön spitzenbesetzt für ihr Alter. Sie ist mindestens fünfundvierzig. Es würde mich interessieren, wer sie außerhalb des Theaters wirklich ist.

Die lustige Witwe ist eine französische Komödie. Hier ist die Geschichte: Die Pariser Botschaft des von Armut befallenen Großfürstentums Pontevedro gibt einen Ball zu Ehren des Geburtstags des Staatsoberhaupts, dem Großfürsten. Hanna Glawari, die zwanzig Millionen Francs von ihrem verstorbenen Gatten geerbt hat, ist als Gast geladen, und der Botschafter, Baron Zeta, möchte sicherstellen, dass sie wieder einen Pontevedriner heiratet, damit ihr Vermögen im Land bleibt und Pontevedro vor dem Bankrott gerettet wird.

Baron Zeta denkt dabei an Graf Danilo Danilovitsch, dem Gesandten der Botschaft, aber seine Pläne gehen nicht auf. Danilo erscheint endlich und trifft Hanna. Es kommt heraus, dass sie vor Hannas Heirat einmal ein Liebespaar waren, aber seine Onkel die Liaison zerstörte, weil Hanna kein Geld hatte. Obwohl sie sich noch immer lieben, weigert sich Danilo, Hanna wegen ihres Vermögens zu umwerben. Hanna schwört, sie wird ihn nicht heiraten, wenn er nicht sagt „Ich liebe dich". Es gibt eine kleine

Nebenromanze mit Valencienne, der Gattin des Barons, und einem vernarrten Verehrer, Camille, die auch ganz amüsant ist.

Außer dem GMD, Gustav Mauer, gibt es noch mehrere andere Kapellmeister. Einer von ihnen, Herr Hugo Geisel, dirigiert diese Operette. Herr Geisel kommt aus Hamburg und hat an der Carl Maria von Weber-Musikhochschule in Dresden studiert. Der GMD dirigiert normalerweise nur die großen Opern wie *Macbeth, Traviata, Don Carlo*, oder besondere Oratorien oder Symphoniekonzerte.

Herr Geisel kann Sänger sehr gut dirigieren. Der Unterschied zwischen einem Orchester-Dirigenten und einem Dirigenten für die Sänger ist, dass Letzterer mit den Sängern atmet. Das heißt nicht, dass die Symphonie-Dirigenten nicht atmen, um das Orchester gemeinsam einsetzen zu lassen, aber Operndirigenten müssen die gesamte Inszenierung kennen sowie die gesamte Musik der Sänger, und das Orchester mit der Bühnenhandlung synchron halten. Dies erfordert hohes Können und Kompetenz.

Die Orchestermusiker tragen alle schwarze Anzüge und die Damen lange schwarze Kleider. So kann man sie aus dem Zuschauerraum nicht sehen. Sie haben jedoch Lampen an ihren Pulten, die sich jeweils zu zweit teilen. Jeder Stuhl ist nummeriert, der erste Stuhl hat ein gemeinsames Pult mit dem zweiten Stuhl, der dritte mit dem vierten und so weiter. Der zweite Stuhl muss die Noten für den ersten Stuhl umblättern.

Herr Geisel ist einmal zu Besuch in Texas gewesen, deshalb trägt er immer Wrangler -Jeans und ein Flannell-Cowboyhemd bei den Proben. Ich habe ihn sogar schon mit Cowboyhut gesehen. Ob er wohl reiten kann? Er hat einen dicken schwarzen Schnurrbart, der beim Reden wackelt und mich immer zum Lachen reizt. Er sieht aus wie ein Bankräuber im Western.

„Bitte alle auf die Bühne! Der erste Akt wird gleich anfangen!" ruft der Inspizient durch die Lautsprecher. Alle müssen ihre Plätze auf der Bühne einnehmen. Der erste Akt beginnt. Wir sind fast alle in Ballkleidung für die Festszene. Mein schulterfreies, blaues Abendkleid hat eine hohe Taille, ich trage lange weiße Handschuhe und einen Fächer. Das Kostüm hat keine Turnüre oder Schleppe. Meinen Hut muss ich über die Stirn gezogen tragen, er ist im passenden Blau. Jede Dame des Chores hat ein Kleid in ähnlichem Stil, aber anderer Farbe. Das Gute am Tragen von Handschuhen ist, dass man nicht darauf achten muss, den Nagellack entfernt zu haben. In *Don Carlo* dürfen wir keinen Nagellack mit den Kostümen des einfachen Volkes tragen, das gab es damals nicht. Ich habe immer eine Flasche

Nagellackentferner in meiner Garderobenschublade. Die Herren tragen Fräcke, Westen und Hüte für die Ballszene.

Eine Gruppe von Balletttänzerinnen spielt die Mädels von Maxim. Sie haben im dritten Akt einen lustigen Tanz mit der Solistin, die mit ihnen zusammen tanzt und singt. Das ist eine Herausforderung, singen und tanzen gleichzeitig und nicht außer Atem kommen. Leider trifft es Suzanne, und sie muss zumindest so aussehen, als ob sie tanzt.

„Ich habe das Gefühl, ich sehe da draußen wie ein Rhinozeros aus. Gott sei Dank nehmen mich die Mädels einfach in die Mitte und tanzen um mich herum", schmollt sie.

Für das Publikum bedeutet die Vorstellung großen Spaß, sie ist immer ausverkauft. Das Stück ist so bekannt, dass die meisten Zuschauer die wichtigsten Lieder kennen und sie beim Verlassen des Theaters vor sich hin summen.

Suzanne singt die Rolle der Valencienne, und als sie die Ballsaal-Szene verlässt und an mir vorbeischwebt, sage ich nur: „Kansas! Kansas!"

Sie antwortet mit zischend: „And your little dog, too!"

Ich gehe davon aus, dass jeder den *Zauberer von Oz* gesehen hat. Wir machen immer kleine Späße und Anspielungen auf der Bühne - es hilft gegen Langeweile.

„Ich bin froh, die Schminke und die Perücke loszuwerden. Ich glaube, ich lasse mir mein Haar kurz schneiden, das ist ja völlig durcheinander. Ständig muss ich den Kopf unter den Wasserhahn halten, um es feucht zu bekommen. Sonst kriege ich es gar nicht in den Griff nach jeder Vorstellung"; jammere ich.

„Es ist kalt draußen, also pack deine Haare unter einen Hut oder binde ein Tuch drum und mach, dass du nach Hause kommst", rät mir Jenny.

Ich beginne, mir Sorgen über Simon zu machen. Er ist nicht bei der Vorstellung erschienen, und er verpasst niemals seine Arbeit. Auf meine SMS antwortet er, dass er sich übergeben hat und ziemlich zittrig ist. Er sei nicht zu Späßen aufgelegt.

„Ich dachte, ich hätte einen Magen aus Gusseisen, aber ich irre mich wohl", schreibt er zurück.

Er muss eine Lebensmittelvergiftung haben. Morgen muss ich ihn besuchen.

Er ruft mich an. „Kannst du mir bitte die Noten für Orpheus mitbringen, damit ich sie lernen kann, solange ich krank bin?" Er nennt mir die Nummer seines Zahlenschlosses in der Garderobe und ich gehe nach der Vorstellung dort vorbei.

Nachdem ich die Kombination mindestens dreimal ausprobiert habe, schaffe ich es schließlich, Simons Fach zu öffnen. Ich musste warten, bis alle aus seiner Garderobe angezogen waren und den Raum verlassen hatten, bevor ich hineinging.

Die Bilder, die an die Innentür des Schließfaches geklebt sind, faszinieren mich immer wieder. Ich muss daran denken, ihn zu fragen, wer einige dieser Leute sind und wo die Fotos aufgenommen wurden. Offensichtlich wurde das mit dem Eiffelturm im Hintergrund in Paris und das mit dem Schiefen Turm in Pisa gemacht. In Anbetracht der Tatsache, dass ich noch nicht sehr lange in Europa bin und noch nicht viel reisen konnte, kenne ich einige der Wahrzeichen nicht.

Es gibt ein paar Bilder von ihm selbst mit einer wunderschönen Inderin. *Muss ihn danach fragen*, denke ich. Ich nehme die Noten, drehe die Zahlenkombination zurück und gehe in Richtung U-Bahn.

Als ich nach Hause komme, wartet Maestro auf dem Sofa hingestreckt auf mich und sieht aus wie der König des Schlosses - der er ja auch ist. Nachdem ich meinen Mantel und Schal ausgezogen habe, nehme ich ihn hoch und streichle sein seidiges Fell. Dabei gehe ich ins Schlafzimmer und werfe die Schuhe von mir. Guter Junge! Es war ein langer Tag, und ich bin völlig energielos.

CODA *Die Lustige Witwe* eine Operette des österreichisch-ungarischen Komponisten Franz Lehár.

Die Librettisten gründeten den Inhalt auf eine Komödie aus dem Jahr 1861, *L'attaché d'ambassade (Der Botschaftsattaché)* von Henri Meilhac.

Die Operette erfreut sich eines außergewöhnlichen internationalen Erfolgs seit ihrer Premiere in Wien und wird häufig neu aufgeführt und aufgenommen.

Valencienne

Kapitel 9
Lästige Krankheit

Am nächsten Tag haben wir frei, und es ist toll, mal auszuschlafen. Unser Arbeitsplan kann sehr anstrengend sein. Während ich Maestro mit meinem Zeh stupse, nehme ich das Handy vom Nachttisch und rufe Simon an.

„Wie geht es dir heute?"

Maestro sieht mich an mit seinen blauen, Zu-schön-für-einen-Jungen-Augen und springt auf meinen Magen. Umpf!

„Ich fühle mich, als hätte ich einen furchtbaren Kater, aber ich weiß, dass ich im Burghof nicht so viel getrunken habe", stöhnt er. „Wenigstens habe ich aufgehört zu kotzen."

„Kann ich gegen Mittag vorbeikommen und dir etwas hausgemachte Hühner-Nudelsuppe und eine Umarmung vorbeibringen?" frage ich.

„Das wäre super, Love", sagt er. „Kannst du mir dann auch etwas weißes Pulver (er sagt *dhoby dust*) besorgen? Ich habe gar nichts mehr."

„Was zum Donner ist das denn? Ich handle nicht mit Drogen!"

„Sorry, ich vergesse gern, dass dein *Englisch* nicht so toll ist. Ich meine etwas Waschpulver für meine Klamotten. Und wir können dann etwas *diddly diddly*-Musik hören"

Wenn er vor mir stünde, würde ich ihm eine runterhauen! Zumindest weiß ich aber, dass Letzteres irische Musik bedeutet.

„Klar, kein Problem!"

Gestern Abend habe ich meine altgewohnte Hühnersuppe im Tontopf gemacht, also kann ich ihm etwas Nahrhaftes bringen. Ich hoffe, er behält es bei sich. Den Tontopf benutze ich gern, dann kann ich die Zutaten morgens zusammenwerfen, bevor ich zur Probe gehe, und wenn ich gegen ein Uhr nach Hause komme, ist das Mittagessen fertig. In meiner College-Zeit habe ich auch einen Tontopf benutzt, weil ich vormittags und nachmittags Unterricht hatte. Wenn ich dann abends nach Hause kam, war das Abendessen fertig. Die Deutschen essen ihre Hauptmahlzeit mittags, und dann eine leichte Mahlzeit zum Abendessen, was genau anders herum als in Amerika ist, aber ich gewöhne mich allmählich daran. Es soll gesünder und besser für die Verdauung sein.

Ich stehe auf und springe in die Dusche. Ups! Habe vergessen, den Boiler hochzudrehen. Ich hasse lauwarme Duschen!

Zum Frühstück esse ich etwas Müesli und Joghurt mit Banane. Man kann hier ähnlich Sachen wie in den Staaten kaufen, wie Schoko-Crispies und Corn Flakes. Was ich hauptsächlich vermisse ist *Rootbeer*, Erdnussbutter und *Triscuits*, aber es gibt Fanta und andere spaßige Kräcker, und Nutella! Die Erdnussbutter hier ist nicht so toll.

Es ist nervig, aber es gibt drei Mülleimer, mit denen man klar kommen muss. Einer ist für Plastik. Der kommt in einen gelben Plastiksack, den man in dem Gebäude bekommt, wo man auch sein Visum erhält (was für mich überhaupt keinen Sinn ergibt), und wird jeden zweiten und vierten Dienstag im Monat vor dem Haus abgeholt. Eine Mülltonne ist für Papier gedacht und eine weitere für alles andere, man muss seinen Abfall also trennen. Es ist ähnlich wie das Recycling zu Hause. Plastikflaschen werden von den Geschäften gegen Pfand zurückgenommen.

Ich habe Zeit, etwas fernzusehen, wozu ich meinen Computer benutze. Die meisten Filme, die ich den Staaten gern sehe, kann ich mir auf den Computer laden. Die Websites für normale US-Sender sind blockiert hier und ich kann sie nicht nutzen, aber es gibt spezielle Downloads, die ich anwenden kann. Ich muss nur mindestens einen Tag warten nach der neuesten Folge. CNN und BBC kann ich empfangen, so bekomme ich die Nachrichten mit.

Simons Adresse ist Schäfergasse 18, das liegt etwa anderthalb Kilometer östlich der Oper, in der Nähe der berühmten Zeil-Einkaufsstraße, die sich über vier Häuserblocks hinzieht. An einem guten Tag geht Simon zu Fuß zum Theater.

Die Zeil beginnt an der Hauptwache und erstreckt sich bis zur Konstabler Wache. Hier gibt es die größten Kaufhäuser der Stadt (Karstadt und Kaufhof), die erstaunlicher Weise Supermärkte im Kellergeschoss haben. Ihre Weinauswahl ist unglaublich. Für Simon macht es das leicht, einkaufen zu gehen.

Simon wohnt etwas nördlich der Zeil in einer Apartment-Anlage. Am westlichen Ende geht die Zeil in die Fressgasse über. Was für ein komischer Name! Dort gibt es viele Spezialitäten und Eisdielen, in die man sich nach dem Einkauf setzen kann. Es lohnt sich, diese Gegend zu erforschen und nette Plätze zum Essen zu finden.

Parallel zur Fressgasse ist die schöne Goethestraße mit ihren berühmten Designershops wie Versace, Gucci und Prada. Sie taugen definitiv nicht für meinen Geldbeutel, aber es macht Spaß, die Schaufenster zu betrachten und Wunschträume zu haben.

Simon und ich gehen auch gern in die Schillerstraße, die etwa in der gleichen Gegend liegt. Dort gibt es jeden Freitag einen offenen Markt. Er ist voll von Menschen jeglicher Nationalität, da Frankfurt eine Drehscheibe für viele Einwanderer ist. Hier können sie frisches Obst und Gemüse kaufen oder sich einfach die Vielfalt der angebotenen Waren ansehen. Ich gehe für gewöhnlich in der Leipziger Straße einkaufen, die nicht weit von meiner Wohnung in der Bockenheimer liegt, weil ich dort auf dem Heimweg meine Lebensmittel einkaufen kann.

Eine Sache haben die Deutschen äußerst gut durchdacht, nämlich dass die Angestellten in den Supermärkten auf Stühlen sitzen und die Kassentresen niedrig genug sind, dies zu ermöglichen. Ich fand es immer schon ziemlich dumm, dass diese Leute in Amerika stehen müssen, wenn sie die Lebensmittel einscannen. Warum haben die USA dieses tolle Konzept nicht übernommen?

Ich hülle mich in Mantel, Barett und Schal und gehe zur U-Bahn. Es regnet nicht heute, aber es ist windig und kalt, darum bin ich froh, einen dicken korallenfarbenen Pulli, lange Jeans und meine Stiefel anzuhaben. Ich trage mein Korallenarmband mit den silbernen Filigrankugeln zwischen jeder Korallenschale. Ich trage sogar passende, korallenfarbene Socken!

Um zu Simons Wohnung zu gelangen, nehme ich die U-Bahnlinie 7 von der Bockenheimer Warte zur Konstabler Wache um 11 Uhr 58, und bin innerhalb von sechs Minuten da.

Die Hühnersuppe trage ich in einer Schüssel in der Stofftasche, die sie warm hält. Simon wohnt im zweiten Stock im Apartment 215. Ich läute die Türglocke, und er drückt auf den Türöffner. Es macht immer Spaß, an der Wohnung seines Vermieters im ersten Stock vorbeizugehen, weil er gewöhnlich auf seiner Seite durch den Türspion lugt um zu sehen, wer kommt und geht. Ich winke ihm im Vorbeigehen zu. *Neugieriges Etwas*, denke ich.

„Hallo, Liebes, komm rein. Entschuldige die Unordnung. Es war mir nicht nach Aufräumen." Simon winkt mich in seine Wohnung.

Ich schnuppere den Geruch des Zimt-Nelkenöl-Duftes, den Simon liebt. Er sieht nicht gerade gut aus, etwas bleich und wächsern, aber er hat noch ein Lächeln für mich übrig. Sogar wenn er krank ist, ist er stylish gekleidet: Er trägt sein Ralph Lauren-Polohemd und seine Ferragamo-Bootsschuhe. So ein Modegockel!

„Du siehst aus wie der aufgewärmte Tod", sage ich, gebe ihm seine Noten für Orpheus und gehe in die Küche, um den Suppenbehälter auf den Tresen zu stellen. Er ist nicht der einzige, der Dialektausdrücke kennt.

„A propos Tod, das wäre der einzige Weg, mich zum Arzt zu bringen. Mir geht es gut!"

Er ist ein typischer Mann, geht so lange nicht zum Arzt, bis er keine andere Wahl mehr hat. Na ja, ich bin froh, dass er sich besser fühlt.

Er isst zwei Schalen von meiner Hühnersuppe mit ein paar Kräckern, ich nehme das als gutes Zeichen. Vielleicht hilft das, ihn auf die Beine zu bringen.

„Ich hätte dir etwas aus der Apotheke mitbringen sollen."

„Nein, ich bin sicher, es ist nur etwas, das ich gegessen habe und das mir nicht bekommen ist. Vielleicht etwas im Burghof. Ich denke, ich warte einfach ab, wenn es eine Lebensmittelvergiftung war."

Wenn er zum Arzt gegangen wäre, hätte man ihm vielleicht etwas geben können, dass ihm rascher geholfen hätte. Er hatte sicher Angst, dass man seinen Magen auspumpen würde, das große Baby.

„Ich will versuchen, morgen wieder zur Arbeit zu kommen, aber ich werde beim Singen nur markieren."

Markieren bedeutet, ganz leise zu singen, fast zu summen. Sänger tun das, wenn sie ihre Stimme schonen müssen oder die Stimmbänder geschwollen sind, oder wenn sie ihre Stimme für eine Abendvorstellung aufsparen müssen.

„Übereile nichts, wenn du dich am Morgen noch nicht gut fühlst."

Simon hat eine moderne Einbauküche mit herrlichen Fenstern von der Decke bis zum Boden vor dem Esstisch und den Stühlen. Die Arbeitsplatten sind aus Holz, und er hat einen großen Kühlschrank, eine Mikrowelle und einen Geschirrspüler. In der Mitte steht ein Einbauherd in einer hölzernen Kücheninsel. Ich liebe es, in seiner Küche zu kochen, wenn er nichts dagegen hat. Es ist sein Allerheiligstes, wo er der Chef ist und niemanden hineinlässt, wenn er seine Meisterstücke kreiert.

In seinem Schlafzimmer steht ein großes Bett aus Ebenholz mit goldener Verzierung, einem Spiegel in modernem Design am Kopfende und verlängerten Holzseiten, die als Nachtkonsole dienen. An der Decke gibt es ebenfalls einen Spiegel. Ich wage nicht, ihn danach zu fragen, denn ich fürchte, er würde mir detailliert erklären, wozu er gut ist, und das ist mit Sicherheit TMI.

Es gibt einen passenden Schrank für seine Kleidung und Schuhe, mit einem schwarzen Orientteppich auf dem Boden. Ich weiß, wie weich sein Bett ist, weil ich eine Nacht darin geschlafen habe, als ich mal zu viel Wein getrunken hatte. Simon schlief auf dem Sofa. Das fand ich sehr nett von ihm.

Neben seinem Schlafzimmer befindet sich ein tolles Badezimmer mit Badewanne und separater Dusche. Es ist sehr modern, in Rot- und Schwarztönen mit goldenen Armaturen und einem ovalen Spiegel mit Goldrand über dem großen ovalen Waschbecken. Ich weiß nicht, ob ich morgens diese rote Farbe ansehen möchte, aber ihm gefällt es. Die Toilette ist quadratisch, was ich für nicht sehr bequem hielt, aber sie passt ganz gut. Bin nicht sicher, was das über meinen Hintern aussagt.

„Sieh mal, ich habe einen Brief von meiner Tante Lizzie erhalten", erzählt Simon und eilt aufgeregt zu seinem Schreibtisch, wo er sich durch einen Haufen Papier neben dem Computer wühlt.

Sein Computer steht auf seinem Teak-Schreibtisch im Kolonialstil mit Rollenoberteil. Er fand diesen Schreibtisch bei einem alten Antikhändler und verliebte sich sofort in ihn. Er hat Holzschnitzereien im oberen Teil und drei Schubladen vorn auf jeder Seite, mit flachen goldfarbenen Griffen. Noch hübscher sähe er aus, wenn er ihn etwas polieren würde.

„Wann kaufst du dir ein bisschen Politur und lässt diesen Schreibtisch neu aussehen?" frage ich ihn.

„So hat er mehr Charakter. Guck mal, Tante Lizzie hat ein paar Fotos von mir mitgeschickt, als ich ein junger Bursche war. Das bin ich, mit Mum und Dad. Sie waren immer so stolz auf meine Musik und meinen Gesang. Das war vor dem Haus, in dem wir lebten, als ich jung war."

Seine Tante Elizabeth lebt in Peckham, einer Vorstadt fünf Meilen südwestlich von London. Seine Eltern sind beide in Schottland bei einem Autounfall ums Leben gekommen, als er im College war, was ihn ziemlich zerstört hat.

„Ich hatte eine Menge Fotos auf mein I-Phone geladen, als ich Weihnachten zu Hause war, aber sie hat welche geschickt, die sie mit ihrer altmodischen Canon-Kamera gemacht hat. Sie würde niemals ein I-Phone in die Hand nehmen. Sind das nicht lustige Bilder?"

Er setzt sich neben mich auf sein tolles weißes, rundes, sattelförmiges siebenteiliges Korbsofa. Zwei der Teile bilden einen runden Couchtisch und einen Tisch am Ende. Er hat quadratische Kissen in einer merkwürdigen Größe, mit einem bunten Design in rot und lila. Ein recht beeindruckendes modernes Ensemble, obwohl es nicht meine Wahl wäre.

Er verteilt die Fotos auf dem Couchtisch, nachdem er die Holzstatue eines umschlungenen Paares entfernt hat, die grenzwertig erotisch ist. Ich habe ihn mal gefragt, woher er die Statue hat, und er lächelte nur und sagte, das sei eine lange Geschichte, und wechselte das Thema. Muss ihn mal leicht angetrunken erwischen, um das rauszukriegen! Ein eleganter, dicker, roter Orientteppich mit kleinen lila Rosen liegt auf dem Boden.

„Guck, hier ist ein Fotos von dem Yorkshire Pudding mit Roastbeef und einer Unmenge Soße, wie meine Tante Lizzie macht. Das ist das Allerbeste!"

Ich weiß nicht, warum sie es Pudding nennen, wo es doch eher ein Auflaufgericht ist.

Seine Tante sieht aus wie eine sehr würdevolle und anständige englische Dame, mit Pfeffer-und-Salz-Haaren, die zum Knoten geschlungen sind. Sie trägt ein passendes Pullover-Set, eine geraden Rock, und einen bunten, modischen Schal, den sie seitlich um ihren Hals gebunden hat, mit Perlenkette und Ohrringen.

„Wer sind die anderen Leute auf dem Bild?"

„Oh, das sind die üblichen Verwandten - der Sohn meiner Tante und mein Bruder."

„Du hast mir nie erzählt, dass du einen Bruder hast! Warum machst du so ein Geheimnis daraus?" Ich schlage ihm überrascht auf die Schulter.

„Ja, ich habe einen Bruder namens Oliver, der zwei Jahre jünger ist als ich und sehr langweilig. Er ist ein spießiger Rechtsanwalt und kann sich nicht mit meinem Beruf anfreunden. Als Jugendlicher hat er zusammen mit meinem Cousin Nigel Autos auseinandergenommen, und ich habe Klavier gespielt. Wir haben gar nichts gemeinsam, es ist schade. Aber man kann sich seine Verwandten nicht aussuchen", antwortet er.

Simon hat am Royal College of Music Gesang studiert. Er hat eine Ausbildung als Countertenor, das ist eine Männerstimme, die in einem sehr hohen Falsettbereich singt, es klingt in etwa wie ein geradliniger Mezzosopran. In England ist dies eine ziemlich geläufige Singstimme, da dort viele Händel-Opern mit Countertenor-Partien aufgeführt werden, wie auch zum Beispiel in Benjamin Brittens Oper *Saul*. Britten hat auch Partien für diese Singstimme geschrieben in *A Midsummer Night's Dream*. Ich glaube, Philip Glass hat die Stimme wieder aufleben lassen in seiner Oper *Akhnaton* aus dem Jahr 1983, und es hat in den letzten zehn Jahren einige Komponisten gegeben, die wieder für diese Singstimme geschrieben haben. Countertenöre werden in Amerika manchmal für Händel-Opern engagiert, aber das Repertoire dafür ist wohl zu beschränkt, um eine Karriere damit zu verfolgen.

Simon hatte einige Jahre lang versucht, diese Stimme zu singen, wurde aber nur jeweils für eine Produktion engagiert und stellte dann fest, dass dies nicht für eine Karriere ausreichte. Er entschloss sich also, seinen volltönenden Bass einzusetzen. So sang er den ZBF-Agenten in Frankfurt vor und wurde für den Frankfurter Opernchor engagiert. ZBF heißt „Zentrale Bühnen- und Filmvermittlung", kompliziert für mich! Sie haben Büros in allen größeren Städten Deutschlands wie Düsseldorf, Berlin, Frankfurt, Hamburg, Köln und München, und ich habe auch durch sie meine Stelle gefunden.

„Wollen wir einen Film gucken? Hast du Lust dazu?" frage ich.

„Klar, das hilft mir, die Magenschmerzen zu vergessen", antwortet Simon.

„Ich habe meinen kleinen, tragbaren DVD-Spieler mitgebracht, den ich benutze, wenn ich fliege. Er ist praktisch, weil er in eine Umhängetasche passt. Und ich habe einen Vorrat an Filmen aus den Staaten mitgebracht. Sie werden auf deinem deutschen DVD-Spieler nicht laufen. Magst du den neuen James Bond-Film?" frage ich und begebe mich zu dem großen Ledersessel vor seinem Fernseher.

„Können wir ihn nicht auf meinem Mac-Laptop laufen lassen und dies an den Fernseher anschließen?" fragt er, holt seinen Laptop vom Schreibtisch und zieht die Fernsehkabel heraus.

„Sicher, das funktioniert bestimmt. Dann müssten wir nicht auf einen so kleinen Bildschirm gucken."

Während er alles anschließt, reden wir auch davon, im Sommer nach Spanien zu fahren, denn wir haben sieben Wochen Ferien, und keiner von uns ist je dort gewesen. Wir haben in einem Kurs am Theater Flamenco tanzen gelernt. Der Gedanke, authentische Tänzer und Vorführungen zu sehen, fasziniert uns. Ich habe ein paar Prospekte und eine Karte mitgebracht vom einem Reisebüro in der Stadt. Wir dachten an Madrid, Sevilla, Ronda,

Marbella und Puerto Banus. Es gibt einen Hochgeschwindigkeitszug von Madrid nach Sevilla, der 180 km/h schnell fährt - das wäre aufregend!

„Ich glaube, ich kriege das nie geregelt mit diesen verschiedenen Tänzen", kommentiere ich, „Ich verwechsle Rumbas, Tangos, Bulerias, Algerias und Fandangos. Ich werde Jahre brauchen, um das alles zu lernen, aber es macht viel Spaß zu üben."

Nach dem Film sagt Simon: „Danke vielmals dafür, dass du heute Kindermädchen für mich gespielt hast. Aber ich fühle mich etwas müde jetzt und muss mich hinlegen. Deine Suppe war toll!" Er streckt sich und steht auf, um mich zur Tür zu bringen.

Als ich alles wieder zusammengepackt habe, gebe ich ihm einen Kuss auf die Wange und gehe nach Hause. Hoffentlich fühlt er sich morgen besser und kann zur Probe kommen. Da ich heute Abend keine Probe habe, gehe ich auf dem Heimweg über den Markt und kaufe mir Lebensmittel für das Abendessen. Ich sehe mir ein paar DVDs im Laden an, aber ich kann ja keine DVDs in Deutschland kaufen, denn sie haben ein anderes System als in Amerika und würden im meinem kleinen amerikanischen Abspielgerät nicht laufen. Werde ich wohl auf meine Anschaffungsliste setzen müssen.

Kapitel 10
Zungenbrecher

„Ist Frau Uhl unterwegs?" fragt Bill.

Er spielt Oboe im Orchester. Die verschmierten Essensreste auf seinem Hemd lassen mich vermuten, dass er heute helfen musste, seine Kinder zu füttern. Er riecht nach saurer Milch. Eklig. Ich rümpfe die Nase und spiele mit meinem schwarzen Onyx-Armband mit Strasssteinen, während wir warten.

„Ich glaube, ich habe sie mit dem Pförtner reden sehen, also sollte sie bald hier sein. Diese Kurstermine um acht Uhr früh sind für Vögel gedacht", sagt Angelique gähnend und schlürft ihren Cappuccino latte.

Etwa einmal pro Woche besuchen wir einen speziellen Sprachkurs bei Hannelore Uhl, die zum Schauspieler-Ensemble (es sollte heißen: Schauspieler- und Schauspielerinnen-Ensemble) gehört.

Um ein Wort auf Deutsch in die feminine Form zu bringen, fügt man in den meisten Fällen einfach „in" am Ende des Wortes hinzu. Das macht meiner Ansicht nach Sinn, jedoch ich bevorzuge das englische „actor" und „actress". Nun ja, die Welt ist verschieden!

Wir sind etwa zehn Personen vom Theater, die den Kurs besuchen. Es gibt eine sehr bunte Gruppe von Menschen am Theater mit unterschiedlichsten Akzenten, die gerne Deutsch ohne Akzent sprechen würden, falls möglich. Es ist nahezu unmöglich, akzentfrei zu sprechen, weil es nicht unsere Muttersprache ist, aber wir können zumindest erreichen, dass wir von den Deutschen nicht ausgelacht werden.

Simon ist da, aber man kann sich vorstellen, dass er nicht auf der Höhe ist. Ich berühre mitfühlend seinen Arm, und er lächelt mich traurig an. Er sieht sehr blass und teilnahmslos aus.

Diesen Kurs bezahlen wir selbst, denn es wird erwartet, dass wir bereits fließend Deutsch sprechen, wenn wir unsere Arbeit aufnehmen. Viele von uns lernen aber noch und stolpern über ihre Zungen.

Ich hatte letztes Jahr das Glück, an einem Opernstudio-Programm im Züricher Opernhaus teilnehmen zu können. Dort konnte ich Repertoire und Sprache lernen, das half sehr. Da ich am College Französisch gelernt hatte, hatte ich mich auch bei einem Studio in Genf beworben, wo man ja französisch spricht. Natürlich wurde ich in Zürich angenommen, weil ich eigentlich niemals vorhatte, in dieser schrecklichen gutturalen deutschen Sprache zu singen. Der liebe Gott hat manchmal einen komischen Sinn für Humor. Ich lernte, dass man Deutsch singen muss, als wäre es ein fließendes Italienisch. Man muss die Töne miteinander verbinden und immer die Luftstütze aufrecht erhalten, dann klingt es gut. Egal in welcher Sprache, man singt immer auf den Vokalen.

Bevor ich nach Zürich ging, kaufte ich mir diese Karten mit den gebräuchlichsten deutschen Vokabeln oder Sätzen darauf, und lernte zehn Karten pro Tag auswendig. Ich werde nie vergessen, wie ich am ersten tag einen der anderen Studenten am Opernhaus traf. Er sagte „Hallo" zu mir (das konnte ich verstehen) und fragte mich dann etwas. Ich hatte nicht die geringste Idee, was er wollte, und konnte nur mit den Händen in der Luft gestikulieren, dass ich ihn leider nicht verstehe. Das war so unangenehm, dass es mich dazu motivierte, die Sprache rasch zu lernen.

Ich habe noch einen langen Weg vor mir, aber ich kann zumindest das Wichtigste mitkriegen und verstehen, um was es geht. Genug, um Bühne rechts und Bühne links auseinander zu halten. Dieses Extra-Jahr machte einen großen Unterschied!

Was schwierig wird, ist, wenn jemand einen Dialekt spricht. Als ich nach Zürich kam, dachte ich, ich könnte etwas Deutsch verstehen, aber in der ersten Straßenbahn, mit der ich fuhr, verstand ich nicht ein Wort. Mir war nicht bewusst, dass es dort dieses Dialekt, genannt „Schwyzerdütsch", gibt, der mit dem Deutschen nur annähernd verwandt ist. Kein Wunder, dass ich gar nichts verstand. Als ich merkte, dass ich in dieser Straßenbahn gar nichts verstand, war ich sehr verzweifelt.

Zum Glück sprach man am Theater in Zürich Hochdeutsch, und ich konnte mich wenigstens vorstellen.

Die Österreicher sprechen ebenfalls Hochdeutsch als offizielle Amtssprache, aber ihr Akzent und ihre Dialekte sind noch schwieriger zu verstehen - es ist, als ob ein Texaner versucht, einen New Yorker zu verstehen. Hi y'all.

Frankfurt ist die größte Stadt im Land Hessen. Hessen ist die kulturelle Region, die sowohl das Land Hessen als auch das Gebiet mit Namen Rheinhessen, im benachbarten Rheinland-Pfalz, umfasst. Die älteste Stadt diese kulturellen Region ist Mainz, es liegt in Rheinhessen. Die Landeshauptstadt von Hessen ist Wiesbaden. Alles klar?

Der Dialekt, der hier gesprochen wird, nennt sich Hessisch. Technisch betrachtet, handelt es sich um eine Umgangssprache, mit lokalen Idiomen, aber ich nenne es einen Dialekt, das ist einfacher auszusprechen. Unser Kurs ist zumindest gänzlich in Hochdeutsch, hier lernen wir die korrekten Begriffe.

„Es tut mir Leid, dass ich zu spät bin, aber ich musste einen Anruf entgegennehmen." Hannelore kommt herein, nimmt ihr Telefon vom Ohr und beendet das Gespräch.

Sie ist Ende vierzig, groß und schlank, mit leicht ergrautem, schulterlangem Haar, das sie zu einer französischen Rolle zurückgebunden hat. Sie spielt alle Mutterrollen in den Schauspielen und Operetten. Zur Zeit gibt sie die Mutter von Higgins in *My Fair Lady*.

Heute lässt sie uns unser Münder und Zungen lockern.

„Bitte alle wiederholen: nu nee nu nee nu nee."

Wir sollen also diese Phrase mehrmals sprechen. Dabei können wir uns gegenseitig die lippen nicht ansehen, sonst würden wir in großes Gelächter ausbrechen.

Anschließend müssen wir alle das Wort „Arbeit" sagen, damit wir die unterschiedlichen „r"-Laute, die die verschiedenen Sprachen hervorbringen, hören. Angelique spricht es französisch, guttural wie das deutsche „ach". Maria klappert ihre „Rs", wie es die Polen tun. Suzanne rollt ihr „r" wie die Italiener, es klingt wie „Arrrrrrrrrrrrrbeit". Ich spreche „r" wie ein Pirat.

Wer hätte gedacht, dass es so viele Möglichkeiten gibt, diesen einen Mitlaut auszusprechen? Ich weiß nicht, wie weit wir heute kommen, weil wir so viel lachen müssen und uns gegenseitig imitieren.

Danach arbeiten wir an deutschen Zungenbrechern, wie dem englischen „I saw a seashell on the seashore..." Einer ist „Wir Wuppertaler Waschweiber wollen weiße Wäsche waschen, wenn wir wüssten wo warmes Wasser wäre." Auf Englisch macht das keinen Sinn und ist nicht so lustig, aber es ist schwierig auf Deutsch! Deutsche „Ws" sind englische „Vs", dies schnell zu sprechen mit den Zähnen auf der Unterlippe ist nicht einfach!

Ein anderer ist „Fischers Fritz fischt frische Fische...." Den kann ich nicht mal auf Englisch. Wir kugeln uns hysterisch auf dem Boden vor Lachen! Echt lustig, sich gegenseitig anzuspucken. Mir rollen die Tränen übers Gesicht, als Simon es mit seinem britischen Akzent aufsagt.

„Ich brauche noch eine Tasse Kaffee. Wollen wir drüben ins Starbucks gehen?" quiekt Angelique.

„Großartige Idee! Ich hätte gern ein Schokoladen-Croissant, bevor unsere Probe um zehn Uhr beginnt. Schön, dass es einige Bequemlichkeiten aus der Heimat auch hier gibt, zum Beispiel Caramel macchiato!" antworte ich. Obwohl mein Gehalt mir das nicht allzu oft gestattet. Es ist ein bisschen teuer für mein Budget.

Kapitel 11
Noch eine Probe

Nach unserem Sprachkurs haben wir eine Probe angesetzt für *Orpheus in der Unterwelt* auf der Probebühne im Schauspielhaus.

Ich sehe Simon an der Tür.

„Wie geht's dir jetzt?" frage ich.

„Besser als gestern und heute Morgen, aber ich schleppe mich immer noch durch die Gegend."

Auf der Probebühne sind kleine Podeste aufgebaut, die das Bühnenbild simulieren sollen. Ich sehe, dass Simon noch immer ziemlich schwach ist, darum versuche ich, ihn zu stützen, wenn er sich auf der Bühne bewegt. Darüber ist er nicht sehr glücklich, weil es ihm gegen seine Macho-Ehre geht. Es ist sehr verwirrend, herauszufinden, wo wir die Bühnenstufen auf- und abgehen, wenn es noch kein richtiges Bühnenbild gibt.

„Wusstet ihr, dass dies Offenbachs erste richtige Operette war? Bis dahin hatte er nur Einakter geschrieben. Dieses Stück ist eine beißende Satire auf Glucks *Orfeo ed Euridice*", berichte ich der Gruppe.

„Okay, Quizmasterin. Gehen wir zum Subway-Sandwichladen um die Ecke. Das ist mein Lieblings-Mittagessen", schlägt Jenny nach zwei Stunden Probe vor.

„Super Idee", antwortet Suzanne, die uns an der Seitenbühne trifft. Sie singt die Sopran-Solopartie in der Messe, die wir aufführen, und hatte eine private Gesangsstunde mit dem GMD während wir probten.

Also gehen wir. Subway ist hier noch nicht so bekannt wie in den USA, und viel teurer, aber gelegentlich sehnen wir uns einfach nach Essen von zu Hause.

„Ich nehme Steak und Käse auf dünnem Brot", sage ich, als wir endlich dort sind. Himmlisch!

„Ich nehme das getoastete Frikadellen-Sandwich mit amerikanischem Käse", stimmt Jenny ein.

„Ich weiß nicht, ob ich mich hiernach noch bewegen kann. Ich hätte nur ein kleines Chicken-Cesar-Sandwich bestellen sollen, nicht so ein großes!" meint Paul.

Dann gehen wir alle zurück ins Theater, weil wir am Nachmittag unseren Flamenco-Kurs haben.

Kapitel 12
Tanzende Dynamos

„Hast du an deine Kastagnetten gedacht?" frage ich Simon auf dem Weg zum Ballettsaal, wo wir zweimal in der Woche einen Tanzkurs machen.

„Ja, ja, mach die locker. Ich habe sogar an meine speziellen Flamenco-Stiefel gedacht!"

„Ich habe leider noch nicht die richtigen Schuhe, aber ich kann meine Bühnenschuhe benutzen. Die Flamenco-Schuhe mit den Nägel an Ferse und Spitze habe ich bestellt, sie sind aber noch nicht angekommen", sagt Jenny, während sie mit den Bändern an ihren Schuhen kämpft.

„Bitte nehmt eure Plätze ein. Wir beginnen mit Handbewegungen", sagt Carmen, eine der Tänzerinnen aus der Ballett-Truppe.

Sie und ihr Mann Manuel leiten den Flamenco-Kurs für alle Interessierten am Theater. Sie haben Glück, im gleichen Theater engagiert zu sein. Sie ist eine hübsche, dunkelhaarige, schwarzäugige Schönheit mit Oliven-Teint, und er ist der gutaussehende Matador-Typ. Die beiden zusammen tanzen zu sehen, ist fantastisch - wahre Poesie in Bewegung. Wenn sie uns etwas vortanzen, macht es Freude, die ausdrucksvollen Bewegungen ihrer Arme und das rhythmische Stampfen ihrer Füße zu beobachten. Einfach nur ihre gebogenen Rücken und die stolze Haltung zu sehen, ist inspirierend. Der Flamenco ist voller feuriger, emotionaler Intensität.

„Jetzt möchte ich, dass die Damen ihre Finger spreizen, und dabei den kleinen Finger zu sich ziehen. Auf diese Weise ruft man einen Mann zu sich. Das nennt sich nach innen „Floreo". Wir beginnen erst nur mit einer Hand und versuchen es dann mit beiden", sagt Carmen und macht es vor. „Dann möchte ich, dass ihr Daumen und Mittelfinger zusammenführt, so dass sie sich fast berühren, und das Handgelenk zu eurer Körperaußenseite führt. Dabei zeigen zwei Finger zur Decke. Diese Geste bedeutet ‚Geh weg' und nennt sich nach außen „Floreo"." Sie führt wieder den richtigen Bewegungsablauf vor.

Ich habe schon an Aerobic-Kursen teilgenommen und fand sie langweilig, ich habe immer nur auf die Uhr gesehen. Yoga mag ich gern, aber mein Körper ist nicht dafür gebaut, zu einer Brezel verformt zu werden. Mit Flamenco hat man ein tolles Training, bei dem man sich sogar sexy fühlt.

Wenn man Ballett tanzen möchte, muss man rank und schlank und groß sein, aber beim Flamenco kann man so viel wiegen, wie man will, und trotzdem tanzen. Das ist was für uns Sänger, die für gewöhnlich nicht dünn wie Stäbchen sind. Ich nenne uns gern *buxom babes*, dralle Babies! Der Kurs dauert etwa eine Stunde und wird sogar vom Theater bezahlt. Ich vermute, sie wollen uns in Form halten, da wir so lange auf der Bühne stehen müssen und es Kraft braucht, stundenlang zu singen. Es ist toll, dass der Ballettsaal an zwei parallelen Wänden Spiegel hat, so dass man sehen kann, was man tut.

„Die Herren müssen ihre Finger zusammenhalten und mit den Handgelenken einen Kreis nach außen beschreiben, am Schluss zeigen die Finger nach oben." Manuel zeigt den Männern seine Handbewegung.

Daran arbeiten wir die ersten 15 Minuten von jeder Kursstunde. Durch Flamenco fühlt man sich gut, man bekommt eine fantastische Haltung, sowohl innerlich wie auch äußerlich. Wir üben auch mit den Kastagnetten, die wirklich schwierig zu spielen sind, aber eine tolle Fingerübung darstellen.

Manuel erzählt uns: „Ihr müsst verstehen, dass es eine männliche und eine weibliche Kastagnette gibt. Wenn ihr sie euch anseht, werdet ihr feststellen, dass eine davon mit einem Zeichen versehen ist - das ist die weibliche, sie sitzt am rechten Daumen, die andere ist männlich und sitzt links. Die männliche hat einen tieferen Klang und wird für den Grundschlag der Musik eingesetzt, während die weibliche mehr die Fingerbewegungen mitmacht."

Es dauert Jahre, bis man das richtig kann, aber wir können ein paar grundlegende Klänge produzieren. Glücklicher Weise haben sie einige Kastagnetten aus Spanien mitgebracht, die wir kaufen können, denn in Frankfurt sind authentische Kastagnetten schwer zu finden. Es gibt sie in allen Schattierungen von Braun, manche sind aus Holz und manche aus Pressspan. Meine sind aus Mahagoni-Pressspänen mit eingelegten Ringen. Je nach der Höhlung der Kastagnetten-Innenseite entstehen unterschiedliche Klangfarben.

„Als Nächstes üben wir Rhythmus-Stampfen mit den Füßen. Ladies, hebt bitte eure Röcke unten hoch und haltet sie an die Hüfte, damit ihr eure Füße sehen könnt. Wir starten mit flachen Stampfern. Stellt euch in

Tanzposition, das Gewicht auf beide Füße verteilt. Haltet die Knie fest unterhalb der Hüfte, leicht gebeugt. Jetzt hebt einen Fuß nach hinten, so dass das untere Bein einen rechten Winkel bildet zum oberen Bein. Dann lasst das Bein auf den Boden fallen. Das nennt sich „*Golpe*". Mit einem guten *Golpe* kann man einen tollen Klang erzeugen mit dem losgelassenen Fuß, weil man das Gewicht des einen Beines dazu benutzt und nicht den Fuß. Macht mal einen flachen Stampfer mit eurem rechten Fuß und dann mit dem linken, wiederholt den Rhythmus. Dann stampfen wir mit jedem Fuß doppelt. Sehr gut, ihr habt's langsam!" lobt uns Carmen.

„Sie versteht sich wirklich gut darauf", witzelt Simon.

Dann lernen wir, dass ein linker Flachstampfer, zwei rechte flache, und ein schneller linker sich *Rematte* nennen. Der Rhythmus erinnert mich an Beethovens Fünfte Symphonie. Da da da dam.

„Ich weiß nicht, wie es dir geht, aber meine Füße sind mit Sicherheit wund von all dem hier" bemerke ich. Jede Übung wird sehr langsam durchgeführt, bis sie perfekt sitzt, bevor wir schnellere Bewegungen machen.

„Schluss jetzt mit der Fußarbeit. Wir machen Palmas", sagt Manuel.

Das bedeutet, mit den Fingern einer Hand in die Handfläche der anderen Hand zu schlagen. Es gibt unterschiedliche Rhythmen für die Palmas, abhängig von dem Typ des spanischen Tanzes. Im Moment lernen wir Sevillanas, das sind vier Volkstänze, die man tatsächlich heute noch tanzt, im 12er-Takt. Man zählt EINS, zwei, drei, VIER, fünf, sechs, SIEBEN, acht, NEUN, zehn, ELF, zwölf, dann wird wiederholt. Dann muss man gleichzeitig versuchen, den rechten Fuß mit dem betonten Schlag aufzustampfen. Dieser Herausforderung sind wir noch nicht gewachsen.

Simon versucht sein Bestes, aber ich sehe, wie der Schweiß an seinen Schläfen herunterläuft, und schließlich muss er sich hinsetzen. Er hätte heute mal den Kurs ausfallen lassen sollen, denn er hat seine Kräfte noch nicht wiedergewonnen.

„Würde es nicht Spaß machen, nach Spanien zu fahren und ein paar Flamenco-Vorführungen zu sehen, um den Tanzstil besser zu verstehen?" fragt er. Simons Stimme erinnert mich immer an die „Uncola"-Werbung, wo der Darsteller auch eine tiefe, donnernde Bassstimme hat und seine langen, graziösen Finger ausstreckt.

„Oh ja, das wäre echt spaßig", antwortet Jenny außer Atem. „Vielleicht können wir irgendwann im Sommer eine Reise planen, in den Ferien. Dann könnten wir tatsächlich solche Tänze zu Gesicht bekommen, besonders die Sevillanas."

In den Proben tragen die Damen ein Trikot mit einem weiten, langen Rock und die Herren tragen Hosen mit geraden Beinen und hoher Taille. Die passende Ausstattung können wir online kaufen.

Normalerweise haben Flamenco-Tänzer einen Gitarristen, der den Tanz und den Rhythmus vorgibt, aber wir verwenden eine CD. Das Theater würde einen Gitarristen nicht bezahlen, und es gibt wahrscheinlich sowieso keinen in Frankfurt, oder zumindest keinen, der für uns spielen würde.

Simon, offiziell Simon Sterling III, hat in seiner Jugend einige Jahre in Indien gelebt, da sein Vater am britischen Konsulat in Neu-Delhi beschäftigt war, und er besuchte dort einige zeitgenössische indische Tanzkurse. Er zeigte uns einmal, wie er seinen Kopf seitwärts bewegen kann wir eine Bauchtänzerin. Dabei schaut er mit den Augen zur Seite - sieht sehr lustig aus, und es ist hilfreich, wenn man äußerst gelenkig ist. Ich glaube, zu den Tanzkostümen gehören Glocken, die man um die Fußgelenke bindet, sie bimmeln bei jeder Bewegung. Es hört sich faszinierend an. Hoffentlich bringt er uns einige dieser Bewegungen bei, wenn er Zeit hat. Im Kurs spielt er gern den Clown, übertreibt Posen und Mimik. Kriegt immer Ärger, weil er den Kurs stört, aber wir finden ihn großartig.

„Ich muss in die Dusche in meiner Garderobe. Mit dem müffelnden Körper kann ich nicht in die U-Bahn. Obwohl das eigentlich gut wäre, weil dann niemand in meiner Nähe stehen möchte und ich hätte etwas mehr Platz", scherze ich.

Ich gehe duschen und wechsle die Klamotten im Theater, aber ich muss bis 3 p.m. - 15.00 Uhr auf europäisch - zu Hause sein, weil ich den Internet- und Kabelanschluss für meine Wohnung bestellt habe. Bislang hatte ich nichts als Probleme, um einen Termin dafür zu bekommen, dass sie mir die Anschlüsse legen. Zuerst wurde die Wohnung renoviert, und wer immer die Wände gestrichen oder verputzt hat, verdeckte dabei unabsichtlich die Buchse an der Wand, so dass die Kabelleute sie nicht finden konnten. Sie mussten noch einmal kommen, um eine neue Buchse zu legen, und nun muss heute ein anderer Techniker kommen, der die Verbindung herstellt und das Modem anschließt. Hierfür waren drei Termine und mindestens ein Monat nötig. Unfassbar.

Keinen Internet-Anschluss in meiner Wohnung zu haben, ist äußerst unbequem, weil ich per E-Mail jeden Tag meinen Probenplan vom Theater bekomme. Außerdem erhalte ich vom Chorleiter die Musiknoten, vom Regisseur die Notizen für die Proben, und manchmal Termine mit der Maske und der Schneiderei. Ich kann die Mitteilung über mein Handy abrufen, wenn ich am Theater bin, oder in ein Internet-Café gehen, aber es wäre schon einfacher, das zu Hause zu empfangen.

Ich lasse meine Tanzsachen im Schließfach und gehe nach Hause, um ein Schläfchen zu machen. Aber zuerst muss ich mit Maestro spielen, oder er wird sich nicht beruhigen und mich schlafen lassen. Ich habe eine kleine lila Laserlicht-Spielzeugmaus aus Plastik, die er liebend gerne jagt. Er könnte Stunden damit verbringen, dieses Licht an den Wänden oder auf dem Boden zu verfolgen, aber mehr als zehn Minuten schafft mein Arm nicht.

Die Internet-Techniker wecken mich nach etwa einer Stunde Mittagsschlaf und schaffen es schließlich, mich ans Internet anzuschließen. Ich esse zu Abend und fahre zurück ins Theater, wo ich mich mit den anderen treffe für eine Probe im Kaiserdom.

Kapitel 13
Oratorien-Überfall

„Warum haben wir eigentlich heute Abend keine Vorstellung?" fragt Maria stirnrunzelnd, als wir in den Chorsaal gehen.

Der Chor trifft sich im Chorsaal, um gemeinsam zur Chorprobe zu gehen. Maria trägt einen hübschen pinkfarbenen Kaschmirpulli mit dunklen Hosen, was echt schick aussieht. Sie trägt häufig eine leuchtend grüne Bernsteinkette und Ohrringe, die sie von zu Hause mitgebracht hat. Ich hoffe, sie bringt mir so etwas Ähnliches mit, wenn das nächste Mal ihre Familie besucht.

„Die Symphoniker geben Anton Bruckners Sechste Symphonie. Das ist eine sehr bewegende Musik und wird in Amerika nicht oft gespielt, was wirklich schade ist", antwortet Paul.

„Schade, dass wir eine Probe haben und nicht hingehen können", antwortet Jenny.

Bruckner ist in Deutschland ein sehr bekannter Komponist, der Facetten und Anlehnungen an Wagner, Beethoven und Schubert miteinander verbindet. Seine Harmonien sind sowohl ausdrucksstark als auch subtil. Seine Sechste Symphonie hat er seinem Vermieter gewidmet. Ich habe einem Vermieter niemals so nahe gestanden und finde das etwas merkwürdig.

In unserer Probe heute Abend üben wir ein Oratorium, das wir in ein paar Wochen aufführen werden. Es nennt sich „Glagolitische Messe", von Leo Janacek. Wir singen es in einer alten slawischen Kirchensprache, etwas kompliziert und befremdlich für die Ohren und Zungen von Menschen aus westlichen Ländern.

Normalerweise singen wir die Konzerte in der Alten Oper, aber dieses Mal singen wir in der gothischen St. Bartholomäuskirche (Kaiserdom), wegen ihrer berühmten Orgel, die die siebtgrößte in Deutschland ist. Sie hat 78 Register auf fünf Manualen und hört sich großartig an. Die Musik für die Messe ist geschrieben für Orchester, Chor, Solisten und Orgelsolo, es ist also ein wunderbarer Ort für dieses Konzert. Diese katholische Kirche ist Frankfurts Hauptkirche und wurde im 14. und 15. Jahrhundert erbaut. Sie wurde im Zweiten Weltkrieg zerstört und dann wieder aufgebaut. Sie liegt nur zwei Straßenbahn-Haltestellen von der Oper entfernt, deshalb fahren wir alle mit der Straßenbahn dorthin.

Die Kirche hat einen kreuzförmigen Grundriss. Im mittleren Bereich gibt es drei Abteilungen mit Sitzreihen, außerdem zwei Seitenflügel, ebenfalls mit Sitzreihen bestückt. Der Hauptaltar befindet sich in der Mitte, und der Chor bildet die Oberseite des Kreuzes. Die Schnitzereien am hölzernen Altar sind unglaublich schön, mit sehr feinen Details. Die Gebeine des Heiligen sollen hier begraben sein. Das Gebäude besteht aus alten Steinen und ist sehr kalt und feucht, man kann sagen, die Wände weinen. Es gibt auch ein Museum mit Kunst-gegenständen aus dem ursprünglichen Gebäude.

Die Solisten singen heute zusammen mit Chor und Orchester, also ist Suzanne dabei, die das Sopransolo singt. Die meisten Sänger haben iPods mit den Noten darauf, das ist prima. Endlich kommen wir von diesen Papiernoten weg! Ich weiß jedoch nicht, ob ich mich für eine Vorstellung darauf verlassen würde, denn was tust du, wenn dein iPod abstürzt oder der Akku leer ist? Dann steckst du in der Klemme! Natürlich könnte man bei jemand anders reinschauen, aber dieser Jemand wird nicht unbedingt glücklich darüber sein. Aber ich muss zugeben, es sieht ziemlich modern und nach High-Tech aus, wenn man daraus singt. Ich wünschte, wir hätten sowas für den Chor. Der einzige Nachteil ist, dass man beim iPod keine Notizen in den Noten machen kann, und das wäre wohl wirklich notwendig, wenn man Bühnenproben hat und Anweisungen vom Dirigenten bekommt. Vielleicht gibt es Programme, mit denen man Anmerkungen machen kann, aber ich kenne noch keins. Ich stelle fest, dass Suzanne einen Klavierauszug aus Papier benutzt.

Simon, Jenny, Suzanne und ich beschließen, nach der Probe im französischen Bistro bei der Paulskirche zu Mittag zu essen. Die Paulskirche ist jetzt ein Denkmalgebäude, denn hier fand 1848/49 die erste deutsche Nationalversammlung statt. Sie gilt als Symbol deutscher Einheit. Kennedy hat hier sogar eine Rede gehalten. Es ist eine bekannte Touristenattraktion und liegt nicht weit von der Dom Sankt Bartholomäus.

Nachdem man vom Dom aus durch die Altstadt gelaufen ist, muss man die Straßenbahnschienen überqueren. Unterwegs stehen wir in der Menge vor einer Ampel und warten darauf, dass die Straßenbahn vorbeifährt. Man muss den Signalen für „Gehen" und „Stehen" unbedingt folgen in Deutschland, da Deutsche niemals bei Rot über die Ampel gehen. Sie sind zu genau dafür, und sehen dich böse an oder schimpfen sogar, wenn man sich regelwidrig verhält. Manchmal sind sie, meiner Ansicht nach, etwas zu folgsam.

„Hey, Vorsicht", sage ich zu Simon und greife seinen Arm, als er beinahe vom Bürgersteig fällt in die vorbeifahrende Straßenbahn.

Er sagt, dass er fühlte, wie ihn jemand gestoßen hat, aber ich stand neben ihm und konnte nichts und niemanden sehen. Natürlich stehen immer eine ganze Menge Leute dicht gedrängt zusammen, weil es in der Altstadt viele Touristen gibt. Jenny, Simon und ich blicken in die Menge, um zu sehen, ob sich jemand merkwürdig oder bedrohlich verhält, können aber nichts Ungewöhnliches entdecken. Ich denke, Simon ist vielleicht immer noch sehr schwach und kippte zufällig um, ohne es zu merken. Nachdem er sich den Staub abgewischt hat, ist er wieder in Ordnung und wir gehen weiter zum Essen.

„Ich hätte gern Escargots und ein Croque Monsieur". sage ich zum Kellner.

Ich liebe französisches Essen. Croque Monsieur ist ein grandioses getoastetes Sandwich mit Schinken und Käse, auf französische Art. Aber es schmeckt einfach leckerer, wie sie es machen. Die Schnecken liebe ich ebenfalls. Das deutsche Wort SCHNECKEN klingt nur halb so gebildet wie das französische Wort.

Ich bestelle eine Cola light mit Eiswürfeln. Eines der Dinge, die ich aus den Staaten hier vermisse, sind die vielen Eiswürfel in den Getränken. Erstens muss man Eis*würfel* bestellen, nicht einfach Eis, sonst bringen sie dir Eiscreme. Dann bekommt man zwei Würfel. Die Bedienung diskutiert noch mit dir, dass zu viel Eis nicht gesund ist und man nicht so kalt trinken sollte. Ich hatte eine Diskussion mit einer Kellnerin, der ich klar machte, dass es mein Körper sei und ich trinken könne, was ich wollte. Sie kam mit einem Glas voller Eiswürfel zurück und knallte es auf den Tisch. Beherrschung, bitte!

„Bringen Sie mir bitte die französische Zwiebelsuppe", bittet Simon, „Ich glaube, die verträgt mein Magen besser."

„Ich nehme ein Crêpe mit Hühnchen und Pilzen", sagt Suzanne und reicht dem Kellner die Speisekarte.

„Für mich Coq au vin, bitte!" sagt Jenny.

Nach dem Essen steht Simon auf. „Ich glaube, das reicht mir für heute. Ich fühle mich immer noch wie ein Stück Abfall. Bis morgen!" Simon geht hinaus zur Straßenbahn-Haltestelle. Er hat nicht viel gegessen, stelle ich fest.

"Soll ich mit dir gehen?" frage ich, weil ich mir Sorgen mache, wenn er allein nach Hause geht, denn er scheint noch immer angeschlagen zu sein.

„Sei nicht albern, Liebes. Ich komme schon klar." Er winkt uns zu und geht.

Ich beobachte ihn, wie er die Stufen hinunter zur Straßenbahn geht.

Für morgen früh steht auf unserem Plan eine Probe für *Carmen* im Chorsaal des Theaters. Sie nehmen eine Inszenierung von vor acht Jahren wieder auf. Auf diese Weise können das Bühnenbild, die Kostüme und die Durchführung auf der Bühne wiederverwendet werden, das spart Kosten. Ich habe gehört, dass die Inszenierung gute Kritiken hatte und gut besucht war.

Gegen 18.00 Uhr haben wir eine weitere Bühnenprobe für *Orpheus*, und zwar endlich auf der Hauptbühne.

Kapitel 14
Wieder nichts!

Dieser Typ hat neun Leben. Ich dachte, diesmal hätte ich ihn erwischt. Nach der Probe stand seine kleine Clique an der Straße, mitten in einer Unmenge von Touristen in der Altstadt, als die Straßenbahn herankam. Ich konnte ihn genau im richtigen Moment stoßen, aber irgendwie hat er sich an irgendjemandem festgehalten und fiel nicht. Ich kann sein Glück kaum fassen!

Um eine Arbeitserlaubnis zu bekommen, musste ich zum Arbeitsamt gehen. Dort durchlebte ich ein paar schlimme Augenblicke, als ich dachte, sie würden nicht auf meine gefälschten Papiere und Zeugnisse hereinfallen, aber sie winkten mich einfach durch, als sie die Bestätigung des Theaters sahen, dass ich dort beschäftigt sei. Das Ganze wird immer schwieriger. Jetzt muss ich etwas finden, das nach einem Unfall aussieht, wie zum Beispiel die Treppe herunterfallen. Dumm, dass ich ihn nicht aus einem Fenster werfen kann. Das wäre etwas zu offensichtlich. Ich muss aber schnell etwas tun, denn mir läuft die Zeit davon.

Kapitel 15
Proben-Fiasko

„Wer bin ich? Aus dem antiken griechischen Theater bin ich die Öffentliche Meinung, hier, um die Reinheit der Geschichte zu retten. Du musst deiner Gattin treu bleiben", singt Carol, indem sie von der Vorderbühne im ersten Akt ins Publikum blickt.

„Aber ich hasse meine Gattin, warum sollte ich das tun?" fragt Melvin, der die Rolle des Orpheus singt.

„Still! Hier kommt Eurydike. Du musst der griechischen Mythologie getreu folgen." Abgang Öffentliche Meinung. Orpheus nimmt seine Geige und beginnt zu spielen.

Eurydike kommt herein und hält sich die Ohren zu. „Was höre ich für ein schreckliches Quieken?"

„Welch Tremolo! Rinforzando, presto, presto, pianissimo, pizzicato.... agitato...." singt Orpheus, während er so tut, als spiele er seine Geige. In Wirklichkeit spielt ein Geiger auf der Seitenbühne, nicht der Tenor. *Orpheus in der Unterwelt* ist eine tolle französische Komödie, und Offenbach hatte sicher Spaß beim Schreiben.

Simon, Jenny, Paul, Maria und ich warten auf der Seitenbühne auf unsere nächste Szene. Wir sind zum ersten Mal auf der Hauptbühne mit dem endgültigen Bühnenbild. Jetzt warten wir gerade auf die Bühnenarbeiter, die den Berg montieren, damit wir zum zweiten Bild der Operette übergehen können, welches auf dem Berg Olymp spielt. Am Aufbau des Bühnen-bildes sind etwa acht Bühnenarbeiter beteiligt, alle tragen braune Overalls und Arbeitsstiefel. Natürlich gibt es eine spezielle Uniform, die sie tragen müssen. Typisch deutsch!

Nach langem Hämmern und Geschrei ist der Berg schließlich fertig zusammengebaut, und die Bühnenarbeiter verlassen die Bühne. Während ich auf die Bühne zugehe, sehe ich diesen vier Meter hohen und etwa sieben Meter breiten Apparat, der aus mindestens fünfzig zusammengeschweißten Rohren besteht. Das heißt eine Person auf einer anderen stehend, und drei Leute nebeneinander liegend.

Das Ding ist bedeckt mit weißem Pappmaché, mit dünnen bunten Kissen, die auf unter-schiedlich hohen Stufen liegen. Es soll aussehen wie eine große Haufenwolke, aber mir erscheint es eher wie ein zerquetschter Marshmallow.

Unser Regisseur erklärt uns: „Bitte achtet darauf, dass jede Stufe etwa einen halben Meter hoch ist, daher gibt es auf jeder Seite und in der Mitte kleinere Stufen, auf denen man sich am Berg auf und ab bewegen kann. Ich möchte Hera und Zeus auf der obersten Stufe haben, dann Minerva (das bin ich), Neptun (das ist Simon) und Maria auf der darunterliegenden Stufe." Er erklärt jedem Sänger, wo er sich hinsetzen oder legen soll.

Aus dem Mundwinkel raune ich Simon zu: "Der hat gut reden. Er hat keine Höhenangst."

Der Berg wirkt wie eine Pyramide mit seinen sechs Stufen, die nach oben immer kleiner werden.

„Halt dich an mir fest, ich bringe dich da hoch", sagt Simon, als wir vorsichtig hinaufzusteigen beginnen. Ich klammere mich an seinen Arm. *Und wir müssen auf diesem Ding singen!,* denke ich. *Ich kann mir nicht vorstellen, was wir mit unseren wallenden Kostümen anfangen sollen.*

„Bist du sicher, dass das den Bestimmungen der Bühnengewerkschaft entspricht, Karl-Heinz?" fragt Simon unseren Chorvorstand.

„Ja, es ist sehr sorgfältig überprüft worden, dass es unser Gewicht und die Verteilung aushält", versichert er uns wichtigtuerisch.

Simon schüttelt nur seinen Kopf.

Wir begeben uns auf unsere Plätze auf dem Apparat. Zeus und Minerva befinden sich oben, Simon, Maria und ich auf der nächsten Stufe darunter, und die anderen unter uns.

„Bitte, fangen wir an!" ruft der Kapellmeister, Ingo Weltheimer, und sieht zum Pianisten als Startzeichen.

„Schlaf, unsere Langeweile scheint nie zu enden, denn unsere einzige Freude auf dem Olymp ist Schlaf", singen wir, gähnend.

Als ich aufstehe, klingt es wie schleifendes Metall. Ich singe zu Suzanne gewandt, sie ist die Göttin der Jagd und steht mit dem Rücken zu mir. „Diana! Mehr Nektar! Mehr Ambrosia!" Ich lehne mich an Paul, der eine Stufe unter mir steht, und prompt stolpere ich und falle in seinen Schoß. Alle fangen an zu lachen.

Wir müssen die Szene immer wieder neu beginnen. Es ist schwierig, natürlich zu wirken, wenn man schwankt und Angst hat, sich zu bewegen.

Nach und nach verlieren wir alle die Geduld mit diesem Berg. Er quietscht und kracht, wenn wir darauf bewegen und schwankt ein wenig - nicht gerade das stabilste Gebäude.

„Ich glaube, wir müssen Tin Man vom *Zauberer von Oz* anrufen, damit er uns seine Ölkanne bringt!" meint Jenny, und wir lächeln.

„Bitte nochmal!" ruft der Regisseur, Herr Rehmann, aus der dritten Reihe im Zuschauerraum.

Zeus und Hera singen die nächste Strophe für dieses Ensemble, sie haben sich von ihrer Wolke zum Boden begeben, um zu singen. Nur Simon, Maria und ich befinden uns noch auf der obersten Stufe. Plötzlich gibt es ein riesiges Getöse und ein quietschendes Geräusch, und der Berg beginnt an der Spitze einzubrechen. Für mich fühlte es sich an, als ob das gesamte Gebilde hochgesprungen und dann auf den Boden gekracht sei.

„Oh mein Gott, gib mir deine Hand, Myra!" ruft Simon, als wir fallen.

Ich höre Suzanne schreien. Simon schlägt mit dem Kopf an der obersten Stufe auf und bewegt sich nicht mehr. Ich sehe, wie Blut über sein Gesicht läuft. Die oberste Stufe bricht in der Mitte auseinander und fällt nach unten, wobei sie ein großes Loch an der Spitze der Pyramide hinterlässt.

„Simon, bist du in Ordnung? Sag doch was!"

Ich bin nicht sicher, ob er bei Bewusstsein ist, aber ich halte seinen Arm fest. Er scheint seitlich auf die Treppenstufe gefallen zu sein, und ich höre den Berg wieder ächzen und rumpeln. Die Ebene, auf der wir uns befinden, beginnt zu zerbrechen. Simons Beine rutschen zur Mitte, wo das Loch ist. Ich habe schreckliche Angst. Er beginnt zu stöhnen und sinkt langsam nach unten.

Ich rutsche eine Stufe tiefer, greife sein Handgelenk mit meiner anderen Hand, und kämpfe um mein Leben. Seine Beine hängen nun vollständig nach unten und ich halte ihn fest, so gut ich kann, aber ich kann sein Gewicht nicht halten. Mein Handgriff ist rutschig und feucht. Meine Arme fühlen sich an, als ob sie aus ihren Gelenken gerissen würden. Er gleitet aus meinen Händen. Eine Sekunde lang öffnet er die Augen, und ich sehe Panik in seinem Gesicht. Dann ist er verschwunden.

Ein Stück Pappmaché ist aus der Stufe, auf der ich mich befinde, herausgebrochen. Ich ergreife es und bohre meine Fingernägel hinein. Sonst folge ich Simon nach unten. Es gibt einfach nichts, woran ich meine Füße klammern oder mich anlehnen kann.

Ich höre Schreie, und stelle schließlich fest, dass ich es bin. Irgendjemand hat die 112 angerufen, und ich höre die Sirenen. Ich hoffe, dass Notarzt und Polizei unterwegs sind. Die Beleuchter haben das Licht auf höchste Stufe gestellt, aber es blendet mich und ich kann nichts sehen. Ich rieche Rauch, aber ich sehe nichts brennen.

„Versuchen Sie nicht, sich zu bewegen, Frau Barnett. Warten Sie, bis wir bei Ihnen sind!" ruft einer der Bühnenarbeiter. Ich glaube, er heißt Heinz. Er klettert die Stufen hoch, um zu mir zu gelangen. Leute rennen auf die Bühne, und versuchen, uns zu helfen.

Heinz hebt mich sehr vorsichtig hoch und trägt mich sanft nach unten, wo er mich auf den Bühnenboden legt. Ich wische mir das Haar aus den Augen und sehe Blut auf meinen Händen. Ob es von meinem Kopf stammt oder von meinen Fingernägeln, weiß ich nicht. Ich bemerke kaum, dass mir Tränen über die Wangen laufen, weil ich mir solche Sorgen mache um Simon, der am Boden der verhedderten Rohre liegt. Ich finde es so abstoßend, dass ich Simons Absturz nicht verhindern konnte.

„Geht es Simon gut? Helft Simon!" rufe ich dauernd.

Inzwischen sind mindestens hundert Leute auf der Bühne von den beiden Theatern. Sie sind wohl hierher gerannt, als sie den Zusammenbruch hörten. Sie wuseln über die Bühne, alles ist reines Chaos. Für die Leute von der Ambulanz ist es schwierig, sich durch die Menge zu kämpfen.

„Bitte treten Sie zur Seite, damit wir zu ihm gelangen können. Wir möchten nicht, dass es weiter einstürzt. Vorsicht!" ruft der Sanitäter und schiebt die Leute weg. Er erklimmt die Stufen und kontrolliert, ob Simon atmet.

Drei Sanitäter halten sich gegenseitig an Händen und Beinen fest und bilden eine Kette, damit die Person an oberster Position nicht in die Mitte fällt. Ich habe Angst, dass der Berg unter ihrem Gewicht auseinanderfällt. Jedes Mal, wenn sie sich bewegen, höre wir Metall kreischen. Schließlich gelingt es ihnen, Simon aus dem Wirrwarr von Stangen zu befreien und ihn auf die Bühne zu bringen. Sie legen ihn auf eine Trage und transportieren ihn zum Notarztwagen, der ihn zur Notaufnahme im Krankenhaus bringt.

„Sie müssen still halten, damit ich den Schnitt an Ihrem Kopf verbinden und ihre Hände desinfizieren kann, die ganz blutig sind. Sie haben Schrammen an Ihren Armen", sagt ein anderer Sanitäter.

Weil ich so verwirrt bin, will er mir Medikamente zur Beruhigung geben, aber ich will das nicht.

Ich kann nicht glauben, was hier passiert. Dies ist ein Alptraum.

Ich blicke mich um und sehe Maria bei Paul stehen. Sie bekreuzigt sich immer wieder, und ihre Lippen bewegen sich in einem stillen Gebet. Beide scheinen sie erschüttert zu sein, aber nicht körperlich versehrt. Dann sehe ich, wie die Sanitäter Suzanne auf eine Trage legen mit einer Schiene am Arm.

„Oh nein, geht's dir gut?" Ich renne zu ihr rüber.

„Ich kann mich nicht mehr an alles erinnern, was geschehen ist, aber anscheinend bin ich gefallen und habe mir den Arm gebrochen", antwortet sie.

„Wo hast du gestanden?"

„Ich stand auf der dritten Ebene, als wir den Lärm hörten und die Treppen hinunter gepurzelt sind. Es fühlte sich an, als ob ich durch die Luft flöge", antwortet sie.

Ich streiche über ihr Haar und beobachte den Sanitäter, der ihren Arm mit der Schiene verbindet. Der Arm sieht rot und geschwollen aus.

„Wo bringen Sie sie hin?" frage ich den Sanitäter.

„Wir bringen sie ins Krankenhaus Zum Heiligen Geist, das ist nicht weit von hier und hat die nächste Notaufnahme."

„Komm, ich habe ein Auto, du kannst mit mir zum Krankenhaus fahren", sagt Herr Nüsse, unser Chorleiter. „Du wirst deinen Mantel und Hut brauchen, denn es ist kalt draußen, und du hast sicher einen Schock. Du musst dich warm halten."

Entgegen meinem Willen besteht er darauf, dass wir zu meinem Schließfach gehen und die Sachen holen.

Die Fahrt dauert nur fünf Minuten, aber es kommt mir vor wie fünfzig. Das Krankenhaus liegt in der Langen Straße, nicht weit vom Theater und nahe am Main, der durch die Stadt fließt.

Kapitel 16
Krankenhaus-Leiden

Als wir in der Notaufnahme im Krankenhaus ankommen, gehe ich zum Empfangstisch und frage: „Wissen Sie, was mit meinen Freunden Simon Sterling und Suzanne Beyer los ist? Sie sind gerade von der Ambulanz hier eingeliefert worden."

„Bitte nehmen Sie im Warteraum Platz, ich lasse Sie wissen, wenn ich Informationen für Sie habe", sagt uns die Schwester an der Rezeption.

Es ist schrecklich frustrierend, gar nichts zu wissen und nicht in der Lage zu sein, helfen zu können. Wir halten uns an eine Menge Gebete, die sie beschützen sollen.

Endlich kommt ein Arzt heraus und sagt uns, dass Suzannes Arm gerichtet wurde und sie über Nacht zur Beobachtung hier bleiben soll, um sicher zu gehen, dass nichts Ernsteres als ein gebrochener Arm vorliegt. Sie wird wahrscheinlich morgen mit uns nach Hause kommen können.

Simon jedoch ist in schlechter Verfassung mit einer Kopfverletzung, und er kann uns noch nicht sagen, wie es ihm geht - sie beschäftigen sich noch mit ihm.

„Habt ihr etwas von Simon gehört? Und was ist mit Suzanne?" Jenny taucht kurz danach auf, um mit mir zu warten. Sie konnte mit Jutta hierher fahren, die sie angerufen und über den Unfall unterrichtet hatte. Ich breche in Tränen aus, als ich sie sehe. Ich erzähle ihnen, was ich weiß, das ist nicht sehr viel.

„Wurde noch jemand verletzt?" fragt Jutta.

„Die meisten Verletzungen bestanden nur aus Schrammen und ein paar Schnittwunden, wie bei mir und Maria, und mussten nicht im Krankenhaus behandelt werden."

Alle Leute vom Theater sind hier, der Intendant, Herr Johann Weber, der Generalmusik-direktor, der Regisseur, die Verwaltungsangestellten, viele Leute vom Chor und einige vom Orchester, die mit Simon befreundet sind. Wir warten fast zwei Stunden lang, bis sie uns sagen, dass Simon auf der Intensivstation im Koma liegt und es ihm nicht gut geht.

„Können wir ihn sehen?" frage ich.

„Nur einer nach dem anderen, und auch nur eine Viertelstunde lang", antwortet die Schwester.

„Geh du zuerst, und dann können wir anschließend zu ihm gehen", meint Herr Nüsse freundlich und reibt mir mitfühlend die Schulter.

Simon ist so ein großer, kräftiger Typ und sieht so zerbrechlich aus mit all den Schläuchen und Kabeln, die durch seine Nase und seinen Rachen führen. Er wird sehr ärgerlich sein, wenn seine Stimmbänder ruiniert werden. Es ist wirklich schwer, ihn so zu sehen, ohne Lächeln, keine Witze machend. Ich setze mich hin und halte seine Hand in der Viertelstunde, die mir zusteht.

„Nein, denk nicht mal daran, dass du aus dieser Lage nicht herauskommst", erzähle ich ihm. „Wir müssen doch noch diese Reise nach Spanien machen im Sommer, und ich werde nicht ohne dich fahren."

Es ist wahrscheinlich albern, aber ich glaube, wenn jemand ohne Bewusstsein ist, kann sein Unterbewusstsein trotzdem hören und es hilft vielleicht dabei, um das Leben zu kämpfen. Vielleicht ist das auch nur ein Trost für mich, aber ich hoffe, Simon kann mich hören.

Nach meiner Zeit bei Simon mache ich einen Umweg, um zu sehen, wie es Suzanne geht. Sie ist mit Medikamenten vollgepumpt und spürt deshalb kaum Schmerzen, aber sie schläft immer wieder ein.

„Wie geht es Simon?" fragt sie und öffnet die Augen, aber ich schüttle nur den Kopf und halte ihre gesunde Hand.

Ein paar andere Leute vom Chor und aus dem Theater kommen und dürfen Simon besuchen, aber er erlangt sein Bewusstsein nicht zurück. Stunden später gehen wir zur Cafeteria des Krankenhauses, um etwas zu essen. Die Zeit für das Abendessen ist schon vorbei, und wir können nichts tun außer warten.

Die Schwester kommt vorbei und ich helfe mit grundlegenden Informationen für seine Akte. Ich stelle fest, dass ich Tante Lizzies Nachnamen, Adresse oder Telefonnummer in London nicht kenne, aber die Theaterverwaltung müsste diese Angaben haben. Das Krankenhaus wird dort anrufen.

„Meinen Sie, ich könnte es übernehmen, sie anzurufen? Ich bin eine gute Freundin, und es wäre besser, wenn ich zuerst mit ihr rede, als wenn es jemand Fremdes tut", frage ich und hoffe, sie damit nicht zu beleidigen.

„Ich werde das mit dem Arzt klären und herausfinden, ob das Reglement des Krankenhauses es erlaubt. Ich gebe Ihnen Bescheid."

Nach ein paar Stunden gehen die meisten Leute vom Theater nach Hause, einschließlich Jenny und Jutta. Die Schwestern versuchen, mich ebenfalls nach Hause zu schicken, um am nächsten Tag wieder zu kommen, da sein Zustand sich nicht zu verändern scheint, aber ich kann mich einfach nicht dazu zwingen, ihn zu verlassen. Was, wenn er aufwacht und niemand da ist?

Ich besorge mir eine Cola und richte mich auf eine lange Wartezeit durch die Nacht ein, falls notwendig. Schließlich schlafe ich ein paar Stündchen, aber gegen 3.00 Uhr weckt mich Dr. Gerhard Kohler.

„Wir hatten einen Notfall. Simon hat ein subdurales Hämatom, das eine Blutung in seinem Kopf verursacht. Ich muss ihn operieren, um zu versuchen, die Blutung zu stillen. Das ist aber leider sehr ernst. Als wir Simon untersucht haben, stellten wir fest, dass er in der Vergangenheit einmal beide Arme und Beine gebrochen hatte. Wissen Sie etwas darüber?"

„Das höre ich zum ersten Mal. Vielleicht hat er im College Sport getrieben und sich dabei verletzt. Ich weiß es wirklich nicht", antworte ich. Puh, was weiß ich sonst noch alles nicht über Simon?

Das weckt mich rasch wieder auf. Simon ist noch immer nicht aufgewacht, also kann ich nur zu ihm gehen, mit ihm reden und seine Hand halten, in der Hoffnung, dass er mich hören kann, während sie ihn in den OP fahren.

Ich rufe meine Freundin Jutta an. „Tut mir Leid, dich zu stören, aber Simon muss am Gehirn operiert werden, und ich möchte nicht alleine hier sein. Kannst du bitte kommen und mit mir zusammen warten? Ich habe furchtbare Angst."

Sie eilt zu mir, und wir verbringen Stunden damit, den Gang entlang zu laufen.

Endlich, gegen fünf Uhr morgens, kommt der Arzt in den Raum mit einem betrübten Gesichtsausdruck, und mein Herz rutscht mir in die Hose.

„Es tut mir schrecklich Leid, Ihnen mitteilen zu müssen, dass Simon es nicht geschafft hat", sagt er.

Wir brechen in Tränen aus und halten uns gegenseitig fest. Wie kann das sein? Nicht unser guter Freund, der immer so lebensfroh und voller Energie war, und so eine tolle Persönlichkeit! Das kann nicht stimmen!

Der Arzt erklärt uns: „Als Simon gefallen ist, hat er sich den Kopf angeschlagen. Das verursachte eine Blutung in seinem Gehirn, was das Hirngewebe irritierte und eine Schwellung zur Folge hatte. Man nennt das ein zerebrales Ödem. Das Blut sammelte sich an einer Stelle, was man als Hämatom bezeichnet. Diese Bedingungen verstärken den Druck auf benachbartes Gewebe, was wiederum die lebenswichtige Blutzufuhr verringert und Hirnzellen abtötet. Während der Operation kam es zu einer Einblutung im Gehirn, und sein Herz blieb stehen. Wir konnten nichts tun, um ihn wiederzubeleben. Es tut mir sehr Leid um ihren Verlust."

Gott sein Dank war Jutta da, weil ich natürlich die deutschen Fachbegriffe für diesen medizinischen Jargon nicht kenne. Das einzige, was ich kenne, ist „Gehirn", wobei dieses Wort auch für *trauma* verwendet wird.

Wir setzen uns beide in den Warteraum und versuchen herauszufinden, wie dies alles geschehen konnte, und wie wir mit unseren Emotionen umgehen sollen. Zwischen Wein- und Taubheitsanfällen reißen wir uns schließlich zusammen und gehen nach Hause. Ich möchte es Suzanne ungern erzählen, falls sie schläft, aber ich weiß, dass sie in ihrem Bett vermutlich auf Neuigkeiten wartet. Langsam gehe ich zu ihrem Zimmer und teile ihr mit, was geschehen ist. Sie ist ebenfalls sehr traurig.

Jutta fragt: „Willst du mit zu mir kommen und heute Nacht bei mir bleiben? Ich denke, du solltest nicht allein sein. Du kannst einen meiner Schlafanzüge anziehen."

Ihr Angebot nehme ich froh an. Ich weiß einfach nicht, wie ich mit einem solchen Verlust umgehen soll und kann eine freundliche Schulter zum Anlehnen gebrauchen. Mein Kater hat genügend Futter und Wasser, er wird zurechtkommen, bis ich am nächsten Tag nach Hause komme. Ich wünschte, ich könnte mich wie ein Ball zusammenrollen und schlafen wie eine Katze, mich nur um Essen, Spielen und Schlafen sorgen, und nicht zerstört fühlen vom Tod eines lieben Freundes.

Kapitel 17
Herzeleid

Jutta streicht mir langsam über die Augen. „Myra, ich glaube, du musst aufwachen."

Sie hatte mir einst erklärt, dass man niemanden aus dem Schlaf schrecken soll, weil die Seele sonst den Weg zum Körper nicht mehr findet, wenn sie in die Nacht gewandert ist. Ich glaube, sie meint die indianischen Traumfänger. Jedenfalls ist es eine bessere Art aufzuwachen, als von einem hellen Licht hochgeschreckt zu werden.

„Ich habe beim Theater angerufen, es ist für ein paar Tage geschlossen, solange die Polizei den Unfall untersucht. Sie haben den Unfallort abgeriegelt, und niemand darf dort hin im Verlaufe der Ermittlungen."

„Das passt mir gut. Ich glaube nicht, dass ich funktionieren und spielen kann, als wenn nichts geschehen wäre. Es ist einfach zu erschütternd. Ich musste die Schlaftablette nehmen, die mir der Arzt im Krankenhaus gegeben hat, damit ich letzte Nacht überhaupt schlafen konnte."

Ich fahre nach Hause, dusche und ziehe mich um. Die Schnittwunde an meinem Kopf sieht ein bisschen böse und rot aus, aber ich habe keine Lust, Make-up darüber zu schmieren oder mich zu schminken. Ich ziehe meine schwarzen Stretch-Hosen an, eine lila Jacke und ein weißes Shirt. Außerdem trage ich meine lila gestreiften Armbänder dazu. Dadurch fühle ich mich etwas normaler, aber ich bin immer noch sehr ausgewrungen.

Maestro ist sehr glücklich, mich zu sehen. Ihn zu halten, sein sanftes Fell zu fühlen und ihn schnurren zu hören ist ein großer Trost. Er stupst meine Nase mit seiner Nase, um mir zu sagen: Er weiß, dass ich aufgeregt bin.

Statt Trübsal zu blasen, entscheide ich mich, zum Theater zu fahren und Simons Schließfach in der Herrengarderobe aufzuräumen. Zum Glück hat er mir die Kombination gegeben, als er krank war.

Als ich durch den Bühneneingang hineingehe, sagt Herr Bleiziffer: „Es tut mir so Leid, was Herrn Sterling passiert ist. Wir mochten ihn alle sehr gern hier am Theater."

„Danke. Seine Kollegen werden ihn sehr vermissen, und besonders seine guten Freunde."

„Sie können nicht auf die Bühne gehen, weil die Polizei sich das zusammengebrochene Bühnenbild ansieht und die Unfallstelle", berichtet er mir.

„Nein, ich gehe nur zu den Garderoben im zweiten Stock, um einige Sachen aus Herrn Sterlings Schrank zu holen."

„Ich bin sicher, das geht in Ordnung", nickt er, und liest weiter in seinem Buch auf dem Tresen unterm Fenster.

Ich gehe zu den Garderoben im zweiten Stock, öffne Simons Schließfach und finde sein Ersatzpaar Straßenschuhe, Flamenco-Kleidung und -Schuhe, eine Ersatzhose und ein Shirt, alles ordentlich gefaltet. Es ist so traurig, sich bewusst zu machen, dass er dies nie mehr tragen wird. Ich rieche sein Eau de Cologne an seinem Shirt und breche fast wieder in Tränen aus. Auch seine Wohnungsschlüssel finde ich in der Jackentasche. Er hat alle Klavierauszüge von den aktuellen Produktionen und eine Menge anderer Musik. Ich stecke alles in einen Beutel, um es seiner Tante zu schicken, falls sie es haben möchte. Aber ich bemerke, dass alle Bilder, die er an der Innentür hängen hatte, verschwunden sind. Wie kann das sein? Sie waren doch kürzlich noch dort. Irgendetwas stimmt hier nicht. Könnte er sie abgenommen haben?

Ich beschließe, hinunter zu Bühne zu gehen und zu sehen, ob jemand da ist, den ich fragen könnte, wer die Erlaubnis bekommen hat, das Theater zu betreten, aber anscheinend sind alle zum Mittagessen gegangen oder haben das Theater für heute verlassen. Die Rohrstangen und Pappmaché sowie andere Teile des Berges sind überall verteilt. Ich sehe sie mir aus reiner Neugierde an und stelle fest, dass einige Stangen mit Zwischenstücken verbunden waren und andere miteinander verschweißt waren.

Interessanter Weise waren diejenigen, die oben auf dem Haufen liegen, verschweißt und sehen aus, als ob sie teilweise durchgeschnitten wären. Ich kenne mich ein bisschen mit Schweißtechnik aus, da mein Vater Tischler und Schweißer war und zwanzig Jahre lang für die Boeing-Flugzeugwerke in Seattle gearbeitet hat. Zurzeit arbeitet er in einem College und unterrichtet Holztechnik und Schweißtechnik für Technik-Studenten, die ein Handwerk erlernen. Ich habe ihn immer auf seiner Werkstatt in der Garage meines Elternhauses beobachtet und gesehen, wie er verschiedene Metallteile und Rohre mit einem Schweißbrenner zusammenschweißte. Er erklärte mir dabei immer, was er tat.

All dies lässt mich vermuten, dass hier gar kein Unfall vorliegt, sondern alles geplant war. Es ist schwierig, verschweißte Stangen auseinander zu brechen. Die Schnittkanten sind sehr glatt und mussten mit einem Schweißbrenner bearbeitet werden, um sie zu durchtrennen. Ob die Polizei das bemerkt hat? Ich mache eine paar Fotos mit meinem iPhone, um sie mir später anzusehen. Vielleicht sehe ich die Dinge falsch. Aber es stimmt alles nicht überein.

Wer ist in Simons Schließfach eingebrochen? Wer hat die Stangen durchtrennt, die genau dort brachen, wo Simon und ich standen? Ich werde herausfinden, welcher Polizist und welche Polizeistation die Ermittlungen führt.

Ich wende mich an das Krankenhaus um zu fragen, ob sie Simons Tante in London erreichen konnten oder ob sie mich brauchen, um mit ihr zu reden.

„Ja, wir haben die Telefonnummer und Adresse von Herrn Sterlings Tante Elizabeth Palmer gefunden. Der Arzt würde es sehr begrüßen, wenn Sie kämen und zuerst mit ihr sprechen könnten, wenn wir dort anrufen. Das müsste so bald wie möglich geschehen. Können Sie heute noch kommen?"

Ich muss zum Krankenhaus fahren und von dort aus anrufen, so dass Dr. Kohler direkt mit ihr sprechen kann, wenn sie es möchte. Sein Englisch ist nicht allzu gut.

„Ja, ich bin in etwa einer Viertelstunde dort", sage ich und verstaue mein Handy.

Schweren Herzens nehme ich die U-Bahn zur Konstabler Wache und steige dann um in die Straßenbahn Linie 8, von der ich direkt vor dem Krankenhaus aussteige. Aus dem Schwesternzimmer im vierten Stock, wo der Arzt sich gerade aufhält, rufe ich Simons Tante Lizzie an.

„Mrs. Palmer, hier spricht Myra Barnett aus Frankfurt, in Deutschland. Ich bin eine Freundin von Simon."

„Natürlich, ich erinnere mich, dass Simon von Ihnen gesprochen hat. Wie geht es Ihnen, meine Liebe?" fragt sie.

„Es geht mir gut, aber ich habe furchtbare Nachrichten für Sie", stottere ich und erzähle ihr von dem Unfall. Wie in aller Welt erklärt man jemandem so etwas?

Sie beginnt zu weinen und zu stöhnen und regt sich so auf, dass sie kaum sprechen kann. Der Arzt spricht eine Weile mit ihr, und sie teilt ihm mit, dass sie mich später anrufen wird. Sie muss Entscheidungen treffen bezüglich des Transports seines Leichnams, der nun in der Leichenhalle im Erdgeschoss liegt. Es ist wirklich herzzerreißend.

Später am Abend ruft sie mich zurück.

„Meine Liebe, verstehen Sie bitte, dass ich 70 Jahre alt bin und nicht weit reisen kann. Deshalb lasse ich Simons Leichnam nach London überführen. Die Beerdigung wird stattfinden in der Kirche, wo Simon aufgewachsen ist, und auf dem Friedhof, wo auch seine Eltern begraben sind. So kann die gesamte Familie daran teilnehmen. Es ist so schrecklich und traurig."

„Ich wünschte, ich könnte den Leichnam begleiten, aber ich bekomme nicht so viel freie Tage vom Theater", bedaure ich.

Außerdem habe ich das Geld für das Ticket nicht. Seine Tante versteht und erwartet nicht, dass ich nach London komme, aber ich habe trotzdem Schuldgefühle. Sie teilt dem Krankenhaus mit, dass ich autorisiert bin, seine persönlichen Dinge abzuholen.

„Myra, ich möchte sie nicht weiter bedrängen, aber denken Sie, Sie könnten in seine Wohnung gehen und seine persönlichen Sachen durchsehen, die nach London geschickt werden sollten, und seine Möbel und Haushaltwaren verkaufen? Und könnten Sie ebenfalls zu seiner Bank gehen und dort mitteilen, was geschehen ist? Nennen Sie mir deren Namen, damit ich mich mit ihr in Verbindung setzen kann."

„Natürlich, das tue ich gern für Sie."

Ich muss seinen Vermieter benachrichtigen und herausfinden, für wie lange die Miete bezahlt ist, damit ich weiß, wie viel Zeit mir zur Verfügung steht. Keine Pflicht, auf die ich mich freue, aber er war sonst mit niemandem hier so eng befreundet. Wenn man die Besitztümer eines lieben Verstorbenen sortiert, fühlt es sich manchmal an, als würde man den Verlust noch einmal erleben.

Ich bin sicher, dass Jenny und Jutta mir helfen werden, und vielleicht einige der Männer, wie Paul und Manfred aus dem Chor, wenn wir die Möbel transportieren müssen.

Ich bin froh, dass ich Simons Schlüssel in seiner Jacke gefunden habe, denn ich glaube nicht, dass ich seinen Vermieter dazu überreden könnte, mich in die Wohnung zu lassen, da ich ja nicht eigentlich „Familienmitglied" bin. Zur Bank muss ich auch gehen und herausfinden, wie seine Tante Zugang zu seinen Konten bekommen kann - hoffentlich ist sie als Erbin eingetragen.

Ich sehe schon, das wird kompliziert, aber es beschäftigt mich wenigstens, und ich muss nicht so viel Trübsal blasen. *Oh, Simon!*

Kapitel 18
In Memoriam

„Soll ich dich morgen vor der Trauerfeier für Simon abholen? Sie beginnt um 11.00 Uhr. Wir müssen beim Krankenhaus vorbeifahren und Suzanne mitnehmen. Sie möchte mitkommen. Hast du ein paar Kleidungsstücke, die sie anziehen kann?" fragt Jutta abends am Telefon.

„Das fände ich gut. Ich finde bestimmt etwas, das sie anziehen kann. Bis morgen gegen 8.00 Uhr."

Am nächsten Tag holt Jutta mich ab, und wir fahren zum Heiligen-Geist-Krankenhaus, um Suzanne mitzunehmen. Sie trägt eines dieser Eine-Größe-für-alle-Krankenaushemdchen, die hinten offen sind und so stylish und bewundernswert. *Hilfe!*

„Haben die Ärzte auch ganz sicher gesagt, dass du heute gehen darfst?" frage ich und helfe ihr, meine Bluse und die Hose anzuziehen, die ich für sie mitgebracht habe.

Es ist wirklich hart, wenn man nicht selbst sein Hemd zuknöpfen oder den Reißverschluss der Hose zuziehen kann. Ich kämme ihr Haar und mache ihr einen Pferdeschwanz, denn das kann sie auch nicht selbst tun. Ich glaube, allmählich begreift sie, wie schwierig es sein wird, wenn man nur einen Arm benutzen kann. Weil es draußen noch immer kalt ist und regnet, was zu unserer Stimmung passt, muss sie einen Mantel anziehen. Ich lege ihn um ihre Schulter, wegen des Verbandes.

„Ich habe sie gar nicht gefragt. Ich habe einfach meine hochnäsige, befehlende Primadonna-Stimme eingesetzt und ihnen mitgeteilt, dass ich gehe. Ich musste eine ganze Menge Formulare ausfüllen, die bestätigen, dass ich selbst für mich verantwortlich bin und dies entgegen dem Rat meines Arztes tue. So ein Quatsch!"

„Haben sie dir wenigsten ein paar gute Medikamente mitgegeben, damit dein Arm nicht so schmerzt?"

„Oh ja, gut, dass ich nicht Auto fahre. Das wäre nicht ratsam. Ich bin ein bisschen wackelig", lacht sie und schüttelt den Kopf.

Die Trauerfeier für Simon findet in der Lutherischen Katharinenkirche in der Berliner Straße statt, nicht weit von der Oper und dem Krankenhaus. Sie steht nahe bei der Fußgängerzone Zeil, in der Nähe von Simons

Wohnung. Sie wurde im Barockstil erbaut, und ich liebe die riesige Orgel im hinteren Chorbereich.

Als ich in die Kirche gehe, höre ich: „Siehst du, wie viele Leute vom Theater hier sind? Schön, dass das Theater heute Morgen geschlossen ist, so dass alle zum Gottesdienst kommen können." Es ist Angelique, die hinter mir geht mit einem Mann, von dem ich annehme, dass es ihr Ehemann Gerhardt ist. Sie sind beide tiefschwarz gekleidet. Sie trägt einen schwarzen Hosenanzug und er einen schwarzen Anzug und Krawatte. Er ist größer als sie und sieht gut aus, mit braunen, dichten Augenbrauen, einer langen, geraden Nase und vollen Lippen. Er lächelt mich freundlich an.

Während ich den düsteren Klängen der Orgel lausche, die ein Klagelied von Bach spielt, drehe ich mich um und flüstere: „Ja, ich denke, einige sind Mitglieder der Kirchengemeinde, denn ich habe sie gesehen, als ich hier war, um Simons Solovorträge im Sonntags-Gottesdienst zu hören. St. Katharina ist die größte Lutherische Kirche in Frankfurt und berühmt dafür, dass Goethe ein Gemeindemitglied war."

Johann Gerhard, der Pastor der Kirche, hatte viele Stunden damit verbracht, mit Simon über Theologie und Philosophie zu diskutieren, und sie waren gute Freunde geworden. Ich war immer erstaunt, dass Simon aus der Bibel zitieren konnte und so viel über Theologie wusste.

„Siehst du den Intendanten und den GMD dort vorne? Das ist alles so traurig!" sagt Jutta, als sie zu uns kommt und sich eine Träne wegwischt. Sie lässt sich neben Suzanne fallen.

Suzanne sitzt in der Kirchenbank und hält behutsam ihren Arm fest. Sie hat Schmerzen, wird es aber nicht zugeben.

Bevor der Gottesdienst beginnt, singen einige der Solisten und Choristen vom Theater das Agnus Dei und das Lacrimosa aus dem Verdi-Requiem. Es gehörte zu Simons Lieblings-stücken. Ich weiß, dass Suzanne gerne mitsingen würde, und drücke ihre Hand. Ich könnte heute überhaupt nicht singen, ich höre die Organistin weinen, während sie spielt. Sie war auch mit Simon befreundet. Ich fange auch an zu weinen. Jutta gibt mir ein Papiertaschentuch.

Der Pastor beginnt: „Simon lebte ein erstaunliches Leben, obwohl es nur so kurz war. Er war ein großartiger Freund und Kollege. Er war die Sorte Freund, die bei dir sind, wenn du jemanden brauchst. An was erinnern wir uns, wenn wir an Simon denken? Ich glaube, jeder, der ihn gut kannte, wird mir darin zustimmen: Es ist sein Sinn für Humor. Er war ein Mensch, der jeden zum Lachen brachte, so sehr, dass einem am Ende Tränen über das Gesicht liefen. Wer könnte seine dummen britischen Sprüche vergessen? Wenn ich nur daran denke, muss ich schon lachen. Das vermisse ich wirklich mit Simon. Er hat mich stets aufgeheitert, wenn er nur wusste, dass ich einen schlechten Tag hatte oder niedergeschlagen war. Das ist Simons Markenzeichen. Er wollte die Menschen stets glücklich machen. Wir werden ihn sehr vermissen."

Im Verlaufe der Lobesrede des Pastors breche ich mehrmals zusammen. Ich bin überrascht, als unser Chorleiter, Herr Nüsse, nach vorn geht und eine Ansprache hält über Simon als Kollegen und talentierten Sänger, der vom Theater sehr geschätzt wurde. Er liest durch seine Halbbrille vom Blatt ab. Ich hätte nicht gedacht, dass er so gut reden könnte. Viele Menschen treten vor und erzählen, wie sie Simon kannten und wie er ihr Leben bereichert hat mit seinem Humor und seiner Lebensfreude. Ich bin ein *basket case* und kann nicht aufstehen und reden, aber ich lasse Jutta etwas über Simons Leben vorlesen, das ich geschrieben habe, und über seinen Einfluss auf uns alle.

Als sie für mich liest, sagt sie. „Simon war der erste Mensch, den ich getroffen habe, als ich durch die Tür des Theaters ging. Er sagte ‚Hoppla. Ich glaube, die Liebe meines Lebens ist gerade hereingekommen. *I can tell she will have me walking on broken glass.*' Von diesem Moment an waren wir unzertrennliche Freunde und verbrachten viel Zeit miteinander. Er war immer so einsichtig und kannte sich in so vielen Bereichen aus. Er war ein wundervoller Kollege und ein gefühlvoller Sänger. Er war stets die Schulter zum Ausweinen, derjenige, der neue Speisen ausprobierte, und derjenige, der mich zum Lachen brachte. Er war mein bester Freund, uns jetzt singt er mit den Engeln."

Es ist schrecklich und einfach eine Tragödie, wenn jemand so jung stirbt. Er war noch keine vierzig Jahre alt.

Anschließend gehen wir alle in den Burghof zum Mittagessen und versuchen, Simons Leben zu feiern und unsere fröhlichen Momente zu teilen. Ich trinke sogar ein Bier ihm zu Ehren, und ich hasse Bier. Es ist alles so herzzerreißend und anstrengend. Aber herauszufinden, was tatsächlich mit Simon geschehen ist, lässt mich nach vorne schauen.

Kapitel 19
Beim dritten Mal klappt es

Endlich ist es mir gelungen, Simon aus meinem Leben auszulöschen. Wegen meines neuen Jobs im Theater kann ich mich überall hin bewegen, ohne Verdacht zu erregen. Ich bin an diesem Abend bis zehn Uhr geblieben, um sicher zu sein, dass alle anderen den Arbeitbereich und die Bühne auf beiden Ebenen verlassen hatte, so dass ich die Rohre oben an dieser blöden Wolkenkonstruktion für das Bühnenbild durchtrennen konnte. Die Bühne war verlassen, und ich konnte die Lampe auf meiner Schweißerkappe benutzen, um zu erkennen, welche Rohre ich durchschneiden musste. Es war so einfach. Ich habe auch das Zahlenschloss an seinem Garderobenschrank geknackt, damit es keinen Beweis mehr gab, der auf mich hindeutete, und fand dabei ein Foto an der Innenseite der Tür. Ich nahm alle Bilder ab, so gab es keine Chance für irgendjemanden, es zu finden und mein Gesicht zu erkennen.

Am Abend des Unfalls hatte ich die Möglichkeit, an der Seitenbühne zu stehen, statt mit dem Rest der Mannschaft nach unten zu gehen, und konnte so sehen, was passierte. Simon trug dieses dämliche goldene Kostüm. Zuerst dachte ich, er würde nicht auf die Wolke hochsteigen, weil Zeus und Hera anfangs dort saßen. Aber dann stiegen sie ab und sangen, und Simon kletterte hinauf. Ich fürchtete, es wäre alles umsonst gewesen.

Ich achtete darauf, dass er mein Gesicht nicht sehen konnte, obwohl ich zweifle, dass er mich so erkannt hätte, wie ich jetzt aussehe. Bühnenarbeiter sind immer unsichtbar und werden von den Darstellern kaum beachtet.

Als ich das mahlende Geräusch hörte, wusste ich, dass die Wolke auseinanderbrach. Ich spähte am Vorhang vorbei und sah Simon durch die Mitte fallen. Ja! Während ich rasch nach unten lief, lächelte ich, als ich das Schreien und Rufen hörte. Vielleicht wurde noch jemand verletzt, aber so läuft es nun mal. Sie waren zur falschen Zeit am falschen Ort. Alle meine harte Arbeit und meine Absichten machten sich schließlich bezahlt. Es war an der Zeit für Simon, zu sterben.

Wenn ich jetzt noch einen Weg finde, zu kündigen und ohne Probleme zu verschwinden, kann mein Leben wieder zur Normalität übergehen. Ich glaube nicht, dass die Polizei irgendeinen Gedanken daran verschwendet, dass es kein Unfall war, und der Vorfall wird einfach als unglückliches Missgeschick in die Akten eingehen.

Kapitel 20
Das Leben geht weiter

Ich ziehe meine Laufklamotten an, das heißt nur Jeans und ein T-Shirt mit Kapuzen-Sweatshirt sowie eine Sonics-Baseballkappe, um mein Haar hineinzustopfen. Nur einen Block entfernt von meiner Wohnung liegt der berühmte Palmengarten, wohin ich mich begebe, um ein bisschen sportlich zu laufen und zu rennen. Ich habe eine Wasserflasche und ein Handtuch dabei, denn ich werde beides brauchen.

Der 22 Hektar große Palmengarten stammt aus dem Jahr 1870, als der Fürst von Nassau einen Ort für seine exotischen Pflanzen benötigte. Er beherbergt Sammlungen von Palmen, Orchideen, Kamelien, Rhododendren und Rosen, und dient als kommunale Parkanlage und Lokalität für kulturelle Aktivitäten, Bildung und Darbietungen. Da das Theater Musik-darbietungen im dortigen Papageno Open Air Pavillon sponsert, habe ich eine Monatskarte, die mir freien Eintritt gewährt. Ansonsten müsste ich jedes Mal 7 € bezahlen. Der einzige Nachteil ist, dass der Park erst um 9 Uhr öffnet, wenn ich also eine frühe Probe habe, kann ich nicht laufen.

Ich gehe meine Schumann-Straße hinunter, an der vielbefahrenen Bockenheimer Landstraße vorbei und die Palmengarten-Straße entlang zum rechten Eingang. Ich jogge in Richtung Palmenhaus, wo es eine Sammlung subtropischer Palmen in einem Gewächshaus gibt und manchmal auch eine Kunstausstellung ortsansässiger Maler. Besonders gern bleibe ich auf der kleinen Brücke stehen und betrachte den kleinen Teich vor dem Palmenhaus mit seinen Enten und Schwänen. In der unterirdischen Grotte unter einem Hügel in Innern des Palmenhauses gibt es Kois. Die hellen Orange- und Goldtöne und die Muster und Schuppen der Fische begeistern mich. Koi ist der exotische, japanische Name für Karpfen. Aber wer würde sich schon einen Karpfenteich ansehen?

Nach Luft schnappend folge ich dem Pfad nach links zum Rosengarten, in dem es im Frühling wunderschöne blühende Rosen gibt und italienische Statuen von Göttern und Göttinnen um einen kleinen Pavillon herum (Haus Rosenbrunn), und laufe die Treppen hinunter zum See. Hier gibt es nur Kieswege oder erdige Pfade, die für die Knie besser sind als Beton. Durch die Bäume hindurch erreiche ich schließlich den See, an dem man Paddelboote ausleihen kann, und laufe direkt hoch zum Wasserfall. Es ist ein ziemlich kümmerlicher Wasserfall (nicht wie die herrlichen Multnomah-Fälle in Oregon), aber für mich ein Laufziel, das ich umrunde und dann um den See zum Ausgang auf der anderen Seite des Palmenhauses renne. Wenn ich das zweimal mache, ergibt es eine gut 20 Minuten lange Laufstrecke, und ich wechsle ab zwischen Joggen und schnellem Walken. Wenn ich mehr Zeit zum Laufen habe, renne ich am Rosengarten vorbei und laufe die ganze Strecke bis zum Tropicarium und zum Goethe-Park, das ein Ziel ist, dann der Kinderspielplatz und die Minigolf-Anlage dort. Hier und da stehen Bänke im Park, auf denen ich wieder Luft holen kann. Es ist sehr friedlich, hier zu sitzen und über Simon nachzudenken. Manchmal ist er mit mir gelaufen.

Es tut gut, dem Schmutz und der Hektik einer Großstadt zu entfliehen und in einem wunderschönen Park zu sitzen. Unglaublich, dass er so nah bei meiner Wohnung liegt. Viele Paare lassen sich im Sommer im Rosengarten-Pavillon trauen.

Im Park gibt es so viele Gewächshäuser, dass ich es noch nicht geschafft habe, sie alle zu besuchen. Es gibt ein sub-antarktisches Haus, ein Tropicarium, mediterrane Pflanzen und einen Bambuswald. Ich kann es kaum erwarten, all die Blumen im Frühling draußen blühen zu sehen.

Nachdem ich zwanzig Minuten lang gelaufen bin, kehre ich zu meiner Wohnung zurück. Obwohl ich völlig verschwitzt bin, gehe ich die Bockenheimer Landstraße entlang zur U-Bahn-Haltestelle und hole mir dort in einem Café ein Schokoladen-Croissant. Ich nehme an, ich habe die Pfunde dafür schon abgelaufen. Dann gehe ich in meine Wohnung zurück, um vor der Vorstellung heute Abend zu duschen und mich auszuruhen. Ich muss noch eine ganze Menge Fernsehsendungen nachholen, da ich in den letzten Tagen keine gesehen habe.

Heute Abend wird *My Fair Lady* von Frederick Loewe gespielt. Schließlich ist die Oper ein wirtschaftlicher Betrieb, und sie können das Theater nicht endlos lange schließen, sonst können sie nicht für ihre Kosten aufkommen (oder für unsere Gehälter). Die Teile des Berges haben sie jetzt in den Keller gebracht, wo Requisiten und Kulissen aufbewahrt werden, also können wir die Bühne wieder benutzen. Kulissen sind gemalte Wände, die auf der Bühne Räume entstehen lassen, einen Prospekt darstellen oder manchmal eine dreidimensionale Wirkung erzielen. Ich möchte dieses

Durcheinander von kaputten Rohren nicht mehr sehen. Es ist eine zu schmerzhafte Erinnerung.

My Fair Lady war das erste Stück, das ich lernte, als ich im August an das Theater kam. Die Geschichte von *My Fair Lady* handelt von Eliza Doolittle, einem Cockney-Blumenmädchen, das von Professor Henry Higgins Sprachunterricht erhält. Er ist Phonetiker, und wettet, dass er es schafft, sie als hochwohlgeborene Dame zu präsentieren, frei von ihrem grässlichen Akzent. In den Sechzigern wurde daraus ein sehr berühmter Film gedreht mit Audrey Hepburn und Rex Harrison in den Hauptrollen. Das Musical spielt in den 1900er Jahren und ist auf George Bernard Shaws Bühnenstück *Pygmalion* basiert.

Es erscheint vielleicht komisch, dass es auf Deutsch gespielt wird, aber hier wird der Cockney-Dialekt durch Berlinerisch ersetzt und Hochdeutsch für das korrekte Englisch, das Lord und Lady sprechen. Es funktioniert prima, und in Deutschland liebt man dieses Musical. Es läuft jetzt schon drei Jahre lang und ist immer ausverkauft.

Ich stelle eines der Dienstmädchen dar, die Eliza beim Ankleiden helfen, und singe in der „Ich hätt' getanzt heut' Nacht"-Szene. Sehr lustig ist es, wenn aus dem Satz „The rain in Spain stays mainly in the plain" die deutsche Version „Es grünt so grün, wenn Spaniens Blüten blühen" wird. Der Umlaut „ü" ist so schwierig zu sprechen, dass die Übersetzung ganz gut passt als steifes Upper Class British und wirklich witzig ist.

„Guten Abend", begrüße ich die Frauen in meiner Garderobe.

Alle bereiten sich sehr still auf die Vorstellung vor, was sehr ungewöhnlich ist angesichts unseres normalen Durcheinanders, wenn wir uns umziehen und schminken. Jede von uns ist sehr bedrückt und bemüht, sich wie gewöhnlich zu verhalten, was aber einfach nicht möglich ist. Wir halten alle unsere Blicke gesenkt und kümmern uns lediglich um unsere Aufgaben.

Normalerweise komme ich am Anfang der Vorstellung in einem Ballkleid auf die Bühne, mit meiner Begleitung in Smoking und Frack, die aus der Covent Garden-Oper kommt. Simon war meine Begleitung, also ist es schwer, ohne ihn zu spielen, und ich vermisse seine Anwesenheit sehr. Ich gehe heute Abend mit Paul auf die Bühne, und er hält meinen Arm fest.

Es ist wirklich schwierig, lebendig und fröhlich zu spielen und zu lächeln, wenn wir noch verwirrt sind von Simons Tod, aber die Show muss weitergehen. Sich zu beschäftigen lenkt uns auch ab von dem, was geschehen ist und bringt uns zurück in unseren Bühnenalltag, ich denke das ist gut so. Es fällt mir sehr schwer, mich zu konzentrieren und die passenden Gesichtsausdrücke für die Szenen aufzusetzen, erinnere mich kaum an die Musik und die Texte. Es ist ein langer, langer Abend.

Der Mann, der den Professor Higgins singt, ist in erster Linie Schauspieler, der zufällig auch halbwegs gut singen kann. Die Rolle erfordert eher einen fähigen Schauspieler als einen Sänger. Die Frau, die Eliza darstellt, singt sonst viele Bertolt Brecht-Rollen wie die *Dreigroschenoper*, und sie macht ihre Sache mit dem Berliner Dialekt sehr gut.

Ich habe mit Hannelore an dem Text von Eliza gearbeitet, um mein Deutsch zu verbessern. Nicht, dass ich jemals in der Lage wäre, diese Rolle zu singen, denn dazu braucht es muttersprachliche Darsteller, um zu überzeugen. Aber es ist eine gute Übung, um auf der Bühne Deutsch zu sprechen. Das finde ich viel schwieriger als singen, obwohl man uns beigebracht hat, so zu sprechen, als ob wir auf einem Ton singen, wodurch die Stimme mehr Resonanz bekommt und besser trägt. Funktioniert bei mir.

Einen lustigen Zwischenfall gibt es heute Abend im zweiten Akt, als Eliza durch die Haustür hineinstürmen soll, wobei sie auf der Bühne ankommt, wo Freddy wartet. Irgendwie klemmte die Tür, und sie konnte sie nicht öffnen. Als sie an der Türklinke rüttelte, wackelte das gesamte Haus, und das Publikum lachte. Es gab einen kurzen, kritischen Moment, aber dann kam sie einfach um die Ecke und begann ihr Lied.

Jenny singt leise für uns, während wir unsere Straßenkleidung anziehen: „There's a place for us. Somewhere a place for us" aus der *West Side Story*, was mich noch trauriger macht. Es scheint Ewigkeiten zu dauern, heute nach Hause zu kommen. Ich kann noch nicht mal ans Telefon gehen, als es klingelt, denn ich halte kein Wort des Beileids oder kein Gespräch über Simon mehr aus. Durch diesen Abend zu kommen erforderte meine gesamte Energie, ich hatte das Gefühl, nur ganz mechanisch meine Bewegungen auszuführen. Ich fühle mich taub vor Kummer und Schmerz und einsam in einer Welt ohne meinen Freund. Ich liege im Dunkeln und versuche zu schlafen, während die Minuten sich zu Stunden hinziehen. Ich gäbe alles für etwas Schlaf, bin körperlich und seelisch erschöpft. Ich schwanke zwischen glücklichen Erinnerungen an Simon und Überlegungen, was ich noch hätte tun können, um ihn zu retten. Endlich übermannt mich der Schlaf, aber als ich aufwache, starrt mir der Kummer noch immer ins Gesicht.

CODA Das Musical *My Fair Lady*

Es ist auf George Bernard Shaws *Pygmalion* basiert, der Text stammt von Alan Jay Lerner und die Musik von Frederick Loewe. Die Broadway-Inszenierung von 1956 war ein Hit, und setzte eine Rekordmarke für die längste Aufführungszeit eines Musiktheaterstückes überhaupt.

Dame in Ascot

Kapitel 21
Deutsche Polizei

Am nächsten Morgen hat der Chor eine weitere Probe für *Carmen*, und ich habe anschließend eine Anprobe für mein Kostüm. Heute regnet es nicht, aber es fällt etwas Schnee. Gerade genug, um alles einzunässen und den Gehweg rutschig zu machen. Ich trage Stiefel und habe andere Schuhe in der Tasche. Der Schnee lässt die Bäume aussehen wie Weihnachts-Grußkarten, ist also wenigstens für die Augen ganz nett. Die Sonne blinzelt kein bisschen hindurch.

Ich muss in den sechsten Stock hochgehen, wo die Kostüme entworfen und genäht werden (Schneiderei). Mein Kostüm besteht aus einer sexy weißen Bauernbluse mit einem weiten, dunkelblauen Rock. Ebenfalls trage ich eine dunkelbraune Samt-Corsage, die mit Bändern über der Bluse und dem Rock geschnürt wird. Ich kann sogar meine Holzarmbänder zu diesem Kostüm tragen, denn eine Zigeunerin muss schrille Armbänder haben und auffällig sein (oder ist das billig?). Für mich sind das Glücksbringer, und je mehr Armbänder, um so mehr Glück.

Ich konnte herausfinden, welche Polizeistation mit den Ermittlungen zu dem Unfall beauftragt ist. Es ist das Polizeirevier in der Zeil Nr. 33, in der Einkaufsstraße nahe Simons Wohnung. Um dort hinzukommen, nehme ich die U7 von meiner Wohnung, und brauche nur zehn Minuten. Es ist immer etwas verwirrend mit der U-Bahn, denn man muss die Endstation kennen, um den Zug in die richtige Richtung zu besteigen. Diese hier endet in Frankfurt (Main)-Hausen. Zum Glück gibt es immer eine Karte an der Station, die das gesamte Netz zeigt, genannt Linienplan. Die Haltestelle für mich heißt Konstabler Wache. Die Polizeistation liegt etwa anderthalb Blocks weiter die Zeil entlang.

Am Eingangsbüro sage ich beim Tresen: „Guten Tag. Mein Name ist Myra Barnett, und ich würde gern mit demjenigen sprechen, der sich mit dem Unfall im Opernhaus und dem Tod von Simon Sterling beschäftigt."

„Bitte nehmen Sie im Warteraum Platz, ich werde jemanden benachrichtigen", antwortet mir die Polizeibeamtin am Haupttresen mit eisernem Blick.

Ich setze mich auf einen unbequemen Metallstuhl und versuche, die Zeitschrift *Spielzeit* auf dem Tisch vor meinem Stuhl zu lesen. Während ich sie durchblättere, blicke ich auf und sehe einen Polizeibeamten vorbeigehen in Richtung Büro. Wow! Der Typ könnte im GQ-Magazin abgebildet sein. Er ist der typische blonde, arische Deutsche mit einem verwirrenden Lächeln und strammen Muskeln, die sich unter seinem Hemd abzeichnen. Er passt voll zu meiner Vorstellung einer Augenweide oder „Eye Candy". *Wäre das nicht super, wenn er derjenige wäre, den ich treffen muss?* denke ich.

Gut, dass ich Scrabble spielen kann oder ein Sudoku machen oder ein Buch lesen auf meinem Handy, denn ich warte etwa eine Stunde, bevor jemand zu mir kommt. Schade, es ist nicht der süße Polizist von vorhin. Er sieht aus wie über vierzig, ist untersetzt und hat einen Bauch. Seine Uniform ist zerknittert und sieht aus, als hätte er darin geschlafen.

„Guten Tag, ich bin Kommissar Siegfried Holz. Bitte folgen Sie mir."

Wir schlängeln uns durch mehrere Flure in ein kleines Büro mit einem Metallschreibtisch samt Stuhl und einem hölzernen Stuhl für Besucher. Auf dem Schreibtisch befindet sich ein Computer mit zwei Bildschirmen, ein Telefon und mehrere Stapel Papiere. Ein kleines, staubiges Fenster hoch oben hinter dem Schreibtisch lässt ein wenig Licht herein. Das ist ein toller Raum für meine Allergien! Er lässt die Tür offen, winkt mich zu dem Stuhl und setzt sich auf den Schreibtisch.

„Wie kann ich Ihnen helfen, Fräulein?" fragt er und faltet seine Hände auf dem Tisch.

„Können Sie mir Informationen geben zu dem Unfall, der im Opernhaus geschehen ist und bei dem mein Freund Simon Sterling getötet wurde?"

„Dieser Fall wurde als Unfall eingestuft, und die Akte wurde geschlossen", antwortet er.

Ich kann nicht glauben, was er mir da erzählt.

„Woher wissen Sie das? Sie haben keine Akte vor sich liegen. Wir können Sie mir Informationen geben, wenn Sie nicht einmal in die Dokumentation sehen?"

„Geben Sie mir einen Augenblick, Fräulein", sagt er brüsk, erhebt sich und geht in einen anderen Raum.

Ich trommle mit den Fingern auf die Lehne meines Stuhls, während ich auf ihn warte. Meine Frage hat ihn wohl etwas verdrießt. Ich fürchte, ich war zu direkt.

Er kommt zurück mit einer Akte in der Hand und setzt sich. „Jetzt habe ich die Informationen vor mir. Welche Frage haben Sie?"

„Hat sich jemand die Rohre angesehen, die für das Gerüst verwendet worden sind? Ich habe festgestellt, dass einige teilweise durchschnitten wurden, und wäere unmöglich, dass sie von selbst brechen könnten."

Er geruht, die Akte durchzusehen. „Ich bin sicher, dass dies gründlich untersucht wurde, und es war nichts Ungewöhnliches an den gebrochenen Rohren", sagt er und deutet dabei an, dass ich wohl ein bisschen naiv und eine Idiotin bin, wenn ich meine, eine Ahnung davon zu haben. „Und woher wollen Sie das wissen, wo doch alles versiegelt war, und niemand den Bereich betreten konnte?" Er hebt eine Augenbraue.

„Ich musste ins Theater gehen, um Herrn Sterlings Sachen aus seinem Schließfach zu holen. Zufällig bin ich an der Hauptbühne vorbeigekommen, wo das zerstörte Bauwerk noch lag, und sah mir die Rohre an", erkläre ich widerwillig. Ich kann sehen, wie sein Gesicht immer roter wird, je mehr ich sage. „Mein Vater ist Schweißer. Ich weiß, wie geschweißte Rohre aussehen, weil ich mit diesem Zeug aufgewachsen bin. Die Rohre von diesem Gerüst sind mit einem Schneidbrenner getrennt worden - sie sind nicht einfach auf Grund mangelhafter Schweißarbeiten auseinandergebrochen. Das sollte nochmal jemand überprüfen", sage ich. „Hier, sehen Sie sich diese Bilder auf meinem iPhone an. Sie zeigen den Schaden."

Er wirft nicht einmal einen Blick auf mein Handy, um die Bilder zu sehen. „Das war sehr gefährlich für Sie, einen Bereich zu betreten, der von der Polizei abgesperrt wurde. Es gibt einen Grund dafür, dass Unfallorte abgesichert werden. Ich kann Ihnen versichern, dass alles sorgfältig bedacht und untersucht wurde und keine Sabotage entdeckt worden ist. Sie müssen an Ihre Arbeit zurückgehen und diese Sache den Profis überlassen."

Das haut mich um. „Interessiert es Sie denn kein bisschen, dass dies eventuell kein Unfall war? Können Sie nicht noch einmal jemanden die Sache überprüfen lassen, falls etwas übersehen wurde? Wir hätten alle getötet werden können! Es könnte ein Terroranschlag gewesen sein, oder jemand, der eine Abneigung gegen das Theater hegt. Ich befand mich direkt neben Herrn Sterling und könnte ebenfalls tot sein! Oder Maria, sie stand neben mir!" Leider werde ich etwas ärgerlich und dadurch immer lauter, was der Sache nicht dienlich ist. *Es hilft nicht, die beleidigte Diva zu spielen*, sage ich mir.

Er erhebt sich steif und macht eine Geste zur Tür hin, um mich aus dem Gebäude hinaus zu begleiten. „Wir kümmern uns darum. Danke für ihr Kommen."

„Ich hinterlasse Ihnen meinen Namen und meine Telefonnummer, falls Sie noch mehr Fragen an mich haben", sage ich und kritzele beides auf ein Stück Papier, das ich auf den Schreibtisch lege, bevor ich hinaus stolziere.

Das ist wirklich frustrierend. Ich weiß, was ich gesehen habe, und das war nicht in Ordnung. Jetzt habe ich eine praktische Verwendung für das Wort ‚Dummkopf'. *Danke für Nichts, Kumpel.*

Sobald ich in der Bahn sitze, rufe ich Suzanne an. „Du glaubst nicht, welche grässliche Erfahrung ich gerade auf der Polizeistation machen musste. Der Inspektor hat gar nicht erst in Betracht gezogen, dass dies kein Unfall war."

Sie erholt sich immer noch zu Hause und kann nicht spielen im Theater, bevor ihr Arm geheilt ist. In etwa einer Woche könnte sie vielleicht wieder zu Proben kommen, aber nicht zu Vorstellungen. Ich schimpfe und tobe darüber, dass man den Fall nicht wirklich als Verbrechen betrachtet, und wie enttäuscht ich bin, dass ich nicht ernst genommen werde. Sie stimmt mir zu, aber was können wir tun?

„Ist nicht eine der Chordamen mit einem Polizisten verheiratet? Erinnerst du dich?" frage ich sie.

„Ich glaube es ist Angelique. Vielleicht kannst du mit ihm reden und einen Rat bekommen. Einen Versuch ist es wert", antwortet sie.

Angelique singt Sopran und stammt ursprünglich aus Straßburg. Nach fünf Jahren am Theater heiratete sie einen Deutschen. Sie sind jetzt zehn Jahre verheiratet und haben eine vierjährige Tochter. Ich glaube, sie hatten sich kennen gelernt, als er Sicherheitsbeamter für eine Vorstellung war. Sie ist nett zu mir, wir haben schon zusammen Mittag gegessen, also könnte ich auf sie zugehen.

„Soll ich für dich ein paar Lebensmittel oder andere Dinge einkaufen, die du brauchst? Du kannst ja nicht wirklich etwas tragen, wenn du aus dem Laden kommst", frage ich sie.

„Nein, aber ich mache eine Liste. Wenn du mich später anrufst, könntest du vielleicht den Einkauf für mich erledigen. Danke für die Nachfrage." Sie legt auf.

Ich kann mir nicht vorstellen, gewöhnliche Dinge zu tun wie baden, mich anziehen oder essen mit einem Arm. Wenigstens kann sie die Finger beider Hände zum Tippen benutzen.

Dann rufe ich Jutta an. Sie lacht über meine Entrüstung, versteht aber meine Enttäuschung. Mit Angeliques Mann zu reden, hält sie für eine gute Idee, wir werden also sehen. Ich versuche, bei Angelique anzurufen, aber es meldet sich der Anrufbeantworter, also bitte ich sie, mich zurückzurufen, wenn sie Gelegenheit hat. Anschließend rufe ich Jenny an und beklage mich auch bei ihr. Ich glaube, während dieser Unterhaltung sind ein paar böse Worte gefallen!

Kapitel 22
Nachdenkliche Psalmen

„Wow! Diese Orgel ist laut genug, um meine Trommelfelle zu zerstören!"
schreit Paul und steckt seine Finger in Ohren, als wir dem Orgelsolo
lauschen bei einer Vorstellung der Glagolithischen Messe im Kaiserdom.

„Es ist auch nicht gut, dass wir direkt darunter sitzen. Ich schätze,
draußen bei den Zuhörern ist es nicht so laut", antworte ich, halte ebenfalls
einen Finger in mein Ohr und verdrehe und rolle meine Augen.

Ich finde es gut, dass das Konzert in einer Kirche stattfindet, weil das
zu meiner Stimmung passt und mir hilft, etwas inneren Frieden zu finden
und mir Zeit gibt, an Simon zu denken.

Die Damen tragen lange, schwarze, gerade Kleider mit schlichten
Jacken, wenn wir Oratorien singen oder Oper konzertant statt mit
Bühnenvorstellung. Sie sehen nicht besonders schmeichelhaft an den
Frauen aus, die ein bisschen rundlich gebaut sind. Die Herren tragen
Smokings, mit denen man viel einfacher fertig wird, und sie sehen immer
elegant aus, egal, wie viel sie wiegen. Wir müssen darauf achten, keinen
leuchtenden Schmuck zu tragen - höchstens Ohrstecker - da er glitzern
könnte und damit das Publikum und den Dirigenten ablenken würde. Ich
finde die schwarze Kleidung passend zur Trauer, da die meisten von uns
sich seelisch noch nicht von Simons Verlust erholt haben.

„Ich hoffe, niemand von Ihnen trägt irgendwelches Parfum oder sogar
Haarspray", sagt Herr Nüsse, denn der Chor sitzt sehr dicht zusammen in
den Stuhlreihen hinter dem Altar, vor dem Orchester. Einige Chormitglieder
sind allergisch gegen Düfte. Zum Glück sind Deodorants erlaubt, sonst
könnte das eine anrüchige Sache werden!

Zum Beginn der Stücks sitzt das Orchester bereits vorn in der Kirche,
und der Chor geht reihenweise auf von den Seiten. Dann setzen wir uns auf
ein Zeichen von Karl-Heinz gleichzeitig hin. Der Konzertmeister, der die
Geige am ersten Pult spielt, steht auf und nickt dem Oboisten zu, der ein A
über dem mittleren C anspielt, so dass das Orchester stimmen kann. Nun
tritt der Dirigent mit den ihm folgenden Solisten auf. Die Solisten sitzen
auf ihren Stühlen vor dem Orchester und schauen in das Publikum, und der
Dirigent verbeugt sich vor den Zuhörern. Suzanne sollte das Sopransolo

singen, kann aber nicht wegen des Gipsarms und ihrer Schmerzen. Sie sagt, dass es anfängt zu jucken unter dem Gips, deshalb benutzt sie einen Dirigentenstab aus Elfenbein, den sie noch aus ihrem Dirigentenkurs vom College besitzt, und kratzt sich damit, indem sie ihn zwischen Gips und Arm hin und her schiebt. Sehr innovativ! Eine andere Solistin aus dem Haus singt heute Abend ihre Partie.

Es gab jahrelange Diskussion über die Tonlage des Kammertons A. Bis zum 19. Jahrhundert wurden keinerlei Anstrengungen unternommen, die Tonhöhe zu standardisieren, so konnte die Tonlage der Orgel bis zu vier Halbtönen unter der des Klaviers in derselben Kirche liegen.

Die Konzert-Tonhöhe ist heute auf 440 Hz (das ist die Anzahl der Schwingungen pro Sekunde) festgelegt. In Kontinentaleuropa liegt die Frequenz des A bei 442 oder 443 Hz, wobei die klassische und Barock-Tonhöhe oft bei 466 bis 430 Hz liegen. Man nimmt allgemein an, dass Mozart, Bach, Händel und Haydn eine niedrigere Tonlage bei 420 oder 430 Hz verwendeten. Dies klingt vielleicht nach einem albernen Unterschied, aber es bewirkt einen Unterschied im Klang, je nachdem, in welcher Tonhöhe das Orchester gestimmt ist. Je höher die Tonlage, desto heller der Klang.

420 bis 440 bedeutet einen Unterschied von einem Halbtonschritt oder mehr für den Sänger. Das heißt, die schwierigen Mozartarien waren ursprünglich nicht so hoch. Für einen Sänger oder eine Sängerin kann das bedeuten, dass man das Stück entweder singen kann oder nicht. Dieser Halbton- oder Ganztonschritt kann entscheidend sein dafür, ob du Sopran singst oder Mezzosopran. Wenn man Stunden damit verbracht hat, an einem Stück in einer bestimmten Tonlage zu arbeiten, bedeutet dies auch, dass man diese Tonlage im Ohr und in den Muskeln gespeichert hat. Wir nennen es, das Muskelgedächtnis zu benutzen, wenn man schließlich das Musikstück vortragen kann. Es fühlt sich einfach falsch an, wenn man versucht, es in einer anderen Tonlage zu singen. Ich nehme an, das ist wie bei einem Läufer, der gewohnt ist, auf Waldboden zu laufen und nun auf Gras rennen soll.

Die Geiger im Orchester stimmen ihre Instrumente auf die Frequenz, die der Oboist vorgibt, wahrscheinlich passend zum A der Orgel. Man kann Tonhöhen auf die Orgel übertragen, aber keine Viertelschritte erhöhen, deshalb muss die Oboe mit dem A der Orgel übereinstimmen.

Wenn jedoch ein Musiker das absolute Gehör hat - das ist die angeborene Fähigkeit, Tonhöhen zu erkennen -, und auf die 440 Hz-Frequenz eingestellt ist, hat er Probleme damit, seine Ohren auf eine neue Frequenz umzustellen und dadurch alle möglichen Schwierigkeiten. Manche Sänger haben diese Fähigkeit und ebendieses Problem. Ich weiß sogar von einigen Instrumentalisten, die Akkorde in Farbe sehen können! Man nennt das Chromesthesie, und vermutlich hatten sowohl Liszt als auch Rimsky-Korsakov dieses Talent. Ich persönlich kenne niemanden, der damit aufwarten kann, aber ich bin nicht ganz sicher, ob es ein Segen oder ein Fluch wäre.

Ich habe kein absolutes Gehör, aber eine relatives, was bedeutet, ich habe den Anfangston für meine Probenarien im Ohr und kann davon ausgehend ein A finden. Das heißt, ich bin flexibel, und die jeweilige Tonhöhe stört meine Ohren nicht, so dass ich sie ohne Irritationen wechseln kann.

Der Intendant widmet das Konzert Simon, als Abschiedsgruß an einen unserer geschätzten Kollegen. Darüber breche ich in Tränen aus.

„Gospodi pomiluj", singt der Chor, was bedeutet „Herr, sei uns gnädig." Der Text der Messe hat heute eine besondere Bedeutung, weil wir für Simon singen. Er mochte die Basspartie und die Melodien dieses Stückes besonders gern.

Jenny fährt mit mir zusammen heim mit der U-Bahn nach der Vorstellung und singt: „I can hear bells, I hear them ringing" aus *Hairspray*, was mir ein Lächeln abringt und diverse andere Mitreisende die Köpfe drehen und zu uns starren lässt. Ich bin sicher, das ist ihre Art zu kommentieren, wie dicht wir bei der Orgel sitzen müssen.

Ich bin glücklich, nach Hause zu meinem Kater zu kommen und einfach eine paar ruhige Momente und Schlaf zu bekommen. Dabei hilft es mir, das wunderschöne, schwermütige Intermezzo *aus Cavalleria Rusticana* und das Flötensolo aus dem zweiten Akt von *Carmen* zu hören. Maestro weiß, dass mich etwas aufregt, und weicht nicht von meiner Seite. Immer, wenn ich mich hinsetze oder lege, ist er in meiner Nähe oder auf meinem Schoß, blickt mich mit traurigen Augen an und leckt an meiner Hand. Schon erstaunlich, wie feinfühlig Tiere sind.

Kapitel 23
Vermieter-Sorgen

Der nächste Tag ist ein Sonntag, also beschließe ich, zu Simons Wohnung zu fahren. Der Chor hat heute Abend frei, weil das Ballett *Giselle* aufgeführt wird. Das ist ein Klassiker aus dem 19. Jahrhundert, komponiert von Adolph Adam, einem französischen Komponisten, der in erster Linie durch dieses Ballett bekannt ist.

Giselle ist die Geschichte eines jungen Bauernmädchens, das gerne tanzt. Unglücklicher Weise verliebt sie sich in einen jungen Adligen namens Albrecht, der aber jemand anders versprochen ist. Sie hat ein schwaches Herz, und als sie seine Untreue entdeckt, flüchtet sie sich in einen Anfall von Trauer (das ist einer ihrer Solotänze), ihr Herz setzt aus und sie stirbt. Das ist der erste Akt.

Akt zwei eröffnet mit dem Wildhüter, der ebenfalls in Giselle verliebt war, beim Besuch ihres Grabes. Das ist die Szene, in der die Wilis erscheinen, das sind die Geister von Frauen, die von ihren Liebhabern verschmäht wurden und vor der Hochzeit starben, dadurch zu toten Bräuten wurden. Sie spuken nachts durch den Wald auf der Suche nach Rache an jedem Mann, den sie finden können. Ihr Opfer wird gezwungen zu tanzen, bis es tot zusammenbricht. Daher kommt der englische Ausdruck „to give one the willies". Dies ist noch eine nutzlose Sache, die ich gelernt habe. Giselle gesellt sich zu den Wilis bei ihrer nächtlichen Suche. Die grausame Königin Myrtha führt die Wilis an. Ein Wili muss bei Anbruch der Morgendämmerung verschwinden.

Albrecht wird immer von einem grandiosen, großen, muskulösen Tänzer in engen Hosen getanzt. Er heißt Jöran Hakarsson und kommt aus Schweden. Wir Chordamen sehen ihn uns gerne an. Seine Sprünge und Drehungen sind erstaunlich und scheinen nicht menschenmöglich zu sein. Die weiblichen Solotänzerinnen sind auch wirklich exzellent anzusehen. Giselle wechselt von hübscher Unschuld im ersten Akt zu atmosphärischer Spiritualität im zweiten Akt. Es ist ein Schaufenster für den Stil, die Darstellungsweise und die Musikalität einer Tänzerin.

Myrtha ist ebenfalls eine körperlich extrem anstrengende Rolle, die Kraft und Stärke verlangt. Ich finde den zweiten Akt etwas gruselig mit all diesen bösen Geistern, die wie verrückt herumtanzen in fließenden weißen Kleidern und mit Schleiern über ihren Gesichtern. Carmen und Manuel gehören beide zum Corps de Ballet und tanzen in dieser Inszenierung.

Als ich in der U-Bahn sitze, wünsche ich mir, dass ich die geplante Haltestelle versäume und bis zur Endstation einer anderen Linie durchfahre, damit ich niemals ankomme. Es wäre besser, in einem Zug nach Nirgendwo zu sitzen, als mit Simons leerer Wohnung konfrontiert zu sein.

Ich will sehen, ob ich damit anfangen kann, alles zu sortieren und dann zu entscheiden, was mit seinen Sachen geschehen soll. Es ist eine entmutigende Aufgabe. Was tut man mit dem, was vom Leben eines Menschen übrig geblieben ist? Alles sieht genauso aus wie bei meinem letzten Besuch. Jeden Moment erwarte ich, dass er hereinkommt. Ich habe eine paar Kartons mitgebracht, um schon mal etwas einzupacken, und beginne damit, seine Bücher hineinzuräumen.

Als ich gerade dabei bin, klopft es an der Tür. Es ist Herr Mund, Simons Vermieter.

„Was tun Sie in Herrn Sterlings Wohnung?" fragt er Hände reibend und krümmt sich, als ich die Tür öffne.

Er späht in die Wohnung, als ob jemand hinter der Tür versteckt wäre. Mit seiner spitzen Nase und den überall abstehenden Haaren sieht er wirklich aus wie ein Frettchen. Der Bart trägt zu diesem Aussehen bei. Ich versuche, nicht zu sehr verärgert zu sein durch ihn. *Wie wäre es mit „Tut mir Leid, von Simons Tod zu hören."*?

„Ich bin hier, um seine Sachen zusammenzupacken, damit sie zurück nach England geschickt werden können, und seine Möbel zu sortieren zum Verkauf oder zum Verschenken", erkläre ich.

„Oh nein, das kann ich nicht zulassen ohne beglaubigte Unterlagen für die entsprechende Erlaubnis seitens seiner nächsten Angehörigen", schreit er und zerrt an meinem Arm, um mich in den Flur zu ziehen.

Ich weiche zurück und sage: „Okay, okay! Ich bekomme die Erlaubnis von seiner Tante und werde sie beglaubigen lassen, bevor ich Weiteres unternehme."

„Bitte geben Sie mir den Schlüssel!" befiehlt er und streckt die Hand aus.

„Nein, ich gebe Ihnen den Schlüssel nicht. Das war Herrn Sterlings Schlüssel, und seine Tante hat mir erlaubt, ihn zu benutzen. Ich werde Ihnen die geeigneten Unterlagen zukommen lassen." Ich stürme hinaus und werfe mir den Mantel über.

„Herr Sterling hat seine Miete bis zum Ende dieses Monats bezahlt, aber danach werfe ich alles raus!" droht Herr Mund mit über der Brust verschränkten Armen. Ich warte darauf, dass er mit dem Fuß aufstampft und einen Wutanfall bekommt.

Es regnet wieder, mit der gewöhnlichen feuchten Kälte, die einem durch die Kleider zu dringen scheint. Das passt genau zu meiner momentanen Stimmung.

Was für ein Ärger! Aber ich kann seine Sorge hinsichtlich der Rechtmäßigkeit des Entfernens von Simons Eigentum verstehen. Wer hätte gedacht, dass dies so schwierig würde? Nun, wenigstens habe ich jetzt einen Zeitrahmen. Was für ein Muffelkopf er ist!

Als ich nach Hause komme, rufe ich Simons Tante Lizzie an und bitte sie um so etwas wie einen Erlaubnisschein, der mich ermächtigt, Simons Besitz zu ordnen, um Teile zu entsorgen oder zu versenden, was ich für aufhebenswert halte. Sie sagt, sie wird das heute noch erledigen und beglaubigen lassen, dann zum Theater faxen oder mir per E-Mail senden. Sie besitzt keinen Computer, aber sie hat eine Tochter, die ihr aushelfen kann. Wenn sie morgen die Papiere hat, wird sie ihre Tochter anrufen, und diese kann dann entweder ihr Laptop mitbringen oder die Dokumente von ihrem Büro aus faxen. Sie möchte, dass ich seine Möbel und Kleidungsstücke weggebe oder verkaufe. Das einzige, was sie wirklich behalten möchte, sind seine persönlichen Unterlagen und Bilder. Ich gebe ihr die Fax-Nummer der Theaterverwaltung und meine E-Mail-Adresse.

„Bitte verschenken Sie seine Klavierauszüge, CDs und Bücher an jemanden, der sie gebrauchen kann", sagt sie.

„Was ist mit seinem Computer, Bildschirm und Drucker? Soll ich das zu Ihnen schicken?"

„Ich weiß wirklich nicht, wie man damit umgeht. Können Sie auf dem Computer nachsehen, ob es irgendetwas darauf gibt, das ich haben sollte?" fragt sie.

„Natürlich kann ich das tun. Ich werde seine Geräte mitnehmen in meine Wohnung und nachsehen, wenn ich dazu komme."

Als Maestro sich auf meinen Schoß setzt, erzähle ich ihm alles über den Drachen von Vermieter, und welch schrecklichen Tag ich hatte. Er ist immer so mitfühlend, solange ich seinen Kopf streichle und seine Schwanzspitze kitzle. Durch sein Schnurren gelingt es mir immer, die wirklich wichtigen Dinge ins rechte Licht zu rücken.

Kapitel 24
Nicht meine Favoritin

Wir gehen langsam in den Chorsaal, und Herr Nüsse, der bereits am Klavier sitzt, ruft: „Bitte schnell Platz nehmen! Heute proben wir eine neue Oper namens *La Favorita*, von Donizetti. Wir haben nur wenige Proben, um das Stück zu lernen. Ich habe euch die Noten für eure Stimmen auf die Stühle gelegt."

Donizettis Musik ist immer schön und sehr melodisch. In dieser Oper geht es um eine Dreiecksgeschichte zwischen dem König von Kastilien, Alfonso XI., seiner Maitresse (die „Favorita") Leonora, und deren Geliebtem, Fernando. Die Geschichte soll sich um die maurische Invasion in Spanien und die Machtkämpfe zwischen Kirche und Staat im frühen 14. Jahrhundert drehen. Es ist eine weitere ernste Oper über Liebende, deren Zuneigung unter einem schlechten Stern steht, und sämtliche Frauen sterben am Ende. Opern können nicht dramatisch sein, wenn nicht der Held oder die Heldin stirbt, nachdem er oder sie eine Todesarie mit der Länge von mindestens zehn Minuten mit seinem oder ihrem letzten Atemzug gesungen hat.

Angelique lehnt sich zu mir herüber: „Weißt du, wer die Mezzosopran-Titelpartie singen soll oder die Sopranpartie Inez?"

„Nein, aber es ist toll, mal eine Oper zu singen, wo die Heldin eine tiefere Stimmlage ist und nicht immer ein Sopran. Wusstest du, dass Donizetti einen Mezzosopran daraus gemacht hat, weil die Geliebte des Dirigenten eine Mezzosopranistin war und unbedingt die Titelrolle bekommen musste?" frage ich und zeige mal wieder mein Opern-Allgemeinwissen.

„Ich glaube, es soll eine Ungarin sein, die die Rolle singt. Sie soll sehr temperamentvoll sein, aber sie singt gut. Schauen wir mal. Sie kann niemals so gut sein wie Shirley Verrett oder Fiorenza Cossotto", meint Jenny.

„Oh", wirft Maria ein, „soviel ich weiß, ist sie berühmt für Rollen wie Carmen, Adalgisa aus *Norma* und Amneris aus *Aida*. Sie hat zehn Jahre lang leichtere Partien gesungen und als ihre Stimme mit etwa dreißig Jahren reifer wurde, schwenkte sie um auf schwerere Rollen. Das habe ich jedenfalls gehört."

„Na ja, wir werden sehen, ob sie einfach nur singt oder ob sie auch spielen kann. Ich hasse es, wenn jemand nur da steht und drei Gesten im Repertoire hat! Das Urteil wird erst gefällt, wenn ich sie gehört habe", sage ich.

Ich bin dafür, dass Opernsänger singende Schauspieler sein sollten, nicht einfach nur Sänger oder Sängerinnen mit etwas eingestreutem Getanze. Frühere Generationen konnten mit der Unfähigkeit zu tanzen oder zu schauspielern durchkommen, aber heutzutage geht das nicht. Es gibt zu viele Sänger(innen), die beides gut können. Die Konkurrenz ist heftig.

Als Sänger(in) darf man auch nicht zu schwer sein, denn es werden gern die dünneren ausgewählt, die vielleicht nicht so gut singen, aber dafür besser aussehen. Um für ein Opernhaus als Solistin vorzusingen, braucht man einen Agenten, der einen dann zu Vorsinge-Terminen in der entsprechenden Stimmkategorie schickt. Bei einer solchen Gelegenheit können leicht 50 Sängerinnen für dieses eine Fach erscheinen. Ich nenne das Viehauftrieb. Es ist ein hart umkämpfter Bereich.

Chor-Engagements können auch über einen Agenten erfolgen, wie bei mir, aber es gibt auch eine Internet-Seite, die Vorsingen für Chorstellen in den verschiedenen deutschen und österreichischen Opernhäusern auflistet. Man muss zahlendes Mitglied dafür sein, aber das ist es wert, zu sehen, welche Jobs sich anbieten, wenn man seine Stelle wechseln möchte.

„Bitte, wir müssen anfangen."

Herr Nüsse beginnt mit Aufwärmübungen für unsere Stimmen. Gut so, denn ich war nicht früh genug hier, um das zu tun. Genauso, wie man vor dem Laufen Streckübungen machen sollte, muss man Stimmübungen machen, um die die Muskeln für Atmung und Gesang aufzuwärmen. Ich wünschte, ich könnte das in meiner Wohnung tun, aber die Nachbarn beklagen sich dann, weil es zu laut ist, und Tonleitern und Arpeggios klingen nicht gerade interessant. Außerdem darf man zwischen 12.00 Uhr und 14.00 Uhr keinen Lärm machen, weil manche Leute vielleicht Mittagsschlaf halten. Schön, wenn man zwei Stunden Mittagspause hat! Das würde in Amerika nie vorkommen. Man nennt es Ruhezeit, und wenn man eine Anzeige bekommt, kann die Polizei eine Geldstrafe verhängen. Unglaublich.

Jenny flüstert: „Hast du gesehen, dass Leila immer ihre Bühnenschminke trägt und stets perfekt frisiert ist für jede Probe? Sie duftet auch wie Chanel! Befürchtet sie, auf dem Flur jemand Hübsches in die Arme zu laufen?"

Ich kichere, nehme die Noten von meinem Stuhl und setze mich hin. Mir reicht es, einfach nur aufzuwachen und rechtzeitig hier zu sein. Die meisten von uns tragen Jeans und bequeme Kleidung in den Proben, aber nicht Leila. Sie trägt feine hellbraune Hosen, eine hübsche weiße Bluse mit Leinenkragen und einen Schal um ihren Hals. Stets ein Modepüppchen.

Nach der Probe gehe ich im Verwaltungsbüro im dritten Stock des Westflügels vorbei. Ich öffne die Tür und frage Berta, die Empfangsdame, die an ihrem Schreibtisch vor dem Zimmer sitzt: „Haben Sie ein Fax für mich aus England bekommen? Es sollte heute irgendwann eintreffen."

Es ist frustrierend, nicht in die Wohnung zu können und damit zu beginnen, Simons Sachen zu sortieren. Es wird eine Menge Arbeit sein, und ich habe nicht so viel Zeit zwischen Vorstellungen und Proben. Na ja, Geduld ist eine Tugend (die auch eine Rolle bekommen sollte im *Orpheus*).

„Ja, es kam heute Morgen. Hier ist es", antwortet sie.

Berta ist eine sommersprossige, dralle Rothaarige zwischen dreißig und vierzig. Ich habe mich noch nicht gewagt, zu fragen, woher sie stammt, denn Berta ist mit Sicherheit kein irischer Name. Ich achte darauf, besonders freundlich zu ihr zu sein, denn Berta ist diejenige, die alles weiß, was im Theater los ist und gern ein Schwätzchen hält. Es lohnt sich, auf gutem Fuß mit ihr zu stehen. Außerdem ist sie eine nette Person.

„Haben Sie irgendwas Neues über den Unfall gehört? Hat das Theater eine Versicherung? Hat jemand Klage eingereicht?" frage ich sie.

Sie hält einen Finger vor den Mund und sagt: „Psst, denken Sie nicht mal an sowas! Es könnte jemanden auf dumme Gedanken bringen. Die Krankenversicherung, die Sie alle haben, wird sämtliche Ausgaben für das Krankenhaus abdecken, da sollte es keine Probleme geben. Das wirkliche Problem ist, das es dem Theater einen schlechten Ruf verleiht und wir dadurch Zuschauer verlieren und weniger Eintrittskarten verkaufen könnten, wenn man glaubt, das Opernhaus ist nicht sicher. Zum Glück hat aber nur eine Zeitung diese Geschichte gebracht, und es war nur ein kleiner Artikel. Wir hoffen alle, dass es sich verflüchtigt."

Sie registriert meinen Blick und legt auf tröstende Art ihre Hände auf meine Schulter. „Natürlich tut es uns allen Leid um Herrn Sterling.

Jeder mochte ihn gern, und er brachte uns immer zum Lachen. So eine Tragödie!"

„Vielen Dank", sage ich und verlasse das Büro.

Im Flur vor dem Verwaltungsbüro treffe ich Jenny, und sie fragt: „Weißt du, wann wir wieder für *Orpheus* proben? Das muss ja bald geschehen. Sie haben schließlich Zeit und Geld in die Inszenierung investiert, für das Bühnenbild und die Kostüme."

„Ich glaube, übermorgen haben wir eine Sitzprobe. Soweit ich weiß, gibt es diesmal keinen Berg. Wir kriegen Sofas und Kissen auf den Boden, auf denen wir sitzen. Das wird wohl eine langweiliges, aber sicheres Bühnenbild."

„Karl-Heinz hat mir erzählt, dass jemand von der Bühnengewerkschaft persönlich kontrollieren will, ob das Bühnenbild sicher ist. Ich finde es gut, dass sie so gewissenhaft sind. Ich hoffe, sie haben auch nochmal über diese Nebelmaschine nachgedacht, die verwendet werden soll. Die würde uns auf dem Boden zudecken und wir ersticken drin. Unmöglich zu singen. Diese Chemikalien sind schlecht für die Stimmbänder", antwortet sie.

Mit dem Fax in meiner Hand erzähle ich Jenny: „ Ich will rüber zu Simons Wohnung fahren, um dieses Fax seinem Vermieter zu zeigen, aber ich habe einfach nicht genug Zeit. Heute Abend haben wir wieder *Don Carlo*, und ich muss nach Hause und mich ausruhen vor der Abendvorstellung. Ich versuche, morgen hinzufahren. Meinst du, du könntest mir beim Packen und Organisieren helfen? Gibt es etwas, das du behalten möchtest?"

„Klar, sag mir, an welchem Tag du das vorhast. Ich hätte gern den Tisch und die Lampen. Sie sind alle aus Bambus und haben so interessante Schnitzereien. Aber ich weiß nicht, was mit dieser hölzernen Statue ist von dem vereinten Paar - irgendwie grafisch! Die ist so total typisch Simon!" meint sie und hebt die Augenbrauen.

Ich eile schleunigst zum Aufzug. Ich kann mich immer noch nicht daran gewöhnen, dass er fort ist. „Klar, warum nicht? Bis später!" antworte ich.

Wenigstens regnet es heute nicht. Es ist wolkig und kalt, aber ich hülle mich einfach in meine Mütze und meinen dicken Schal. Mein Wollmantel ist wadenlang, er hält mich warm genug. Zu Hause erwartet mich Maestro. Manchmal denke ich, er ist fast besser, als wenn ein Mensch auf mich wartete. „Fast" ist dabei das entscheidende Wort.

Ich muss nicht viel für ihn tun, außer das Katzenklo sauber halten und ihn füttern. Er begrüßt mich an der Tür, weil er meine Schritte erkennt, und miaut mich an. Es ist Sitte bei uns, dass ich in sein Miauen einstimme und eine Terz über seinem „Miau" singe. Wer sagt, dass Katzen nicht singen können? Der hat meinen Maestro noch nicht kennen gelernt. Vielleicht sollte ich ihn filmen und auf YouTube einstellen! Auf einer dieser „Katzen-können-alles"-Seiten.

CODA *La Favorite* von Donizetti

Die Lieblingsfrau, auch unter dem italienischen Titel **La Favorita** bekannt ist eine große Oper in vier Akten von Gaetano Donizetti mit einem französischsprachigen Libretto. Sie wurde am 2. Dezember 1840 an der Académie Royale de Musique Théâtre in Paris uraufgeführt.

Im Jahre 1953 wurde ein Film daraus gemacht mit Sophia Loren in der Hauptrolle und Stimmen aus der Mailänder Scala und Stars der Oper in Rom.

Ladies in waiting

Kapitel 25
Wohnungs-Kopfschmerz

Nach meinem morgendlichen Kaffee, Joghurt und Müesli fahre ich ins Theater zu einer Bühnenprobe für *La Favorita*. Zwei Stunden später sitze ich beim Mittagessen mit Jenny und Angelique und kann endlich meinen Frust über die deutsche Polizei erklären.

„Ich rede mal mit meinen Mann. Mal sehen, ob er dir helfen kann", meint Angelique.

Mit der U-Bahn fahre ich dann zu Simons Wohnung. Dieses Mal habe ich die richtigen Papiere für Herrn Mund, obwohl er mich immer noch verärgert ansieht. Er hat bestimmt Angst, ich könnte etwas von Simons Besitztümern stehlen. Unglaublich. Ich versuche, großzügig darüber hinwegzusehen und rede mir ein, dass er nur so ist, weil er schlechte Erfahrungen mit Mietern gemacht hat, die ihre Wohnung in unschönem Zustand hinterlassen hatten. Heute trägt er ein braunes Hemd und eine Weste zu einer Art Lederhose. Ich finde, es sieht ein bisschen doof aus, sowas in seinem Alter zu tragen. Er würde definitiv nicht in *Sound of Music* passen.

Bei der Durchsicht von Simons Sachen entscheide ich mich dafür, drei Stapel zu machen. Stapel A soll alles enthalten, was ich mit Sicherheit behalten möchte, entweder für mich selbst oder für seine Familie oder Freunde; Stapel B soll aus allem bestehen, das entsorgt werden muss, hauptsächlich Gegenstände ohne sentimentalen Wert; und Stapel C werden diejenigen Dinge sein, bei denen ich mir noch nicht ganz sicher bin.

Ich habe im Internet von diesem System gelesen, auf der Suche nach einer Antwort auf die Frage, wie man mit der Hinterlassenschaft geliebter Personen umgeht. Wenn man es geschafft hat, diese drei Stapel zu bilden, ist es Zeit, entsprechend damit umzugehen. Die Dinge, die aufgehoben werden sollen, können irgendwo gelagert werden, wenn das sinnvoll ist, oder sie können aus dem Haus gebracht werden zu den Familienmitgliedern oder Freunden, die sie erhalten sollen. Stapel B kann von einer Wohltätigkeitsorganisation abgeholt werden oder über E-Bay oder Craigslist. Stapel C ist der problematischste, derjenige, mit dem man vielleicht noch nicht gut umgehen kann. Falls möglich, können diese

Gegenstände ebenfalls aus dem Weg geräumt werden in einen Lagerraum, bis man bereit ist, eine Entscheidung zu treffen. Wenn die Zeit knapp ist, wie im dem Fall, wo eine Wohnung geräumt werden muss, hilft es, wenn man einen oder zwei zusätzliche Tage hat, bis man bereit ist für einen nächsten Versuch. Da der Lagerraum meine Wohnung sein wird, sollte ich nicht zu viele Gegenstände in Stapel C einsortieren.

Zuerst fertige ich eine Liste an mit allen Möbeln und dem Geschirr, das Simon hatte. Ich weiß, dass Jenny, Suzanne und Angelique Wünsche bezüglich einiger Möbelstücke geäußert haben. Ich persönlich möchte seinen Schreibtisch und den Computer behalten. Wir können das Geschirr verkaufen, und niemand hat wirklich Platz für seine Schlafzimmer-Einrichtung, aber ich bin sicher, dass ich sie verkaufen kann. Jenny möchte den Küchentisch und die Stühle aus Bambus. Ich habe mich entschieden, eine Liste mit weiteren Gegenständen, die verkauft oder abgegeben werden sollen, an das Schwarze Brett beim Bühneneingang zu hängen.

Simons Tante möchte alle seine persönlichen Unterlagen haben, aber sie braucht sonst nichts. Er hat so viele Bücher zu den unterschiedlichsten Themen und natürlich eine Menge Klavierauszüge. Ich möchte auf jeden Fall diese Noten haben, werde sie mir aber mit Jenny, Suzanne und Paul teilen.

Ich lese viele Taschenbücher mit mysteriösem Inhalt - hier nennt man das Krimis - und werde diese auch behalten, besonders diejenigen in deutscher Sprache, denn das hilft bei den Vokabeln. Wenn ich einen guten Autor entdeckt habe, lese ich gern alle seine Bücher in der Reihenfolge, wie sie geschrieben wurden. Bis jetzt habe ich alles gelesen von Patterson, Cussler, Cornwell, Reichs, Grafton, Jance, King, Kuntz, Deaver, Child, Crichton, Flynn und Hiller, und die Liste geht noch weiter. Für gewöhnlich lese ich zwei oder drei Bücher zur gleichen Zeit. Simon hat mich immer damit aufgezogen, wie ich den Inhalt im Kopf nicht durcheinander bringe. Ich entgegnete: „Wie schaffst du es, die Musik von all den verschie-denen Stücken, die wir singen, nicht durcheinander zu bringen? Gleiches Prinzip!" Er schüttelte dann nur seinen Kopf.

Simon besitzt viele Bücher über Philosophie, Theologie, Spiritualismus und Sachbücher, die ich ebenfalls auf eine Liste setzen werde um zu sehen, ob sie jemand vom Theater haben möchte. Die meisten sind in Englisch, darum bin ich nicht sicher, wie gefragt sie sein werden, aber wir werden sehen.

Ich fange damit an, Wäschestücke, wie Handtücher und Bettbezüge, in einen Karton zu packen und beschrifte jeden Karton mit einem schwarzen Marker. Das wird eine ganze Weile in Anspruch nehmen, aber es ist Zeit, die Sache beim Schopf zu packen. Jenny sagte, sie könne vielleicht später noch vorbeikommen und mir helfen, und Paul sagte, er käme und würde sich Simons Kleidungsstücke ansehen, denn er hat etwa seine Größe. Simon hatte wundervolle Designer-Kleidung, die möchte ich nicht einfach so loswerden. Paul würde sie liebend gerne nehmen.

Oft muss ich weinen, wenn ich all die Sachen durchsehe - ich wusste nicht, wie schwierig das sein würde.

Schließlich komme ich an Simons Schreibtisch und finde seinen Pass sowie seinen deutschen und britischen Führerschein in der vorderen Schublade. Ach du meine Güte! Das Auto hatte ich ja ganz vergessen! Es steht noch in seiner Garage. Ich werde seinen Wert schätzen lassen und seine Tante fragen, für wie viel sie es verkaufen möchte, wenn sie es nicht nach England gesendet haben will. So viele Kleinigkeiten!

Kapitel 26
Die Fledermaus

„Wo findet die Probe heute Abend statt? Im Chorsaal?" frage ich Angelique und Maria, als ich an ihnen vorbeigehe auf dem Weg über die Kopfsteinpflaster Treppen, die zum Bühneneingang des Theaters führen.

Ich bin vorsichtig, nicht auszurutschen auf den Treppen, denn es schneit wieder. Zum Glück gibt es einen verglasten Eingangsbereich, in dem ich meinen Schirm zumachen kann. Der Schnee ist ja hübsch anzusehen, kann aber trügerisch sein. Ich bin froh darüber, meine schweren Schneestiefel zu tragen.

Angelique und Maria nicken und eilen in das warme Opernhaus.

Heute Abend wird in der Oper ein Ballett aufgeführt, deshalb haben wir eine musikalische Probe mit Herrn Nüsse für *Die Fledermaus*, eine Operette von Johann Strauß. Es ist zur Tradition geworden, dass diese Operette in fast jedem deutschen Opernhaus an Silvester gespielt wird. Wir nehmen eine Produktion wieder auf, die jedes Jahr in Frankfurt gespielt wird mit einigen zusätzlichen Vorstellungen vor Silvester. Die meisten aus dem Chor kennen die Musik, aber ich nicht, also muss ich schnell lernen.

Die Fledermaus ist eine musikalische Komödie, die im 19. Jahrhundert in Wien spielt. In der Geschichte muss sich Eisenstein ins Gefängnis begeben, weil er seine Steuern hinterzogen hat. Er wird jedoch von seinem Freund Dr. Falke dazu überredet, einen Maskenball bei Prinz Orloff zu besuchen. Falke plant eine Rache dafür, dass er anlässlich einer früheren Gelegenheit allein in einem Fledermauskostüm (daher der Name) nach Hause gehen musste. Eisensteins Frau Rosalinde nutzt die Abwesenheit ihres Mannes für ein Treffen mit Alfred in ihrem Haus, welcher von Frank, dem Gefängnisdirektor, für ihren Mann gehalten und ins Gefängnis gesperrt wird. Rosalinde erscheint auf Prinz Orloffs Feier verkleidet als ungarische Gräfin. Sogar das Hausmädchen taucht in Verkleidung auf. Eisenstein flirtet mit seiner eigenen Frau, ohne sie zu erkennen, und sie entwendet seine Uhr, um ihn später bloß zu stellen. Von da an wird es noch verrückter. Der Chor tanzt zu berühmter Wiener Walzer-Musik. Wir treten hauptsächlich in der großen Ballszene auf. Man erzählt mir, dass

wir echten Champagner in unseren Gläsern haben werden an Silvester.
Wie spaßig.

„Bitte nicht schleppen!" ruft Herr Nüsse. „Bleiben Sie im Tempo!"

Nach der Probe gehe ich in die Kostümabteilung im sechsten Stock,
um meine Kostüm für dieses Stück anzuprobieren. In dieser Inszenierung
tragen wir Kostüme, die auch in anderen Vorstellungen vorkommen. Für
Don Carlo hatten sie uns alle gemessen, und die Kostüme waren komplett
neu für uns genäht, da sie Originalentwürfe waren. Hierfür nun müssen
sie Kostüme abändern, die bereits im Fundus gelagert waren.

Mein Kleid ist blassgelb, mit goldenen Bändern an der Seite und einer
Turnüre im Rücken. Es hat eine eng anliegende Corsage sowie ein braunes
Samtband für den Hals. Der Rock ist sehr weit mit einer langen Schleppe.
Ich kriege Handschuhe bis zum Ellbogen, dazu kann ich meine goldenen
Armbänder tragen. Das muss ein gutes Zeichen sein. Die Perücke ist
ähnlich wie die in *Lustige Witwe*, aber diesmal bin ich rothaarig.

Auf dem Weg zurück in die Garderobe treffe ich Angelique auf dem
Gang.

„Übrigens, mein Mann sagt, er könne sich morgen früh um acht Uhr
mit dir treffen. Ist das in Ordnung?" erkundigt sich Angelique.

„Na klar! Wo soll ich ihn denn treffen?" frage ich.

„Komm einfach zu uns nach Hause, dann trinken wir einen Kaffee und
essen Croissants, wir haben ja den Vormittag frei. Meine Schwiegermutter
wohnt unter uns und sieht nach meiner Tochter, wenn ich im Theater bin.
Gerhard muss nach dem Frühstück zur Arbeit. Ich kann dich dann mit der
U-Bahn zur Probe begleiten."

Ich lege ihr die Hand auf die Schulter und sage: „Toll. Ich freue
mich sehr, dass er sich die Zeit nehmen kann, mit mir zu reden. Ich
rege mich fürchterlich darüber auf, dass niemand in Betracht ziehen
will, Simons Unfall könnte eben kein ‚Unfall' gewesen sein. Dein Mann
wird wenigstens darüber nachdenken, was ich ihm zu erzählen habe,
und mir sagen können, was ich als Nächstes tun soll."

„Kein Problem. Er ist immer bereit, meinen Freunden zu helfen."

CODA *Die Fledermaus* von Johann Strauß

Die Operette wurde am 5. April 1874 am Theater an der Wien uraufgeführt und ist seitdem in jedem Repertoire enthalten. In New York wurde sie im November 1874 gespielt.

Die deutsche Premiere fand 1875 am Münchner Gärtnerplatztheater statt. *Die Fledermaus* wurde zum ersten Mal in Englisch gesunden im Londoner Alhambra Theatre am 18. Dezember 1876.

Kapitel 27
Gesunder Rat

Ich halte mir die Ohren zu wegen des lauten Quietschens der Bremsen am Zug und schiebe mich durch Scharen von Menschen, als ich die U-Bahnlinie 4 besteige, um zu Angelique und ihrem Mann Gerhardt Dietrich zu fahren. Sie wohnen in Bornheim, einer Vorstadt nordöstlich des Zentrums von Frankfurt. Die Polizeistation, wo er arbeitet, befindet sich in der Turmstraße 7, und ihr Haus liegt direkt um die Ecke von der Bahnstation, Enkheimer Straße 20. Es gehört Gerhardts Oma, die im Untergeschoss lebt. Die beiden wohnen im Obergeschoss. Es ist wirklich toll, dass seine Großmutter die kleine Tochter Marie beaufsichtigen kann, wenn sie beide arbeiten. Marie ist vier Jahre alt und ein typisches, verzogenes Einzelkind.

„Guten Morgen", sage ich, als Gerhardt die Tür öffnet.

„Guten Morgen, Fräulein Barnett, komm rein", antwortet er und nimmt mir den Mantel ab.

Wir gehen in die Küche, wo Angelique ein französisches Frühstück mit Café au lait, Schokoladen-Croissants, Joghurt, Eiern, Käse, Aufschnitt und Obst vorbereitet hat. Sie hat sogar Schokoflocken für ihren Kaffee. Wie toll, ich wünschte, ich könnte jeden Tag so essen!

In Deutschland gibt es Eierklopfer aus Metall für hart gekochte Eier. Sie sehen aus wie ein langer Stab mit einer Kugel oben dran, die auf die Metallkappe über dem Ei fällt und dies an der Oberseite aufschneidet, so dass man das obere Teil des Eis leicht mit dem Messer öffnen kann. Am lustigsten ist der Begriff dafür: Eierschalensollbruchstellenverursacher. Würde man versuchen, das zu übersetzen, käme etwa heraus ‚egg-shell-breaking-point-causing-er'. Kann man das nicht kürzer nennen? Aber man fügt hier oft eine Reihe von Wörtern aneinander, um ein neues Wort daraus zu bilden, und das ergibt solch lange Namen! Ich fände es nicht gut, sagen zu müssen: „Gibst du mir bitte den ...." und dabei über meine Zunge zu stolpern.

Angelique und Gerhardt haben eine schöne, dreiteilige alte Eckbank, die in einer Ecke an der Wand steht. An den Fenstern hinter der Bank hängen hübsche Spitzenvorhänge mit Schwanenmustern. Marie sitzt auf dem Eckplatz mit ihrem Teddybär. Sie isst bereits und hält mir die

Pfote ihres Bären entgegen, damit ich sie schüttle. Sie hat wippende dunkle Locken und ein keckes Näschen, und sie trägt ihren Winnie Puh-Schlafanzug mit Füßen dran.

„Ich habe von meiner Frau gehört, dass du Probleme hattest mit der Polizei", sagt Gerhardt und schenkt mir eine Tasse Kaffee ein, dann schiebt er mir Milch und Zucker an meinen Platz.

„Ja, ich habe mit Polizeikommissar Siegfried Holz gesprochen auf dem Polizeirevier in der Zeil. Inspektor Holz dachte, ich sei verrückt, als ich meinte, das sei kein Unfall gewesen."

„Warum genau denkst du denn, dass es kein Unfall war?"

Ich versuche, exakt zu erklären, was ich gefunden hatte, als ich mir die zerbrochenen Rohre aus dem Bühnenbild für *Orpheus* ansah und warum ich wusste, dass sie nicht zufällig auseinandergebrochen waren, sondern absichtlich zerschnitten wurden. Er nickt, als er mir zuhört.

„Sieh mal, ich habe sogar Fotos gemacht mit meinem iPhone. Da kannst du sehen, dass die Rohre nicht ausgefranst sind, wo sie wahrscheinlich durchbrachen."

Ich befürchte, dass er dies als absurde Fantasie in meinem Kopf abtun wird, wie der Polizeikommissar, aber er sagt." Es ist sehr gut, dass du diese Bilder hast. Allerdings ist das eine problematische Sache für mich, eine anderen Beamten zu befragen. Ich habe aber ein paar Freunde an dieser Wache und ich kann mal diskret nach Informationen fragen. Würde das weiterhelfen?"

„Oh, das wäre toll! Alles, was du rausfinden kannst, wäre besser, als wenn sie die Sache einfach als Unfall abtun", antworte ich und beiße in mein Croissant. Der Kakaogeschmack in der Mitte ist Spitze.

„Kannst du mir bitte die Fotos von deinem iPhone mailen? Schick sie an meine private E-Mail-Adresse, Gerhardt.Dietrich@t-online.de. Es sind sehr deutliche Bilder, und sie sind sehr wichtig", meint Gerhardt.

„Klar, ich kann sie sofort senden."

Es war nett, die Familie zu besuchen. Marie hat uns die Show gestohlen mit ihren Späßchen. Sie nahm immer einen Bissen von ihrem Frühstück und gab dann ihrem Teddy etwas.

Gerhardt steht auf, gibt mir die Hand und gibt Angelique und Marie einen Abschiedskuss, bevor er zur Arbeit geht. Er wird mir mitteilen, was er herausfinden kann. Nachdem wir den Tisch abgeräumt haben, erzählt mir Angelique, dass Oma das Geschirr nachher spült. Wir ziehen unsere

Mäntel an und gehen ins Theater zu unserer Probe. Es schneit noch immer heute. Der Schnee ist zwar weggekehrt worden in den Straßen, aber es ist noch rutschig. Gut, dass mein Mantel wasserdicht ist und ich nicht durchgeweicht werde.

Nach der Probe fahre ich zurück in meine Wohnung und hole meine Pilates-DVD und die Gymnastikmatte raus. Da ich keine Zeit für meine Laufstrecke durch den Palmengarten hatte, werde ich etwas mit der DVD trainieren. Das ist nicht schlecht, und versuche, immer zwanzig Minuten zu üben, bevor ich morgens zu den Proben gehe, aber, wie gesagt, ich versuche es. Die besten Vorsätze nutzen manchmal nichts.

An diesem Abend haben wir eine Sitzprobe für *La Favorita* mit dem Orchester. Sie dauert drei Stunden und wir schaffen nur die erste Hälfte - langweilig, aber es ist die einzige Möglichkeit für den Dirigenten, sich nur auf den Gesang und die Orchestermusik zu konzentrieren. Sobald die Kostümproben anfangen, wird alles viel komplizierter mit die Schauspielerei und Beleuchtung hinzugefügt.

Die Souffleuse ist auch dabei und liest die Musik mit. Während der Vorstellungen sitzt sie in einem kleinen Kasten unter der Bühne, der über der Bühne etwa zwanzig Zentimeter herausragt. Sie kann die gesamte Bühne überblicken und sieht die Gesichter der Akteure, und diese können sie sehen. Sie hat die Noten in der Hand und gibt den Sängern Stichworte, wenn sie Hilfe suchend zu ihr blicken. Das heißt, sie muss die Musik genau so gut kennen wie der Dirigent. Die Dame, die für die Opernvorstellungen souffliert, war früher selbst Sängerin und heißt Alexandreina. Sie kommt aus Ungarn und ist eine interessante Type. An allen Fingern trägt sie Ringe, und einen Haufen lange Ketten um den Hals, manchmal sogar im Haar. Ich will sie fragen, ob sie auch wahrsagt mit Tarot-Karten, aber ich traue mich nicht, denn sie ist ziemlich unnahbar. Wir nennen sie Alex, aber nur unter uns.

Oft sehe ich sie dort unten sitzen mit einer dicken Decke umwickelt. Sie sagt, es ist sehr kalt da unten. Manchmal schaue ich auch hin, dann sind ihre Augen geschlossen und sie ist eingeschlafen. Wie das passieren kann, wenn sie das Orchester im Nacken hat und alles am Singen ist, verstehe ich nicht. Vielleicht ermüdet sie leicht und blendet einfach alles aus. Hoffentlich passiert es nicht, wenn wirklich mal ein Sänger nach einem Wort sucht.

Kapitel 28
Ein Leben einpacken

Am nächsten Morgen holt mich Jutta mit ihrem Auto ab, damit wir noch ein paar Kartons besorgen können, um Simons Sachen zusammenzupacken. Wir können entweder ein paar teure zum Zusammenstecken kaufen oder welche aus dem Abfall von einem Supermarkt fischen. Sie haben normalerweise prima alte Obstkisten. Ich bin für die Abfallhalde.

Ich werde auch ein paar Briefumschläge brauchen, um seine Papiere zu seiner Tante zu schicken. Jutta hat angeboten, mir ein paar Stunden lang beim Aussortieren zu helfen.

„Wir machen erst mal eine Liste der größeren Gegenstände, die entweder verkauft oder weggegeben werden sollen", seufze ich.

„Gute Idee. Wir räumen die Möbel, die verkaufen wollen, auf eine Seite des Raumes, und die Möbel, die wegegeben werden sollen, auf die andere Seite. Wie hört sich das an?" fragt Jutta und beäugt das Zimmer.

„Okay, lass uns das zuerst erledigen, und dann kannst du eine Liste anfertigen und alles katalogisieren."

Ich fange an, das Sofa nach einer Seite zu verschieben. Wir haben schließlich drei Haufen: einen zum Versenden, einen zum Verkaufen, und einen zum Einlagern bei mir. Simons Geschirr besteht aus einem zwölfteiligen Villeroy & Boch-Porzellanservice mit Drachenmuster, ganz hübsch. Seine Sache, viereckige Teller mit chinesischen Drachen drin zu mögen. Er hat auch ganz hübsches Besteck. Wir beschließen, all dies in Zeitungen einzuwickeln und in einen Karton zu packen, dessen Inhalt wir verkaufen wollen. Ich fände es nicht in Ordnung, dieses Geschirr oder Besteck zu behalten, da sie Einiges wert sind, und das Geld sollte seiner Tante zukommen.

Er hatte eine wirklich schöne Teekanne, so eine, durch die man hindurchsehen kann und in die man einen speziellen Teebeutel steckt, der sich bei Nässe ausdehnt und dann aussieht wie eine Blume. Ich glaube, er nannte das ein *flowering tea set*. Er musste in ein Spezialgeschäft gehen, um diese Teebeutel zu kaufen, die sich zu Blumen öffnen. Wir verbrachten viel Zeit damit, Tee zuzubereiten und zu beobachten, wie die Blumen aufgehen. Das möchte ich behalten, um mir diese besonderen Momente zu erhalten.

Ich setze mich an seinen Schreibtisch und fange an, seine Papiere zu sortieren. Das sind die Dinge, die seine Tante sicherlich haben möchte, deshalb muss ich sorgfältig vorgehen, um all seine Zeugnisse verschicken zu können. Er hat einen Kalender in seinem Handy, den ich durchsehen kann und sämtliche Termine der letzten Monate abrufen kann. Die meisten dieser Termine sind Vorstellungen und Proben. Manche waren Arzt- oder Zahnarzttermine.

Ich finde jedoch auch eine Eintragung von vor etwa zwei Monaten, da war er mit jemand namens Sindhu zum Essen verabredet. Ich weiß nicht, ob das eine Mann oder eine Frau ist, darum bin ich überrascht. Diese Person hat er mir gegenüber nie erwähnt.

Während ich mich durch Simons Schreibtischschubladen wühle und versuche, nichts zu vergessen, finde ich ein Notizbuch hinten in der untersten Schublade. Es ist ein jadegrünes Taschenbuch mit einer Umschlagklappe, die vorn schließt. Ich beginne, die ersten Seiten zu lesen und stelle fest, dass es ein Tagebuch ist. Rasch mache ich das Buch zu und frage mich, ob ich herumschnüffle, um etwas so Persönliches zu finden. Aber ich beschließe, es mit nach Hause zu nehmen und später anzusehen, wenn ich mehr Zeit habe, denn es könnte mir einen Hinweis auf diese Person namens Sindhu geben. Ich werde Simons Computer, den zusätzlichen Bildschirm und den Drucker mit in meine Wohnung nehmen, damit ich später Zeit habe, seine Dokumente durchzusehen. Seine Tante sagte, ich könne seinen Schreibtisch behalten, den werde ich ebenfalls später umziehen.

„Was ist das denn?" fragt Jutta und zieht ein hölzernes Musikinstrument heraus, das in einer Ecke des Wohnzimmers steht.

„Das ist eine Dilruba. Simon lernte, sie zu spielen, als er in Indien lebte. Sie ist ähnlich wie eine Sitar und wird mit einem speziellen Rosshaarbogen gespielt. Guck, sie hat 18 bis 20 Stahlsaiten, die in vier Hauptsaiten zusammenlaufen, mit dem Rest ein Ausgleich mit gleich klingenden Saiten. Den flachen Boden hielt er beim Spielen zwischen den Knien, wenn er im Schneidersitz saß. Er hat ein paarmal für mich gespielt, es klingt erstaunlich, aber sehr schaurig. Faszinierend, aber fremd für westliche Ohren", erkläre ich.

Dieses Instrument stammt aus der Sikh-Religion, von der Simon meines Wissens fasziniert war und die er auch studierte, als er in Indien war. Ich würde gern jemanden finden, der dieses Instrument zu schätzen weiß, denn ich bin sicher, dass seine Tante es nicht will. Vielleicht kann ich mich bei einer der Frankfurter Universitäten erkundigen, ob es dort eine Abteilung gibt, die sich auf östliche Musikinstrumente oder Religionen spezialisiert.

Bei der Durchsicht von Simons Adressenliste auf dem iPhone finde ich viele Namen. Manche wohnen in England, manche in Indien. Ich muss seine Tante fragen, ob ich diese Personen von Simons Ableben benachrichtigen soll. Im hinteren Teil der Schublade finde ich auch ein altes Adressbuch. Das ist gut, weil man im Handy normalerweise keine Adressen speichert, nur Telefonnummern und E-Mail-Adressen.

In diesem Augenblick klingelt mein Telefon.

„Hallo, hier spricht Myra", sage ich.

„Hier ist Simons Tante Lizzie in England. Wie geht es Ihnen heute, Myra?"

„Gut, danke. Ich bin in Simons Wohnung und versuche, seine Sachen zu sortieren. Ich habe ein Adressbuch gefunden und wollte Sie fragen, ob ich mit einigen seiner Freunde in Indien Kontakt aufnehmen soll? Ich kann Ihnen das Buch schicken, damit Sie Kopien von der Trauerfeier an diejenigen senden können, die benachrichtigt werden sollten."

„Das wäre nett. Meine Tochter Samantha will kommen und Simons Auto nach England holen. Sie fliegt nach Deutschland, und Sie können ihr dann das Adressbuch mitgeben. Simons Besitz geht an seine nächsten Angehörigen, also gehört das Auto seinem Bruder. Aber Oliver arbeitet gerade an einem wichtigen Fall und kann es nicht holen. Darum hat Samantha sich angeboten, das zu übernehmen. Könnten Sie sie am Flughafen abholen?"

„Natürlich, teilen Sie mir Datum und Uhrzeit mit. Ich habe Simons Versicherungspapiere für das Auto im Handschuhfach gefunden, sie sind noch für einige Monate gültig. Der Fahrzeugbrief war in seinem Schreibtisch, ich werde ihn ebenfalls ins Handschuhfach legen."

„Oh, das wäre süß. Ich kann Ihnen gar nicht genug danken für Ihre freundliche Hilfe", sagt sie und bricht wieder in Tränen aus.

Ich habe eine Tante zu Hause, die immer weint, wenn ich sie treffe. Ich hoffe, ich habe ihre Heul-Gene nicht geerbt.

„Ich kann auch Kartons mit Papieren und Sachen, die Sie sicherlich haben möchten, in das Auto stellen, das erspart uns, alles zu versenden.

So ist es viel einfacher und birgt nicht das Risiko, dass etwas Wichtiges in der Post verloren geht", erzähle ich ihr. „Lassen Sie mich einfach wissen, wann Samantha ankommt."

„Ich teile es Ihnen sofort mit", verspricht sie und legt auf.

Jutta und ich schaffen eine ganze Menge, aber wir werden eine paar von den Herren benötigen, um die Kartons und die Möbel zu räumen. Ich möchte alle CDs von Simon behalten, wenn Jenny oder Jutta nicht etwas Bestimmtes davon haben möchten.

Ich möchte jedenfalls nichts der Wohlfahrt (oder ähnlichem) überlassen, wenn ich andere Möglichkeiten sehe. Ich werde das Rote Kreuz anrufen und fragen, ob sie Spenden annehmen oder mich weiter verweisen können. Jutta sagt, es gibt einen Laden für gebrauchte Möbel, der vielleicht Einiges kauft, aber nicht die Qualitätsmöbel. Ich habe einen Karton mit persönlichen Unterlagen dabei, die ich sortieren möchte, bevor ich sie in Simons Auto packe. Ich würde mich nicht gut dabei fühlen, Simons Auto zu fahren, und in der Nähe meiner Wohnung gibt es auch keine überdachten Parkmöglichkeiten. Es steht sicherer am jetzigen Platz.

Heute Abend gibt eine keine Probe für den Chor, ich habe einen Abend zum Ausruhen. Ich vergeude eine Stunde mit Scrabble- und Galgenmännchen-Spielen auf meinem Kindle. Diese Apps machen leicht süchtig.

Ich muss auch mal meine E-Mails checken, und ich denke, ich werde auch morgen früh mal mit meinen Eltern skypen. Sie wohnen im Staat Washington, dort gilt Pacific Standard Time, neun Stunden früher als in Frankfurt. Sie wissen, was mit Simon passiert ist und machen sich große Sorgen um mich, weil sie wissen, wie sehr es mich aufregt. Ich habe großes Glück, solche besorgten Eltern zu haben!

Kapitel 29
Produktions-Parodie

„Kannst du dieses lächerliche Ding hinten zumachen?" fragt mich Jenny und dreht und windet sich, indem sie versucht, den kleinen Reißverschluss am Rücken ihres Harems-kostüms zu erreichen. „Wenn ich dieses Ding nicht zukriege, musst du ihnen einfach sagen, sie sollen die Kostümprobe ohne mich beginnen."

„Beruhige dich", sage ich. Ich winde mich ebenfalls und versuche, in mein aufreizendes Chiffon-Nachmittags-Damen-Kostüm hineinzukommen. Ich betrachte den durchsichtigen Stoff, der um mich herum wallt. „Meins sieht aus wie ein altgriechisches Nachtgewand. Ich weiß ja auch nicht, ich fühle mich nackt. Und was ist das?" Ich hebe die schnuckeligen Sandalen hoch, sie sehen aus wie zwei Stücke weiße Pappe mit einem pailletenbesetzten Streifen, der über Kreuz darüber sitzt. „Sollen wir in diesen Dingern laufen?"

„Hey, keine Klagen", bestimmt Jenny und zerrt ihre lange, blonde, lockige Perücke über ihr braunes Haar, „bei mir guckt der ganze Bauch raus, und diese verdammte Perücke hängt mir bis an die Brust runter. Gut", meint sie und sieht in den Spiegel, „vielleicht lenkt es das Publikum davon ab, meinen Bauchnabel zu betrachten." Sie stopft ihr Haar unter die Perücke und benutzt eine Bartbinde, um die ganze Chose abzudecken. „Das tut richtig weh. Hoffentlich sieht niemand die ganzen Haarnadeln."

Endlich habe ich meine Pappsandalen zugebunden. „Sei einfach froh, dass dies eine Probe für *La Favorita* ist. Heute Abend haben wir *My Fair Lady*, das geht nicht so auf die Stimme wie ein Verdi. Dann können wir heute Morgen aussingen und die Musik in unsere Stimme und Muskeln kriegen."

Ich versuche immer, das Beste aus allem zu machen, aber heute ist das wirklich schwierig. Jenny rollt ihre Augen und verlässt vor mir her die Garderobe.

Im ersten Akt sind wir Chordamen die Begleiterinnen von Inez, und wir stehen um sie herum, wenn sie ihre berühmte Arie Bel raggi lucenti (helle Sonnenstrahlen, die tanzen) singt. Wir lungern alle auf einem Sofa und auf dem Boden herum in unterschiedlichen Arten von Negligés, während Inez von Sonnenstrahlen singt.

Man hat letzte Woche eine Gastsängerin, Eldemira Andreescu, aus Rumänien eingeflogen für die Rolle der Inez. Sie ist etwa vierzig und hat tolles, langes Haar und eine üppige Rubensfigur, also passt sie zur Rolle. Ihr Haar ist dunkel kastanienfarben, und als sie sich herumdreht, sehe ich, dass ihre langen, künstlichen Fingernägel die gleiche Farbe haben. Oh, Hilfe!

Sie singt die blumigen, bewegenden Passagen auf einem Sofa mitten auf der Bühne liegend mit technischer Leichtigkeit, Brillanz und Atemkontrolle. Ihre Stimme ist kräftig und klangvoll, und es ist offensichtlich, dass sie weiß, was sie tut.

Als ich auf einem der Sofas liege, spüre ich ein leichtes Rütteln im Boden, etwa in der Mitte ihrer Arie. Oh, oh, denke ich.

„Bewegen wir uns?" flüstert Maria vernehmbar.

Und tatsächlich: Das Mittelstück der Bühne beginnt sich langsam zu drehen, wie das größte Faultier der Welt. Ich habe dieses Gerät schon mal gesehen, man nennt es Drehbühne, aber nach Simons Unfall kann ich nicht glauben, dass man uns immer noch auf Bühnen stellt, die nicht am Platz bleiben.

„Ich glaube, du hast Recht", flüstere ich zurück, „aber es bewegt sich zu schnell!"

Wir haben uns schon um einen halben Kreis herumgedreht, und mit einem weiteren Ruck bleibt das Ganze stehen, wir blicken alle nach hinten. Eldemira sitzt noch immer da und schmettert ihre Arie, aber sie kann sich nicht entscheiden, wo sie hinsehen soll. Sie lehnt sich über die Sofalehne, um zum Publikum zu singen, und dreht weiter ihren Kopf, um den Dirigenten zu sehen. Den Ärger in ihrem Gesicht können wir alle erkennen. Es nimmt allmählich die Farbe ihres Haares und ihrer Fingernägel an.

Ich halte mir die Hand vor den Mund, damit sie mich nicht lachen sieht, und wende mich zu Jenny, die am Boden liegt. „Hat sie einen der Bühnenarbeiter verärgert oder was?"

„Das wäre schon möglich", flüstert sie zurück.

„Nein, nein, nein, unglaublich!" schreit der Regisseur Herr Rehmann und rennt auf die Bühne mit dem Klavierauszug in der Hand. Er hat einen roten Pullover um den Hals gebunden auf diese affektierte, europäische Art, und schwenkt seine Arme in der Luft.

„Oh, das kann ich nicht mit ansehen!" sagt Jenny und rollt sich lachend auf dem Boden.

Eldemira starrt uns nun alle an.

Wir können hören, wie Herr Mauer, der Inspizient, hinter dem Vorhang hin und her läuft und versucht herauszufinden, was passiert ist. „Halt, halt!" schreit er ins Orchester und wartet darauf, dass das Problem gelöst wird, damit er erneut mit der Szene beginnen kann.

„Ich kann unter diesen Bedingungen nicht arbeiten!", kreischt Eldemira in schlechtem Deutsch mit rumänischem Akzent. „Wenn ich hätte im Zirkus singen wollen, wäre ich dorthin gegangen! Dies ist völlig inakzeptabel!" Sie wirft die Arme hoch und rauscht verärgert von der Bühne, cholerisch und wütend.

„Wir machen zehn Minuten Pause!" ruft Herr Rehmann und jagt ihr hinterher.

„Das wird ja immer besser", meint Jenny und streckt ihre Beine auf dem Boden aus. Wir hören jetzt, wie die Bühenarbeiter sich gegenseitig auf Deutsch anbrüllen und mit Hämmern auf irgendetwas im Boden einschlagen.

Während wir warten, frage ich mit leiser Stimme: „Hat Simon dir jemals etwas erzählt über eine Person namens Sindhu?"

„Nein", antwortet Jenny und sieht mich stirnrunzelnd an, „den Namen habe ich nie gehört. Ist das ein Mann oder eine Frau?"

„Keine Ahnung. Es ist jemand, mit dem oder mit der er vor ein paar Monaten essen gegangen ist. Ich habe es im seinem Telefon-Kalender entdeckt. Komisch, dass niemand je von dieser Person gehört hat."

„Du solltest Paul fragen", meint Jenny, „er weiß vielleicht etwas darüber."

Wir werden unterbrochen, als Eldemira und der Regisseur zurück auf die Bühne kommen. Er spricht ruhig zu ihr, und sie sieht beruhigter aus. Die Bühnenarbeiter haben es geschafft, die Drehbühne in ihre alte Position zu bringen, so dass wir wieder ins Publikum blicken, und alle bereiten sich darauf vor, die Szene erneut zu beginnen.

Im nächsten Akt singt Fernando seine Arie. Er läuft herum und hält das Revers seines Soldatenrockes offen, als die Bühne wieder beginnt, sich zu drehen. Aus irgendeinem verrückten Grund steht eine Leiter auf der Bühne. Es ist noch nicht einmal eine Holzleiter, sondern eine helle

Aluminiumleiter, was überhaupt keinen Sinn ergibt. Hatte man damals schon Leitern? Soll Fernando sich etwa in einem Garten befinden?

Als Fernando um die Leiter kreist, verhakt sich ein Knopf seiner Jacke an einer Leitersprosse. Er kann nicht weiter gehen, und die Bühne hört nicht auf, sich zu drehen. Da er versucht, weiter zu singen und gleichzeitig seine Jacke frei zu zerren, wird er von der Leiter nach hinten gezogen. Das gesamte Orchester beginnt zu lachen. Zum Glück befindet sich der Chor auf der Seitenbühne, so können wir keinen Ärger kriegen, wenn wir loslachen. Es ist wie eine Szene aus einem Slapstick-Film.

Der Rest der Probe verläuft gut, bis auf die Sopranistin, die am Ende des letzten Aktes singt. In ihrer Rolle verliert sie vor dem Kreuz im Kloster St. Jakob das Bewusstsein und singt leidend Leonoras letzte Bitte an Fernando. Die Regie verlangt von ihr, auf dem Boden zu liegen und sich förmlich über die Bühne zu ziehen, alles, während sie eine endlose Folge von schwierigen Läufen und hohen Noten singen muss. Wäre schön, wenn der Regisseur das mal selbst versuchen würde und sieht, wie ER das schafft!

Während sie leidet und sich dahinzieht, wird es dunkler auf der Bühne und ein Spot soll auf sie gerichtet sein. Stattdessen ist der Spot aber zu weit rechts, keinesfalls dort, wo sie tatsächlich singt. Aber sie ist ein Profi und singt weiter ohne Unterbrechung. Der Typ mit dem Spot findet sie schließlich und berichtigt die Sache in seinem Beleuchtungsbuch.

„I'm singing in the dark, just singing in the dark", singe ich und wackle mit den Augenbrauen zu Jenny. „Ist das eine Fred Astaire-Nummer?"

Sie lacht nur. „Nein, das ist Gene Kelly, du Depp!"

Das Leben im Theater, keinen Moment langweilig. Meine Gesangslehrerin in Amerika hat mir immer gesagt, man kann in der Oper alles machen, solange man nur singt.

Als die ganze Kostümprobe endlich glücklich vorüber ist, sagt der Dirigent: „Würden Sie sich bitte alle in den Zuschauerraum setzen, damit wir Anmerkungen zur Vorstellung machen können?"

Erika jammert: „Oh, so kommen wir hier NIE raus! Wir sind schon seit mehr als DREI Stunden hier. Warum muss das Orchester nicht bleiben?"

„Weil sie eine bessere Gewerkschaft haben", flüstere ich Jenny zu.

Aber der Rest von uns lässt sich einfach in die samtbezogenen Sitze fallen und wartet darauf, dass die endlosen Anmerkungen beginnen. Wenn sie damit fertig sind, müssen wir noch unsere Schminke und die Perücken runter kriegen. Mir geht es ganz gut. Abgesehen von der Komödie auf der Bühne heute ist die Musik von *La Favorita* schön zu singen, und ich konnte mich an alle Stichwörter und Regieanweisungen erinnern. Sobald ich wieder in meiner Straßenkleidung stecke, greife ich meine Jacke und hoffe, Paul zu treffen, um ihn nach Simons mysteriösem Freund zu fragen. Aber bis ich die Garderobe verlasse, ist er schon verschwunden.

Kapitel 30
Freche Sirenen

„Au!" schreie ich, als ich über eine Kiste in meiner Wohnung falle und mir den Zeh anstoße. Schätzungsweise hätte es weniger weh getan, wenn ich meine Schuhe im Schlafzimmer angezogen hätte und nicht barfuß gelaufen wäre. Ich bin versucht, der Kiste einen Tritt zu verpassen, aber ich werde damit warten, bis ich meine Stiefel anhabe.

Es ist schwierig, sich in meiner Wohnung zu bewegen, weil ich die Kartons mit Simons Sachen und einige seiner Möbel hier habe, den Fernseher, CDs und Noten, alles stapelt sich auf dem Wohnzimmerboden, außerdem seinen Schreibtisch, den ich *kitty korner*, d. h. schräg gegenüber vom Sofa platziert habe (oder heißt es bei uns *catty corner*? Ich sage *poteyto*, die Engländer sagen *potahtoe*. Egal, es ist sowieso ein komischer Ausdruck, weil eine Katze keine Diagonalen hat.

Heute Morgen gehe ich zur ersten Bühnenprobe für *Carmen*. *Carmen* ist eine der bekanntesten und am häufigsten gespielten Opern der Welt. Der Komponist George Bizet starb mit dem Bewusstsein, seine Oper sei ein Flop. Zu seiner Zeit waren in Frankreich nur komische Opern wie *Die schöne Helena* von Offenbach beliebt; Bizet hatte etwas wirklich Dramatisches und Ernstes geschrieben, und das wurde einfach nicht akzeptiert. Unglaublich.

Die Geschichte handelt vom naiven Soldaten Don José, der von den Machenschaften der cleveren Zigeunerin Carmen verführt wird, die ihn benutzt, um nicht ins Gefängnis zu kommen. José verlässt seine Jugendliebe Micaela und desertiert von seinen militärischen Pflichten, um sich Carmen und ihren Schmugglerfreunden anzuschließen. Er verliert Carmens Liebe an den charismatischen Torrero Escamillo. José tötet Carmen in einem Anfall von Zorn. Dies war ursprünglich in Französisch geschrieben, und wir singen es auch in dieser Sprache. Die bekanntesten Arien sind wahrscheinlich ‚Toreador' von Escamillo und die ‚Habanera' von Carmen. Alles spielt in Sevilla, wo der Flamenco geboren wurde.

Ich finde es aufregend, dass Carmen und Manuel in der Wirtshaus-Szene im zweiten Akt einen Paso doble tanzen. Das ist wirklich spannend und deutet auf die kommenden Ereignisse hin. Sehr klug vom Regisseur, sie einzusetzen.

Im ersten Akt kommen die Damen des Chores aus der Zigarrenfabrik gerannt, in der sie arbeiten, und es gibt einen Riesenkrach wegen Carmen. Jenny und ich müssen mit Carmen streiten und uns gegenseitig die Haare ausreißen. Sie wirft uns auf den Boden. Yeah! Zickenkrieg! Keine der anderen Chordamen würde das tun, denn es ist nicht würdevoll. Jenny und ich finden es klasse, etwas Außergewöhnliches spielen zu dürfen. Wir müssen nur aufpassen, dass wir nicht mittendrin anfangen zu lachen. Die Chordamen haben keine Lust mehr, dauernd sexy und heißblütig zu sein. Ich meine, wie oft kann man dastehen mit einer Hand an der Hüfte oder das Haar zurückwerfen?

Nach der Vormittagsprobe gehe ich zur Schneiderei, um für das Stück eingekleidet zu werden. Mein Kostüm besteht aus einer typischen weißen Bauernbluse mit Rock und geschnürter Corsage. Meine Perücke hat langes, lockiges schwarzes Haar bis zur Mitte meines Rückens und, natürlich, steckt eine rote Blume darin.

„Komm, wir gehen drüben was essen", schlägt Jenny vor.

Jutta macht auch mit in diesem Stück, kann aber nur an den Abendproben teilnehmen.

An der U-Bahnstation unter der Straße gibt es alle möglichen Schnellimbisse, wo man rasch etwas zu günstigen Preisen bekommt.

„Wie wär's mit Italienisch? Ich habe Lust auf Spaghetti Carbonara", sage ich.

„Klar, das klingt gut!"

Ich liebe Spaghetti Carbonara, das sind Spaghetti-Nudeln mit dicken Speckwürfeln, Zwiebeln und Knoblauch, in Olivenöl gegart. Das Geheimnis besteht darin, rohe Eier hineinzuschlagen und die Spaghetti so umzurühren, dass die Eier nicht gerinnen, sondern auf den Nudeln garen. Das ist sicher schwierig. Wenn ich es koche, füge ich dem Rezept noch Sahne und Weißwein hinzu. Noch ein bisschen Knoblauchbrot, und man hat eine wohlschmeckende Mahlzeit. Ich möchte gern mal nach Italien fahren und sehen, ob man es dort so zubereitet, denn es ist ja eine italienische Spezialität. Ich weiß, manche Leute sorgen sich wegen der rohen Eier und Salmonellen, aber wenn man aufpasst, sollten die Eier durch die Hitze der Nudeln gegart sein.

Anschließend fahre ich nach Hause, um mich etwas auszuruhen und zu entspannen vor unserer Vorstellung der *Lustigen Witwe* am Abend.

Am Nachmittag ruft Gerhardt an, Angeliques Mann. Ich will mir keine Hoffnungen machen, aber ich kann nicht dagegen ankämpfen.

„Myra, ich habe mit meinem Freund gesprochen, dem Hauptkommissar Ernst Stiefel, er gehört zu der Polizeiabteilung, die den Unfall in der Oper untersucht. Ich zeigte ihm das Bild, das du mir gegeben hast und bat ihn, mal einen Blick darauf zu werfen. Er sagte, er sei mit der Überwachung dieses Falls betraut worden, und könne sich deshalb den Vorfall ansehen, ohne weiteres Stirnrunzeln zu erzeugen. Er wird zur Oper gehen und das Wrack sicher stellen, damit es nicht auseinandergenommen oder abgebaut wird. Er wird auch Finger-abdrücke nehmen. Ich lasse dich wissen, wenn er etwas herausfindet."

„Vielen Dank für deine Mühe, jemanden zu finden, der sich den Fall genauer ansieht", sage ich.

Abends, nach der Vorstellung *Lustige Witwe*, sind wir wieder in unserer Garderobe und Jenny singt für uns: „Hands touch, eyes meet. Sudden silence, sudden heat" aus dem Broadway-Musical *Wicked*, das Lied heißt ‚I'm Not That Girl'. Wie sie sich diese Texte alle merken kann, erstaunt mich immer wieder. Ich kenne nur die ersten paar Zeilen, und das war es dann. Sie kennt die ganze Musik und die ganzen Texte.

Als ich nach Hause komme, springt Maestro von seinem Fensterplatz herunter und zwitschert mich an. Ich habe ihm ein kleines Brett gebaut, das an der Fensterbank im Wohnzimmer befestigt ist. Dort kann er sitzen und aus dem Fenster sehen oder sich sonnen. Es ist immer lustig, wenn er einen Vogel oder ein Eichhörnchen in einem Baum neben der Kirche gegenüber anzwitschert . Sie können ihn nicht hören, aber er gibt den Versuch nicht auf. Nachdem ich ihn hochgehoben und gestreichelt habe und ihm die Aufmerksamkeit zu Teil wurde, die er glaubt, zu verdienen, setze ich ihn aufs Bett und er richtet sich für die Nacht ein. Leider liegt er mitten im Bett, und ich werde ihn grob wegschieben müssen, wenn ich unter die Decke schlüpfe.

CODA *Carmen* von Georges Bizet

Es ist eine Oper des französischen Komponisten Georges Bizet. Die Oper wurde am 3. März 1875 in der Pariser Opéra Comique uraufgeführt, und war zunächst nicht besonders erfolgreich. Es gab anfangs nur 36 Vorstellungen, bevor sie eingestellt wurde und Bizet plötzlich starb. Somit wusste er nichts von dem späteren Erfolg der Oper.

Die Oper wurde im Stil einer Komischen Oper geschrieben, mit einzelnen musikalischen Nummern, die von Dialogen unterbrochen werden.

Kapitel 31
Geheimnisvolle Vermutungen

An folgenden Tag haben wir keine Proben. Nachdem ich in der Nacht gut geschlafen habe, wache ich durch eine Pfote auf meinem Gesicht und eine kalte Nase auf meiner Nase auf. Maestro ist der Ansicht, dass ich aufstehen und ihn füttern müsse. Ich öffne meine Augen, und er starrt mich an. *Okay, Nachricht angekommen!*

Nachdem ich ihn gefüttert habe und das Katzenklo gesäubert habe, mache ich mir Kaffee. Ich mag meine Kaffeemaschine, für die ich nur Wasser benötige und eine kleine fertig abgewogene Kapsel, die oben eingesetzt wird. Mein Lieblingskaffee ist Mokka oder Haselnuss. Wenn ich den Kaffee nur rieche, hebt das schon meine Laune. Ich mache mir ein gutes, altmodisches amerikanisches Frühstück zu mit Omelette, Hash Browns (eine Art Rösti), Würstchen und Toast. Ich wünschte, wir hätten ein Frühstückscafé in der Stadt, wo ich so etwas bestellen könnte. Simon nannte die Würstchen immer ,bangers', erinnere ich mich, das klang so lustig. Er machte manchmal ,banger and mash' zum Abendessen. *Ich vermisse dich so, Simon.*

Da ich heute Zeit habe, nehme ich mir Simons Tagebuch vor und beginne zu lesen. Ich fühle mich komisch dabei, denn es ist so persönlich, aber ich hoffe, mehr über seine Verabredung mit Sindhu zu erfahren und auch über seine Jahre in Indien. Es scheint an dem Punkt anzufangen, als Simon das College abgeschlossen hatte und nach Neu Delhi zu Freunden seiner Eltern ging. Diese waren ein britisches Ehepaar, das noch immer am Britischen Konsulat arbeitet, und seine Eltern kannten, seitdem sein Vater dort einige Jahre lang hin versetzt worden war. Simon war erst ungefähr zwölf, als sein Vater dort stationiert war und hatte seitdem keine Möglichkeit gehabt, zurückzukehren. Das Ehepaar, Roger und Emma Matthews, hatte ihm stets gesagt, er könne bei ihnen wohnen, wenn er zu Besuch oder für längere Zeit nach Indien zurückkommen wolle, also nahm er schließlich ihr Angebot an.

Folgendes lese ich auf der ersten Seite:

„15. Januar: Ich kam nach 13 Stunden Flug aus London mit
Qatar Airlines auf dem Indira Ghandi-Flughafen in Neu-Delhi

an. Ich bin am Abend abgeflogen, und der Flug dauerte die ganze Nacht, mit einem Stopp auf dem Weg, in Mumbai. Es war nicht besonders gemütlich für meine Größe, weil die Sitze so schmal sind, aber erste Klasse kostet das Dreifache. Ich konnte einen Sitz am Gang ergattern, so dass ich meine Beine etwas ausstrecken konnte. Das einzige Problem war, dass neben mir eine Frau mit Baby saß, und das Baby mehrmals während des Fluges schrie. Niemand sollte ein Baby auf eine solch lange Flugreise schicken, aber sie war eine Inderin, die wahrscheinlich von einem Besuch in England zurückkam. Ihr Mann saß ein paar Reihen weiter hinten und half ihr nicht ein einziges Mal während des Fluges. Arme Frau!

Neu-Delhi ist die Landeshauptstadt von Indien und die viertgrößte Stadt der Welt mit über 22 Millionen Menschen."

Und ich dachte, London sei groß mit 8 Millionen.

„Meine Freunde begrüßen mich am Flughafen mit Blumen, als ich aus dem Sicherheitsbereich komme. Toll, sie wiederzusehen. Roger sieht noch genau so aus mit seiner Höhe von fast zwei Metern, nur mit etwas graueren Schläfen, und er trägt immer noch eine Weste zu seiner Jacke, egal, wie das Wetter ist. Emma trägt einen mauve-farbenen Pulli mit einem bunten Schal, der am Hals mit einer Brosche zusammengehalten ist, und dazu einen passenden Rock in A-Linie, mit brauen Loafers. Es fühlt sich an wie zu Hause, wenn ich ihr Jasmin-Parfüm wieder rieche."

Nach dieser Einführung erklärt Simon, dass seine Freunde in Patel Nagar wohnen, etwa acht Meilen nördlich vom Britischen Konsulat.

„Ihre Wohnung liegt in der Chanakyapuri Street, im Stadtzentrum. Sie haben zwei Schlafzimmer, so dass ich im Gästezimmer schlafen kann. Es ist eine kleine Wohnung im zweiten Stock eines fünfstöckigen Gebäudes. Sie hat eine hübsche Küche, deren Fenster zur Straße hinaus geht. Ich frage Emma, ob sie die grünen Chenille-Vorhänge selbst genäht hat, die an den Fenstern hängen und zum Sofa und den Stühlen passen. Sie antwortet: „Ja, ich dachte, das ist ein bisschen wie zu Hause." Sie haben keinen überdachten Parkplatz, sondern parken hinterm Haus wo immer es einen freien Platz gibt. Eine nette Sache ist, dass sie eine Zugehfrau haben, die einmal in der Woche für sie sauber macht und ihnen auch Abendessen kocht. Das ist ein nettes Arrangement."

Ich höre auf, im Tagebuch zu lesen, weil ich etwas Hausarbeit erledigen muss - putzen, Wäsche waschen, einkaufen - lauter Dinge, die liegen geblieben sind, weil ich zu beschäftigt bin, wenn ich arbeite. Ich werde später weiter lesen, wenn ich mehr Zeit habe. Maestro ist eine große Hilfe, wenn ich die Bettwäsche wechsle, denn er hält es für ein lustiges Spiel, sich auf dem Bett herum zu rollen und nach dem Betttuch zu jagen. Er ist schon komisch, mein Kleiner!.

Nachmittags treffe ich Jenny, Jutta, Paul und Manfred in Simons Wohnung, um die Pack-Aktion abzuschließen. Manfred hat einen großen SUV, damit können wir die meisten Möbel transportieren. Andere Leute, die an verschiedenen Dingen interessiert sind, wollen zwischen 13.00 Uhr und 17.00 Uhr vorbeikommen und sie abholen. Ich hoffe, wir können heute alles ausräumen. Wir konnten seine Wohnzimmereinrichtung, seinen Teppich, den Schrank und sein Geschirr verkaufen. Jenny und ich haben uns seine Töpfe und Pfannen aufgeteilt und den Rest seiner Küchenutensilien, sie waren nicht besonders wertvoll, nur Karstadt-Alltagsware.

Wir bringen unsere Kartons zum Auto und sind dabei, die Küche und das Bad zu schrubben, die Böden zu wischen und Staub zu saugen. Die Wohnung muss lupenrein sauber sein, sonst behält der Vermieter Simons Kaution.

Simons persönliche Dinge, die ich zu seiner Tante schicken werde, sollen in meine Wohnung gebracht werden, bis seine Cousine kommen kann und sein Auto holt.

Plötzlich läutet das Telefon.

„Hallo, hier spricht Myra", sage ich.

„Hier ist Simons Tante aus England. Meine Tochter Samantha fliegt nächsten Dienstag nach Frankfurt. Könnten Sie sie am Flughafen abholen?"

„Natürlich, das mache ich gern. Wann kommt sie an?"

„Sie fliegt mit Lufthansa und kommt um 9.05 Uhr aus Gatwick an."

„Prima. Meine Handynummer ist 157-19945961. Die Landesvorwahl für Deutschland ist 49. Sie soll mich anrufen, wenn sie gelandet ist und ich stehe dann vor der Gepäckausgabe. Auch wenn sie nur Handgepäck hat, muss sie durch den Zoll und kommt dann bei der Gepäckausgabe heraus. Wird sie über Nacht hierbleiben?"

„Nein, sie muss sich sofort auf die Reise machen nach dem Mittagessen, denn sie muss zur Beerdigung am Donnerstag zurück sein. Vielen Dank für Ihre Hilfe. Ich weiß nicht, weiß ich ohne Sie dort getan hätte!"

„Sie wissen, wie nahe ich Simon stand. Selbstverständlich möchte ich alles Mögliche tun, um Ihnen zu helfen"; sage ich und lege auf. Jenny liegt mir die Hand auf die Schulter, denn sie sieht, dass mich das Kraft gekostet hat.

Als Paul einen Karton hochhebt, um ihn zum Auto zu tragen, frage ich ihn: „Weißt du etwas über einen Sindhu, der ein Freund von Simon gewesen ist?"

„Nein, tut mir Leid, da klingelt's bei mir nicht. Wer ist das?" antwortet er.

„Irgendjemand, mit dem oder mit der er sich letzten Monat zum Essen getroffen hat. Ich habe keine Idee, wer es ist. Irgendwie merkwürdig."

Simons Vermieter, Herr Mund, schleicht im Flur herum und registriert jeden Gegenstand, der aus der Wohnung getragen wird. Vielleicht hat er Angst, wir könnten versuchen, die Spüle aus der Küche mitzunehmen! Wir lassen die Beleuchtungsschienen, die Simon installiert hatte, hängen, es wäre zu mühsam, sie abzubauen.

„Ich habe die Strom- und Gaswerke in Simons Namen angerufen und die Versorgung abgemeldet", berichte ich Herrn Mund. „Außerdem kommt seine Cousine am Dienstag und holt sein Auto ab, um es nach England zu bringen." Ich übergebe ihm ein Papier und sage: „Hier sind Name und Adresse seiner Tante in England. Sie erwartet die Erstattung der Kaution, die bei Abschluss des Mietvertrages für die Wohnung hinterlegt worden ist wie vereinbart, nicht wahr? Er hat den ersten und letzten Monat und nochmal 500 € Extra-Kaution gezahlt, stimmt's?"

„Ja, Frau Barnett, das ist richtig. Ich werde mir den Zustand der Wohnung ansehen, ob etwas gestrichen oder repariert werden muss."

„Ich sehe keine Veranlassung, zu streichen, und es scheint auch nichts repariert werden zu müssen. Hier ist meine Telefonnummer. Ich komme gern und überprüfe, wenn Sie Reparaturen für notwendig halten, ob ich Ihnen zustimme. Sind wir uns einig?" Ich hoffe, ich wirke einschüchternd dabei, denn ich bin sicher, er wird versuchen, mich über's Ohr zu hauen. *Wirklich ein Widerling*, denke ich.

Simons Leichnam ist gestern nach London überführt worden, die Beerdigung kann also nächsten Donnerstag stattfinden mit seiner Familie. Tante Lizzies Sohn ist geschäftlich unterwegs und sie erwarten ihn per Flug zurück. Es ist so schwer, meinen Freund los zu lassen. Der Tod ist immer am schwierigsten für die Lebenden. Ich werfe einen letzten Blick auf die Wohnung, erinnere mich an die schönen Zeiten mit Simon und sage meinem Freund ein leises Lebewohl.

„Hier ist der Schlüssel für die Wohnung", sage ich und schiebe den Schlüssel in Herrn Munds Hand, schließe die Tür und setze mich in Mannys SUV. Ich bin echt froh, dass die Jungs helfen, Kartons und Möbel zu schleppen. Kann es kaum erwarten, nach Hause zu kommen und ein schönes, langes heißes Schaumbad zu nehmen und den Staub aus meinen Haaren und Poren zu kriegen.

Kapitel 32
Auf der Suche

„Du trägst mal wieder deine Glücksarmbänder, wie ich sehe", sagt Maria und blickt auf mein Handgelenk.

„Ja, das sind meine liebsten Goldarmbänder, und sie passen zufällig zu dem Schal mit den goldenen Fäden, den ich trage", erkläre ich ihr.

Wir haben eine Bühnen-Orchester-Probe für *La Favorita*. Es ist keine richtige Kostümprobe, da wir unsere Bühnenkostüme noch nicht tragen, aber sie wird auf der Hauptbühne durchgeführt. Die Premiere soll am nächsten Dienstag sein. Die Probe verläuft ohne Zwischenfälle oder Unglücksfälle, wir sind also endlich wieder in der Spur und die Fehler sind ausgemerzt.

Nach der Pause fahre ich nach Hause, um mich vor der Abendvorstellung auszuruhen. Ich sehe Simons Adressenliste auf seinem Telefon und in seinem Adressbuch durch, um eine Namensliste zu erstellen für diejenigen, die eine Benachrichtigung von seinem Ableben bekommen sollten. Seine Tante will mir dreißig Kopien des Programms vom Gottesdienst seiner Trauerfeier senden, die ich dann an seine Bekannten weiter verschicken kann, die nicht in England sind.

Oben auf der Liste steht das Ehepaar aus Neu-Delhi, bei dem er wohnte, die Matthews. Es gibt auch eine Menge Leute aus England. Ich werde die Liste mit Adressen an Tante Lizzie senden, damit sie diese Leute übernehmen kann, besonders die Verwandten.

Ich finde tatsächlich jemanden namens Sindhu Bandyapatuh in den Namen und frage mich, ob dies wohl die Person ist, die er zum Essen traf. Aber die Adresse und Telefonnummer in seinem Buch sind aus Neu-Delhi.

Ich bin nicht ganz sicher, wie viel es kostet, nach Indien zu telefonieren, aber ich versuche es. Nach dem fünften Klingeln antwortet jemand.

„Hallo, sprechen Sie Englisch?", frage ich.

„*Yes, I do*", antwortet ein Mann mit einem schweren Akzent.

„Mein Name ist Myra Barnett. Ich bin eine Freundin von Simon Sterling und rufe aus Deutschland an. Kann ich mit Sindhu sprechen?"

„Tut mir Leid, aber sie lebt nicht mehr in Indien", antwortet er mit eisiger Stimme.

Jetzt weiß ich wenigstens, dass es ein Frauenname ist, denke ich.

„Es ist sehr wichtig, dass ich sie erreiche. Haben Sie eine andere Telefonnummer oder Adresse von ihr?", frage ich höflich.

„Sie lebt in Deutschland. Ich versuche mal, die Nummer zu finden."

Ich höre Flüstern im Hintergrund und eine weibliche Stimme, sowie die Worte „Skandal", „Ärger" und „Fremde". Dann reden sie in einer Sprache, die ich nicht kenne.

Schließlich kommt er zurück ans Telefon und gibt mir widerwillig die Telefonnummer.

„Kennen Sie Simon?" möchte ich wissen.

„Das ist alles, was ich Ihnen sagen kann." Er legt abrupt auf.

Wie seltsam. Ich rufe die deutsche Nummer an und erreiche einen Anrufbeantworter, hinterlasse also meinen Namen und Telefonnummer und sage, dass es sich um Simon Sterling handelt und dass dringend jemand mit mir in Kontakt treten soll. Hoffentlich ruft sie mich zurück, besonders, wenn sie eine Freundin von Simon war.

Kapitel 33
Butterbissen

Am Abend haben wir wieder eine Vorstellung von *My Fair Lady*. Dieses Mal sind wir gebeten worden, nach der Vorstellung noch ein paar Stunden zu bleiben, um einen Werbespot für Margarine zu drehen. Die Werbeagentur der Firma Blumengold-Margarine möchte das Bühnenbild und die Kostüme für einen 30 Sekunden langen Werbespot verwenden. Wow! Vielleicht sehe ich mich im Fernsehen! Wir werden gut bezahlt für die paar Extra-Stunden, warum also nicht?

Unser Enthusiasmus schwindet allerdings merklich, nachdem wir im Anschluss an die Vorstellung zwei Stunden lang in unseren Garderoben gesessen und auf unseren Einruf zur Bühne gewartet haben. Bisher brauchten sie nur die Solisten in den Szenen mit der Butter. Äh, ich meine Margarine. Ich kann mir Eliza Doolittle nicht mit einer Schachtel Blumengold in der Hand vorstellen, es sei denn, sie verkauft sie an Stelle von Blumen im ersten Akt! Aber wenn das der Fall wäre, hätte man uns wahrscheinlich gerufen, um in der Szene mitzuwirken. Es ist total langweilig, in Kostüm und Maske herumzusitzen. Ich kann in der Zeit höchstens Spiele auf meinem Handy machen.

Ich gehe runter in den Keller, wo die Requisiten für die Bühnenbilder hergestellt und aufbewahrt werden, um Heinz zu suchen, der Mann, der mir bei dem Unfall geholfen hatte. Es riecht nach Farbe und Schmiere hier unten. Ich sehe, wie er ein paar Kulissen hin und her bewegt. Sieht so aus, als müsse er bleiben, um das Bühnenbild abzubauen, wenn wir mit dem Werbespot fertig sind.

„Heinz, ich wollte mich bei dir bedanken für deine Hilfe bei dem Unfall. Es war sehr nett von dir, mich von der Bühne herunterzutragen."

„Das war doch nichts", sagt er und nimmt seine Kappe ab, die er nun in beiden Händen hält. Er trägt den üblichen Arbeits-Overall, den sie alle tragen, und abgewetzte schwere Arbeitsschuhe.

„Nein, es war mehr als das. Es war tapfer von dir, mich von diesem zusammenbrechenden Ding runterzuheben. Weißt du, wer an diesem Tag gearbeitet hat und das Bühnenbild zusammenbauen half?"

Er kratzt sich am Kopf und antwortet: „Normalerweise sind wir etwa acht Mann, die an einem Bühnenaufbau arbeiten. Wir haben alle verschiedene Tätigkeitsbereiche, wie anstreichen, aufbauen oder schweißen." Er geht zu einem Tisch und blättert durch einen dicken schwarzen Ordner. „Hier ist die Liste mit den Einsatzdiensten vom Bühnenmeister Hauptmann."

„Weißt du, wer an genau diesem Bühnenaufbau gearbeitet hat?"

„Ich sehe mal nach." Er blättert durch die Seiten, bis er die gesuchte Woche findet. „Hier sind Horst und Jäger, die machen meistens den Anstrich und Malerarbeiten. Dann schmirgelt Andreas alles ab und benutzt die Feinsäge, um Möbel und Kulissen zu bauen. Nikolas hilft beim Zuammmennageln und beim Aufbau. Richard macht den größten Teil der Schweiß-arbeiten und des groben Aufbaus. Es gibt ein paar neue Auszubildende, die helfen den Älteren, die schon länger hier sind."

„Kennst du die Namen der neuen Leute? Oder weißt du, so sie herkommen?", frage ich und spähe über seine Schulter. Ich bin nicht schnell genug, um genau zu erkennen, wer an diesem Tag da war, weil ich Herrn Hauptmanns Gekritzel nicht lesen kann und Heinz größer ist als ich.

„Die sind alle aus dem Ausland, deshalb weiß ich das nicht." Er scheint es eilig zu haben, zu seiner Arbeit zurückzukehren.

„Habt ihr das Bühnenbild an diesem Morgen auf der Bühne zusammengebaut?"

„Nein, wir haben es spät am Abend zuvor auf der Bühne zusammengebaut und an dem Morgen fertig gestellt. Wir mussten nur noch ein paar letzte Verbindungsteile zusammenschrauben, bevor ihr eure Probe begonnen habt. Das war kompliziert, mit dem ganzen Rohrgestänge."

„Na gut, danke für die Hilfe", sage ich und gehe lächelnd an ein paar Bühnenarbeitern vorbei, die in den Arbeitsraum kommen.

Ich gehe zurück in die Garderobe, um mit meinen Kolleginnen zu warten. Auf meinem Telefon versuche ich, zum Zeitvertreib Scrabble zu spielen, aber so spät ist niemand mehr online. Ich habe ein paar Spiele laufen gegen eine Freundin, mit der ich aufs College ging in den Staaten. Mit ihr kann ich über die App chatten über das, was in ihrem Leben so los ist, und umgekehrt.

Wir werden zur Bühne eingerufen, und denken, dass wir endlich in den Werbespot kommen. Aber nein, es ist schon um Mitternacht jetzt, deshalb haben sie für uns alle Essen gebracht, was sie auf einen Tisch an der Seitenbühne gestellt haben. Offenbar waren sie in einem italienischen

Restaurant, denn es gibt Spaghetti, Lasagne, Knoblauchbrot und Salat. Wir sind alle hungrig und hauen rein.

„Jeder macht eine halbe Stunde Essenspause, dann fangen wir wieder an", ruft der Regisseur des Werbespots, und alle stöhnen.

Ich bin so froh, dass ich heute Abend keine Pfannkuchenschminke aufgelegt habe, denn das verstopft wirklich die Poren und wird rissig und backt zusammen, wenn man es zu lange trägt. Ich habe eine Methode entwickelt, Gesichtspuder so aufzutragen, dass er die gleiche Farbe hat wie die Pfannkuchen-Bühnenschminke, indem ich einen Schwamm anfeuchte und damit den Puder auftrage. Es sieht aus, als hätte man dicke Schminke drauf, aber es ist nicht so unangenehm für die Haut. Ich benutze auch einen dicken, dunklen Augenbrauenstift als Eyeliner und für die Brauen an Stelle von flüssigem Liner, was ebenfalls besser für die Haut und nach der Vorstellung leichter zu entfernen ist. Niemand bemerkt das, wenn man nach der Premierenvorstellung nicht mehr in die Maske geht, um sich dort schminken zu lassen. Und die Damen dort sind froh, eine Person weniger schminken zu müssen.

Wir müssen für eine Aufnahme auf die Bühne. Jenny, Paul und ich spazieren einfach Arm in Arm auf der Hinterbühne hin und her, während Higgins und Eliza in Gartenstühlen sitzen und die Margarine diskutieren. Maria, Erika und Manfred kommen von der anderen Seite. Ich bleibe auf der Seitenbühne stehen, um zu sehen, ob wir es nochmal machen sollen. Dabei stehe ich neben Uli Rückensackl, dem Inspizienten, der alle Stichwörter für die Beleuchtung, das Bühnenbild und die Akteure notiert hat. Er ist derjenige, der wirklich über alles Bescheid weiß und eine riesige Verantwortung trägt, damit bei der Vorstellung alles glatt läuft. Während der Vorstellung trägt er Kopfhörer, um mit allen Bühnen- und Beleuchtungs-Verantwortlichen kommunizieren zu können.

Er kommt aus Dresden, ist groß und schmal mit kurzem, stacheligem braunem Haar. Er trägt immer Khaki-Hosen und die deutsche Version von einem Polohemd. Für seine große Verantwortung wirkt er viel zu jung mit seinen knapp dreißig Jahren, aber er verfügt über eine solch große Konzentrationsfähigkeit und ein gutes Gedächtnis bei der Arbeit. Er ist wirklich ein Meister seines Faches.

„Hast du das Buch für die Orpheus-Vorstellung?" frage ich ihn.

„Natürlich, ich habe alle."

„Glaubst du, ich könnte da mal reinsehen?"

„Klar, wir sind vielleicht sowieso die ganze Nacht hier. Aber sieh es dir an meinem Platz an und bring es nicht weg. Die Vorstellung kann ohne dieses existenzielle Buch nicht stattfinden."

Ich nehme mir einen Stuhl und setze mich an seinen Arbeitsplatz, um die Einträge sorgfältig zu prüfen. Dabei komme ich an die Stelle, wo wir die Szene oben auf dem Berg beginnen sollen. Ich stelle fest, dass es heißt, Simon beginnt die Szene auf der Spitze des Berges für das erste Ensemble. *Moment mal,* denke ich, *so wurde das aber letztendlich nicht inszeniert.*

Ich gehe rüber zu Uli und sage: „In dieser Szene heißt es, Simon beginnt die Musiknummer, und das stimmt nicht."

„Oh, so war das ursprünglich inszeniert, bevor der Regisseur seine Meinung änderte. Manchmal schaffe ich es nicht, solche Änderungen einzutragen. Vielleicht ändert der Regisseur ja seine Ansicht noch viermal vor der Premiere."

„Danke, dass ich reinsehen durfte", sage ich und gebe es ihm zurück. *Wenn Simon der Einzige war, der oben auf dem Berg stehen sollte, bedeutet das, dass es jemand auf ihn abgesehen hatte und nicht auf alle anderen?* frage ich mich. *Das ändert alles. Ich muss es Gerhardt erzählen.*

„Ich kann nicht glauben, dass wir schon seit halb sieben hier sind. Es ist drei Uhr morgens, und wir dürfen immer noch nicht gehen! Wir hätten uns eine Luftmatratze zum Schlafen mitbringen sollen!", beklagt sich Jenny.

„Kein Geld der Welt ist es wert, die ganze Nacht aufzubleiben. Mein Haar wird völlig ruiniert sein, wenn ich diese Perücke endlich loswerde", meint Leila, reckt sich und streckt sich und gähnt - immer sehr anmutig, natürlich.

Wir bleiben noch zwei Stunden lang, bis man uns mitteilt, dass es nicht mehr lange dauere und uns daran erinnert, dass wir dafür extra bezahlt werden. Ob man es glauben will oder nicht: Wir verbringen tatsächlich die gesamte Nacht dort für einen dreißig-sekündigen Werbespot. Zwar wird uns die Zeit extra vergütet, aber wir kriegen keinen Schlaf. Wenn wir das gewusst hätten, wären wir nicht geblieben.

Karl-Heinz kommt vorbei und sagt uns: „Eure Probe morgen früh ist abgesagt. Ihr könnt jetzt aus euren Kostümen raus und nach Hause gehen."

Alles jubelt. *Faaaaaantastisch! Endlich dürfen wir nach Hause.* Jenny fängt an zu singen: „I'm gonna wash that Gold right outa my hair." Aber heute Abend sind wir zu müde zum Lachen.

Morgen ist Premiere für *La Favorita*. Aber wir werden mit Sicherheit nicht in der besten Form dafür sein, nachdem wir die ganze Nacht auf waren. Wir werden keine Kraft haben, und wir brauchen Ruhe für unsere Stimmbänder. Die Margarine nennen wir jetzt ,That Bloomin' Golt', wie Eliza sagen würde.

Maestro schläft bereits mit überkreuzten Vorderpfoten auf meinem Bett. Er öffnet ein Auge, als ich mich hinlege und ignoriert mich dann. Nichts soll seinen Schönheitsschlaf stören. Ich sehe in den Spiegel und weiß, dass ich morgen dicke Augenringe haben werde. Gut, dass Make up alles abdeckt. Und Gott sei Dank, glücklicherweise gibt es Kaffee.

Kapitel 34
Neugieriges Etwas

Es ist nicht zu glauben, dass diese Chordame, die mit Simon befreundet war, ihre Nase überall hineinsteckt. Ich hatte gehofft, nächste Woche hier wegzukommen, aber jetzt muss ich sie im Auge behalten und darauf achten, dass sie nicht zwei und zwei zusammenzählt. Wie war noch ihr Name? Es ist diese Rothaarige.

Sie würde mich niemals erkennen, weil sie mich nicht kennt, aber ich werde sie scharf beobachten müssen, um sicher zu gehen, dass sie nichts Verwerfliches findet. Warum hat sie mit Heinz gesprochen? Ich werde ihn ganz subtil danach fragen müssen und ihm klar machen, dass es gefährlich für andere Leute ist, sich in unserem Arbeitsbereich aufzuhalten, wegen all der Geräte und losen Holz- und Metallteile, mit denen wir arbeiten. Sämtliche Nicht-Bühnenarbeiter sollten aus diesem Bereich verbannt werden. Vielleicht kauft er mir das ab.

Hat sie in der Bühnenbildnerei herumgeschnüffelt? Wie finde ich heraus, ob sie etwas weiß? Verdammt!

Kapitel 35
Premierenfieber

Am Dienstag um 9.15 Uhr laufe ich auf und ab vor dem Ausgang bei der Gepäckausgabe und dem Zoll am Terminal 1 des Frankfurter Flughafens. Ich hoffe, ich bin beim richtigen Flug. Mit meiner iPhone-App, die ankommende Flüge anzeigt, checke ich dies ab, und ja, es gibt einen Flug aus London Gatwick um 9.15 Uhr, der am Flugsteig 1B gelandet ist. Das bedeutet Terminal 1, Halle B, und es zeigt sogar den Ausgang B2 an. Dort stehe ich, also ist alles gut. Einen Moment lang gerate ich in Panik, als mir einfällt, dass ich gar nicht weiß, ob Samanthas Nachname Sterling ist, oder ob sie verheiratet ist. Ich bin vielleicht eine Spürnase!

Als ich ans Telefon gehe, höre ich: „Myra? Habe ich die richtige Nummer?", in einen wunderschönen britischen Akzent.

„Ja, hier ist Myra. Sind Sie gelandet?"

Samantha antwortet: „Ja, ich komme soeben aus dem Flugzeug."

„Ich steht vor dem Ausgang von Terminal 1. Da sollten Sie herauskommen. Ich habe einen langen blauen Wollmantel an, eine Kappe und einen langen, bunten Schal."

„Oh, ich habe schulterlanges, blondes Haar und trage einen gesteppten Daunenmantel mit einem dunkelbraunen Pelzkragen", antwortet Samantha.

„Prima. Bis gleich", antworte ich.

Ich sehe sie aus der automatischen Schiebetür kommen, als diese sich öffnet, um die Passagiere auszuspucken. Um auf mich aufmerksam zu machen, winke ich. Sie ist groß und stattlich, wie Simon war, und wir umarmen uns zur Begrüßung.

„Es ist wirklich nett von Ihnen, mich am Flughafen abzuholen. Ich kenne die Stadt oder ihr Verkehrssystem überhaupt nicht", sagt sie, als wir in Richtung Aufzug gehen.

„Das ist überhaupt kein Problem", sage ich, „Simon war mein bester Freund, und es hilft, etwas für ihn tun zu können. Ich vermisse ihn schrecklich, und Sie sicherlich noch mehr. Ich bin mit Simons Auto hierher gefahren und habe es drüben im Parkhaus abgestellt. Ich dachte, das wäre einfacher als mit dem Zug zu fahren, und Sie können sich an das Fahren hier gewöhnen."

„Oh, nein, ich glaube, Sie fahren lieber zu Simons Wohnung. Ich bin es gewohnt, auf der anderen Seite der Straße zu fahren. Es wird ein bisschen dauern, sich daran zu gewöhnen, dass der Fahrersitz auf der linken Seite ist und die Straße rechts."

Daran hatte ich nicht mehr gedacht. Irland, Großbritannien, Malta und Zypern sind die europäischen Länder, die auf der „falschen" Straßenseite fahren. Merke: Das sind alles Inselstaaten.

„Kein Problem. Ich werde Ihnen Zeit geben, um sich daran zu gewöhnen, auf der rechten Seite zu bleiben und zu sehen, wie das mit den Verkehrsschildern und den Autobahnen funktioniert. Aber wir fahren zu meiner Wohnung, weil ich schon alles aus seinem Appartement ausgeräumt und abgeschlossen habe. Ich habe nicht mal mehr einen Schlüssel. Möchten Sie gern erst etwas zu Mittag essen, wenn wir nach Frankfurt kommen?"

„Ja, das klingt nach einer guten Idee. Wenn ich einmal losgefahren bin, möchte ich nur noch halten, um zu tanken."

„Wir können ins Restaurant ‚Die Kuh die lacht', eine Burger-Bar, gehen, oder wir könnten in das britische Pub namens ‚Fox and Hound' beim Opernhaus gehen. Oder auch in ein italienisches oder chinesisches Lokal."

„Meine Güte, das ist eine große Auswahl. Ich werde während der Fahrt darüber nachdenken", lacht sie.

„Frankfurt ist nur etwa 20 Kilometer entfernt von hier. Wir fahren über die Autobahn A5 die meiste Strecke. Standen Sie und Simon sich sehr nahe?"

„Ja, wir sind zusammen aufgewachsen. Unsere Familien trafen sich jeden Sonntag, bis wir alle weggingen zum College, und dann haben wir uns immer in den Ferien getroffen. Ich stand Simon besonders nahe. Unsere Brüder sind eher Sport- und Autofans und definitiv keine Typen, die in die Oper gehen. Sie haben ihn immer damit aufgezogen, dass er für seinen Lebensunterhalt sang, aber es hat ihn nie gestört, und er betrachtete sie als Höhlenmenschen. Sie sind mit Sicherheit keine sensiblen Menschen.

Ich konnte mit Simon immer über alles reden, und er war niemals vorwurfsvoll. Seine Ratschläge für die Ereignisse meines Lebens werde ich sehr vermissen, besonders hinsichtlich meiner beiden kleinen Kinder. Simon und ich haben für gewöhnlich etwa einmal pro Monat telefoniert."

„Oh, ich wusste nicht, ob Sie verheiratet sind und kenne nicht einmal ihren Nachnamen! Was macht ihr Mann? Und sind Sie berufstätig?" frage ich.

„Mein Nachname ist Harrison und mein Mann Ian unterrichtet Algebra an der Universität von Warwick in Coventry. Ich arbeite bei einer Firma für Innenausstattung. Wir haben einen zehnjährigen Sohn namens Jason, und unsere Tochter Pamela ist acht Jahre alt."

„Wow. Hört sich an, als wären Sie eine vielbeschäftigte Person."

„Ja, manchmal weiß ich nicht genau, wie ich das alles auf einen Nenner kriege - Mutter, Ehefrau oder Designerin. Aber es wird nie langweilig."

„Tja, es ist schön, Sie kennen zu lernen, obwohl es unter schrecklichen Umständen geschieht. Ich kannte Simon nur kurze Zeit, aber er war mir so eine große Hilfe bei der Eingewöhnung in das Theaterleben, und wir wurden sofort beste Freunde. Wir waren echte Bruder-und-Schwester-Seelenverwandte, und ich vermisse ihn. Ich habe das Gefühl, ihn seit Jahren gekannt zu haben."

„Ja, ich ertappe mich immer noch dabei, das Telefon abzuheben und ihn nach seiner Meinung über irgendetwas fragen zu wollen", seufzt sie.

Wir entscheiden uns schließlich für das Lachende Kuh-Restaurant, weil sie einen amerikanischen Hamburger essen möchte und ihn mit dem zu vergleichen, was sie in England bekommt. Wir unterhalten uns lange über ihren Mann, ihre Kinder und ihre Mutter. Und wir bedauern uns gegenseitig noch mehr für den Verlust von Simon. Nachdem wir zu meiner Wohnung gefahren sind und sie in meiner Toilette verschwunden ist, tritt sie die lange Fahrt nach England an.

„Es war sehr schön, Sie zu treffen und kennen zu lernen. Ich bin froh, dass Simon eine solch gute Freundin hatte. Wünschen Sie mir Glück für die Fahrt auf der rechten Seite", sagt sie.

„Denken Sie einfach daran, die weiße Linie muss links von Ihnen sein. Ich glaube, das hilft. Fahren Sie direkt durch?"

„Ich weiß es noch nicht. Die Fahrt dauert acht Stunden, und ich muss durch den Kanaltunnel. Vielleicht bleibe ich über Nacht in Gent, was etwa auf halber Strecke liegt. Man weiß ja nie, welche Staus und Verspätungen einen erwarten."

„Das hört sich nach einem guten Plan an. Rufen Sie bitte an oder senden Sie mir eine SMS, wenn Sie angekommen sind."

„Mach ich. Tausend Dank für Ihre Hilfe." Sie umarmt mich.

Ich lade ihr eine App auf ihr Telefon, mit der sie über die ganze Welt jemandem eine SMS ohne Gebühr senden kann. Auf diese Weise halte ich den Kontakt zu meiner Mutter in Amerika. Ich gehe zurück in die Wohnung, um ein Schläfchen zu machen vor der Vorstellung am Abend.

„Marta, hilf mir mit dem Reißverschluss! Dieses Kleid passt einfach nicht richtig. Sie haben mir die Perücke hinten zu fest aufgesetzt. Können Sie das ändern?" fragt Leila.

Man könnte meinen, sie sei die Einzige hier, die fertig werden müsste. Aber wir anderen sind freundlich und lassen sie ihre Divarolle ausspielen. Heute abend trägt Marta ihr Haar in einem dicken, langen Zopf füttern.

Ich habe es geschafft, ein paar Stündchen zu schlafen, das half mir sehr dabei, für die heutige Premiere von *La Favorita* bereit zu sein. Wir müssen eine Stunde vor Vorstellungsbeginn im Theater sein, um geschminkt zu werden und die Perücken aufgesetzt zu bekommen, und ich warte jetzt auf Marta, die mir beim Anziehen meines Kleides behilflich ist. In Unterhose, BH und Strumpfhose sitze ich herum, mit einem leichten japanischen Morgenmantel darüber. Auf diese Weise kommt kein Make up auf meine normalen Kleidungsstücke.

Premierenabende sind spaßig, weil alle sehr aufgeregt sind und voller Energie. So viel Energie, wie man noch haben kann, nachdem man die ganze vorherige Nacht auf den Beinen war! Aber der Adrenalinschub hilft. Die Zeitungen werden Kritiken bringen, und vielleicht auch die Fernsehsender. Jeder will sein Bestes geben, um eine großartige Vorstellung abzuliefern. Ich hoffe, es gibt keine größeren Probleme heute Abend.

Als wir auf den Beginn des zweiten Akts warten, treffe ich Angelique. Sie fragt: „Hat Gerhardt dich erreicht? Er sagte, er wollte dich anrufen."

„Ja, er hat mir erzählt, dass er jemanden gefunden hat, der den Unfall untersuchen wird, und vielleicht nehmen sie mich diesmal ernst."

„Er hat mir berichtet, dass Inspektor Stiefel jeden im Theater befragt hat, der an diesem Abend in der Nähe der Bühne war, einschließlich der Bühnenarbeiter. Er überprüft auch das Buch am Eingang, in das sich jeder eintragen muss, der ohne Ausweis kommt, sonst wird man nicht ins Haus gelassen. Ich hoffe, es war niemand vom Theater, aber wer weiß?", antwortet sie.

Im zweiten Akt gibt es einen Pas de deux über sieben Minuten für ein Ballettpaar, der oft als separates Stück in Ballettprogrammen getanzt wird, weil er so schön ist. Der Tänzer trägt für gewöhnlich ein reich mit Goldfäden verziertes Torrerokostüm-Oberteil mit schwarzen, engen Hosen. Die Ballerina trägt ein rot-goldenes spanisches Kleid mit einem Tutu, der mit einem steifen Unterrock herausblitzt. Sie tanzt Spitze. Das ist immer ein Höhepunkt der Oper. Ich wünschte, Carmen und Manuel würden dies zusammen tanzen, aber sie sind nicht Solotänzer in der Truppe.

Die Vorstellung läuft wirklich gut. Die Hauptdarsteller bekommen mehrere Vorhänge, und Chor und Orchester ebenfalls. Anschließend gehen wir alle in den Burghof, um etwas zu essen.

Als ich nach Hause komme, begrüßt mich Maestro an der Tür wie üblich. Samantha hat mir eine SMS geschickt und mitgeteilt, dass sie halbwegs zu Hause ist und in einem Hotel übernachtet. Sie hatte einige Staus unterwegs, darum kam sie nur langsam voran. Sie wird am nächsten Morgen weiterfahren.

Während ich meine Zähne putze, sehe ich, wie Maestro auf dem Rücken liegend alle vier Pfoten in die Luft streckt. Ich würde sagen, er ist sehr vertrauensvoll, seinen Magen so zu exponieren. Ich wünschte, ich könnte so entspannt schlafen, aber ich schnarche, wenn ich auf dem Rücken liege. Natürlich hört mich niemand außer Maestro, also was soll's?

Kapitel 36
Die Geschichte entwickelt sich

Am nächsten Tag haben wir um 10 Uhr morgens eine Bühnenprobe für *Carmen*. Jenny und ich haben unsere Spaßszene im ersten Akt, wo wir aus der Zigarettenfabrik rennen und versuchen, Carmen die Haare auszureißen. Sie schlägt uns nieder und wir fallen und rollen über den Boden. Gut, dass ich im College Karate gelernt habe, so weiß ich, wie ich fallen muss ohne mir weh zu tun.

Wieder zu Hause, entschließe ich mich, etwas mehr in Simons Tagebuch zu lesen. An der Stelle, wo ich stehen geblieben war, lese ich:

> „Ich bin bei ein paar Tanzvorführungen gewesen, und der indische Kathak-Tanzstil fasziniert mich. Kathak ist abgeleitet vom Sanskrit-Wort ‚katha', was so viel bedeutet wie Geschichte, und katthaka bedeutet in Sanskrit derjenige, der eine Geschichte erzählt. Eine kurze Tanzkomposition nennt sich tukra, eine längere heißt toda. Es gibt auch Kompositionen, die lediglich aus Fußarbeit bestehen."

Wow, ich hatte keine Ahnung.

> „Ich konnte eine Schule ausfindig machen, die diese Art von Tanz unterrichtet, und an der ich Kurse belegen kann. In der weiterführenden Schule in England hatte ich Ballettunterricht, deshalb habe ich eine Grundlage für Bewegung und Gleichgewicht. Ich gehe jeden Tag an Kursen in einem anderen Raum vorbei, wo man das Spielen des Instruments Dilruba erlernen kann. Dort sitzen etwa zwölf Frauen auf dem Boden um dieses Saiteninstrument zu spielen."

Ich hatte Simons Kleidung für seinen Kathak-Tanz in seinem Kleiderschrank gefunden, zusammen mit Hunderten von Glöckchen an Fußbändern aus Stoff, die er dazu trug. Er hatte auch eine lange Schärpe, die er auf eine spezielle Art um seinen Körper wickelte. Das Kostüm ist blau mit goldener Verzierung - wunderschön. Er hatte mir erzählt, dass er immer barfuß tanzte. Das war gut so, denn Simon hatte riesige Füße. Ich weiß nicht, wo er ausreichend große Schuhe gefunden hätte. Im Theater gab es auch Probleme, passende Schuhe für ihn zu suchen. Meistens musste er seine eigenen Schuhe tragen.

Simon hatte mir einmal nach einem unserer Flamenco-Kurse ein paar Bewegungen des Kathak vorgeführt, obwohl ich damals den Namen des Tanzes nicht kannte. Er bewegte seinen Kopf seitwärts wie eine Bauchtänzerin und rollte seine Augen nach oben und nach der Seite. Da mein Hals sehr gelenkig ist, hatte ich großen Spaß daran, das zu üben. Die Bewegungen der Beine sind, das Knie gerade nach oben zu heben und dabei den Fuß angewinkelt nach außen zu halten. Den Rhythmus hält man durch flaches Aufstampfen mit dem Fuß wie beim Flamenco. Ich bin immer umgekippt, weil ich auf einem Bein nicht so gut mein Gleichgewicht halten kann. Wahrscheinlich müsste ich mehr Yoga-Kurse belegen, um das zu lernen.

„An drei Tagen pro Woche arbeite ich in Teilzeit bei der britischen Botschaft als Bürokraft. Ich mag den Umgang mit den Leuten, die dort arbeiten. An meinen freien Tagen konnte ich die Rote Festung, das Alai-Darwaza-Tor, das Humayun-Grab und das Raj Ghat oder Gandhi-Museum besuchen. Die Architektur hier ist sehr schwierig zu beschreiben, aber so kompliziert und unglaublich kunstvoll - viele Schnitzereien."

Dann wird das Tagebuch interessanter.

„Ich habe es geschafft, meinen Musiklehrer von meinem ernsthaften Wunsch zu überzeugen, Dilruba spielen zu lernen, und ich durfte mich schließlich für einen Monat anmelden, damit sie sehen kann, ob ich in der Lage bin, die Grundlagen zu erlernen. Ich konnte ein gebrauchtes Instrument in einem Musikgeschäft in der Stadt finden. Ich hatte mal ein Jahr lang versucht, Geige zu spielen, als ich etwa zehn Jahre alt war, daher kenne ich das Spielen von Saiteninstrumenten mit einem Bogen. So weit geht mein Talent, aber ich versuche es weiter. In dem Kurs sind hauptsächlich Frauen, weil dies für sie ein einfacheres Instrument zu erlernen ist als einige der anderen traditionellen indischen Instrumente.

Es gibt ein besonders hübsches und schüchternes Mädchen im Kurs namens Neha Sathees. Ich sitze strategisch gut neben ihr, so kann ich versuchen, mit ihr zu reden. Sie ist eine Schönheit mit schwarzem Haar und braunen Augen, mit karamellfarbenem Teint und einem Diamanten zwischen ihren Augenbrauen - sehr exotisch. Sie trägt immer einen Sari, und pink ist eine wunderbare Farbe für sie. Der Sari ist ein traditionelles weibliches Kleidungsstück, bestehend aus einem

Streifen Stoff, der vier bis neun Meter lang ist, und der in unterschiedlicher Art um den Körper gewickelt wird."

Ich bin überrascht. Scheinbar hatte Simon eine Freundin. Er hat sie mit keinem Wort mir gegenüber erwähnt. Offenbar hat er täglich während des Kurses mit ihr gesprochen und versucht, sie zum Kaffee trinken mit ihm zu überreden, aber sie war sehr auf Konventionen bedacht und konnte nicht allein mit einem Mann ausgehen, den ihre Familie nicht kannte oder akzeptierte, besonders keinen Ausländer. Sie lebte in einem großen Gebäude zusammen mit ihrer Familie und ihren Großeltern sowie ihren Brüdern und deren Familien. Das klingt sehr eng für mich. Ich schätze, die älteste Frau im Haus bestimmt den Essensplan und überwacht die Zubereitung. Frauen leben nach der Heirat bei ihren Schwiegereltern. Sie haben keinen eigenen Haushalt und haben die Befehle ihrer Schwiegermütter oder Mütter zu befolgen. Was für ein Albtraum! Von einem Haushalt in den anderen herumkommandiert zu werden. Ich würde gern noch weiter lesen, aber ich habe keine Zeit mehr.

Zurück im Theater findet die erste Sitzprobe für *Orpheus* statt. Auf dieses Stück habe ich wirklich keine Lust. Es hinterlässt einen faden Geschmack in meinem Mund.

Kapitel 37
Armee-Bengel

Vor einem Monat sprach mich ein Lehrer bei der US-Armeegarnison in Wiesbaden an, ob ich nicht Zeit hätte, zur Kaserne (wir nennen es Army Base) zu kommen und dort Gesangsunterricht zu erteilen. Dieser wäre gedacht für Soldaten und deren Kinder, die in der Kaserne stationiert sind. Wiesbaden liegt etwa eine halbstündige Bahnreise entfernt von Frankfurt.

Damit sich das für mich lohnt, brauche ich mindestens vier Stunden mit Schülern, die jeweils eine halbe Stunde dauern. Das kostet 50 € pro Stunde, so könnte ich ein bisschen dazuverdienen, und das Unterrichten macht mir Spaß.

Der einzige Nachteil ist, dass die Schüler flexibel sein müssen, denn mein freier Tag in der Woche ändert sich stets, aber das Problem konnten wir schon aus dem Weg räumen. Ich unterrichte nachmittags von zwei bis sechs Uhr. Die meisten Soldaten sind junge Leute, die Popmusik singen oder spielen lernen wollen, und einige spielen auch Gitarre. Die jüngeren Schüler sind Theaterstudenten von der High School an der Kaserne, und sie möchten lernen, in Musicals zu singen. Manche sind im Schulchor und möchten eher klassische Stücke singen. Zum Glück habe ich die italienischen, französischen und deutschen Kunstlieder Bücher mit nach Deutschland gebracht. Ich besitze auch ein Musiktheaterbuch für Frauen und eins für Männer. Das sollte mir ausreichend Lieder für den Bedarf jedes Schülers und jeder Schülerin zur Verfügung stellen. Wenn jemand Popmusik singen möchte, kann man die Noten dafür aus diversen Internetseiten herunterladen, und man kann die Tonart für jedes Stück auswählen. Ich unterrichte im Hainerberg Middleschool-Gebäude, wo es einen Raum mit einem Klavier gibt.

Heute fühle ich mich ein bisschen schlecht, weil am Morgen Simons Trauerfeier in England abgehalten wurde, und ich mir noch immer wünsche, ich hätte daran teilnehmen können. Vom Theater wegzukommen und junge Leute zu unterrichten ist eine großartige Art und Weise, meinen Kopf davon frei zu bekommen.

Mein erster Schüler ist ein Leutnant namens David. Als ich ihn zum ersten Mal traf, erklärte er: „Ich möchte etwas Bluegrass singen lernen und mich auf der Gitarre begleiten." Er kann einfache Akkorde spielen und etwas schrammeln, also werden wir sehen, wie es funktioniert. Bluegrass ist eine Form von Musik mit amerikanischen Wurzeln, eine Untergruppe von Country Music. Sie ist beeinflusst von der Appalachian Music. Wir arbeiten zurzeit an der Ballade von Barbara Allen. Dieser Soldat kommt aus Nord-Alabama und hat einen ganz schönen Akzent. Er hat seinen vorgeschriebenen Kurzhaarschnitt und eine knackige Uniform und ist mittelgroß. Immer ist er sehr höflich und respektvoll, was mir gut tut. Er arbeitet im Munitionsdepot.

Ein anderer meiner Studenten ist Alan. Er ist im Drama Club der Kasernen-High school. Er möchte gern Hauptrollen in Musicals singen und ist Bariton, also arbeiten wir an ‚Stars' aus *Les Miserables*. Er hat den Film gesehen, und ich erkläre ihm, dass er den Typen, der dieses Lied singt, nicht darstellen wird, denn der war schrecklich - konnte keinen Ton halten und hatte Luft in der Stimme. Alan trägt tief hängende Jeans und ein langes T-shirt. Ich kann nicht glauben, dass ihn seine Eltern so herumlaufen lassen!

Ich habe auch eine Stabsoffizierin, Anita, die Jazz singen lernen möchte, also lasse ich sie ‚My Funny Valentine' üben. Sie ist Schwarz-Amerikanerin, klein und hat Grübchen zu einem wunderbaren Lächeln. Ihre Stimme ist tief und temperamentvoll und passt gut in dieses Genre.

Vier meiner Studenten sind aus dem Schulchor, zwei aus der achten Klasse und zwei aus der High School. Elaine ist in der High School. Sie ist groß und blond und ihre Haare sind immer zu einem wilden Durcheinander auf dem Kopf getürmt. Ich muss immer über sie lachen, denn sie trägt Kniestrümpfe oder Strumpfhosen mit verrückten Mustern wie orange-grün gestreift oder mit Herzchen. Das ist ihre Art, etwas Besonders darzustellen. Mein anderer High School-Student ist ein Junge namens Denny, er hat eine hübsche, tiefgehende Bassstimme, was für junge Stimmen ungewöhnlich ist. Er hat also einiges an Potenzial. Er ist groß, dünn und schlaksig und scheint immer noch zu wachsen.

Lisa ist in der achten Klasse. Sie ist Italo-Amerikanerin und sehr schüchtern. Sie hat schöne braune, seelenvolle Augen und langes, lockiges Haar. In ihrem Chor singt sie Alt, und arbeite daran, ihre Stimme zur Geltung zu bringen. Sie erschreckt sich immer, wenn sie einen größeren Klang produziert als mit ihrer sanften Sprechstimme. Ihr Problem ist es, still zu stehen und die Beine ruhig zu halten, wenn sie singt.

Carlos ist ebenfalls in der achten Klasse. Er ist Tenor und hat keine Ahnung, wie er seinen Ton fokussieren kann und es fällt ihm schwer, Tonhöhen zu hören. Keiner der Mittelstufen-Schüler kann gut Noten ablesen oder vom Blatt singen, also arbeiten wir die Hälfte der Stunde daran.

Manchmal führt die Schule ein Musical auf, und man hat mich gebeten, mit den Schülern an der Einstudierung dieses Stücks zu arbeiten. Das macht bestimmt Spaß. Es ist eine tolle Erfahrung für die beteiligten Schüler und Schülerinnen, und ich bin sicher, meine beiden High School-Schüler werden dabei sein!

Ich habe die Rolle der Belle in *Beauty and the Beast* und der Mary in *Secret Garden* in der High School gesungen. Das war immer eine tolle Erfahrung, und die Mitglieder des Ensembles bleiben meist gute Freunde und sind eng verbunden. Diese beiden Rollen sind Mezzosopran-Partien, das ist meine Singstimme.

Es gibt verschiedene Kategorien von Opern-Singstimmen, oder Fächern, wie man in Deutschland sagt. Dies ist festgelegt nach dem Umfang, dem Gewicht und der Farbe der Stimme. Man kategorisiert Stimmen weltweit, aber die deutschen Fächer unterscheiden sich von denen in Amerika. Sie haben nicht so viele Kategorien. Ich denke, das liegt an den kleineren Opernhäusern in Deutschland, und man braucht keine Riesenstimmen in einem kleineren Theater.

Es gibt mehr Unterteilungen für Sopranstimmen als für männliche Stimmen. Zunächst gibt es die Koloratur-Soubrette, ein heller Sopran mit hoher Stimmlage und mit einem Umfang vom tiefen C bis zum F über dem hohen C, der in der Lage sein muss, schnell und akrobatisch und mit Leichtigkeit hohe Töne zu singen. Die Königin der Nacht ist oft so eine Stimme. Die nächste Unterteilung ist Soubrette, das ist eine sanfte, lyrische Stimme, die immer daran hängen bleibt, die Zofenrollen wie Despina in *Cosi fan Tutte* oder Susanna in *Le Nozze di Figaro* zu singen. Die nächste ist der lyrische Sopran, der sehr legato singt und eine der häufigsten Stimmlagen ist. Sie singen Rollen wie Margarethe in *Faust* und Gretel in *Hänsel und Gretel*. Dann kommt der lyrisch-dramatische Sopran, was bedeutet, dass man ein lyrisches Instrument besitzt, das aber auch in der Lage ist, große Klänge zu erzeugen, die über das Orchester und den Chor hinweggehen. Die Rollen für diese Stimmlage sind Aida, Dona Elvira in *Don Giovanni* und Elisabeth in *Tannhäuser*. In Italien nennt man das eine Spinto-Stimme. Nächstes ist der dramatische Sopran, eine voluminöse, volltönende Stimme, die über ein großes Orchester singen kann und nicht die Flexibilität der leichteren Stimmen braucht. Viele haben eine dunklere, robustere Färbung in ihrer Stimme. Die Rollen für dieses Fach sind Salomé, Senta im *Fliegenden Holländer* und Tosca. Und schließlich gibt es noch den Wagner-Sopran, der eine gehaltvolle, kräftige Stentor-Stimme hat, die sogar über alle Register verfügt. Viele Soprane können zwei der Kategorien erfüllen, die sich ähnlich sind. Man kann eine dramatische Koloraturstimme habe, was ungewöhnlich ist und Top-Bezahlung bedeutet.

Keine Sängerin entscheidet selbst, was ihr Stimmfach ist. Es ist das Instrument, das einem von Gott gegeben wurde, und man kann sich nicht einfach aussuchen, was man sein möchte. Das wird bestimmt durch die Länge, Größe und Spannung der Stimmbänder und der Tonfrequenz, die der Kehlkopf erzeugt. Wenn man versucht, seine Stimme größer zu machen, wird man am Ende schreien oder ein Wabbeln in die Stimme kriegen.

Für Opern muss man voll aussingen, was viel Kraft und Muskeleinsatz verlangt, nicht wie Pop- oder Rocksänger, die nur einen kleinen Teil ihrer Stimmen benutzen und ein Mikrofon haben, um ihnen Volumen zu geben. Das ist eine grobe Verallgemeinerung, denn es gibt natürlich überall Ausnahmen, aber jedes Mal voll auszusingen ist wie täglich einen Marathon zu laufen im Vergleich zu einer Meile. Deswegen singen wir nicht immer voll bei Bühnenproben, sondern singen unsere Partien nur leicht (man nennt es markieren), um unsere Stimmen für die Vorstellungen zu schonen. Ich nenne das immer die ‚Geldtöne‘, denn dafür werden wir bezahlt - niemand schert sich darum, wie gut du in der Probe geklungen hast, wenn du die Vorstellung versaust.

Ich bin ein lyrischer Mezzosopran, das liegt unter dem Sopran. Für mich kommen Rollen wie Carmen oder Cherubino in *Nozze di Figaro* in Frage. Komponisten schreiben oft sogenannte ‚Hosenrollen‘ für Mezzosoprane, da sie junge Männer darstellen sollen, und sie finden, dass eine Mezzo-Stimme der eines jungen Mannes näher kommt. Sicher ist es für das Publikum verwirrend, zwei Frauen zusammen zu sehen, die eigentlich ein junger Mann und eine Frau sein sollten, besonders wenn sie sich gemäß Regieanweisung küssen sollen. Zum Glück wurde ich bisher noch nicht gebeten, eine solche Rolle zu übernehmen. Ich könnte auch nicht nackt auf die Bühne gehen, wie es manche der modernen Regisseure mögen.

Es ist wichtig, sein Stimmfach zu kennen, und zu wissen, welche Arien und Rollen zu dieser Stimme passen, da man zum Vorsingen für Solorollen je nach Stimmfach eingeladen wird. Für eine Chorstelle wollen sie nur wissen, ob man erster oder zweiter Sopran, Alt, Tenor oder Bass singt.

Um auf das Kasernengelände zu kommen, muss ich meinen Pass dabei haben sowie einen speziellen Pass, den ich vorzeigen muss. Eine nette Sache bei der Arbeit auf dem Kasernengelände ist, dass ich zu Taco Bell gehen kann. Das gibt es in Deutschland nicht. Nicht, dass das Essen dort besonders gut wäre, aber es erinnert mich an High School-Zeiten, in denen wir alles Mögliche Ungesunde aßen und trotzdem überlebten.

Es ist eine nette Abwechslung, mit Musik zu arbeiten und zu singen, die nicht so anstrengend ist wie Oper. Nach dem Unterricht fahre ich mit der Bahn nach Hause. Wenn ich viel zu tun habe und keinen Abend frei habe, um nachmittags in der Kaserne zu unterrichten, lassen wir die Stunden in dieser Woche ausfallen. Ich bin froh, dass meine Studenten flexibel sind, aber ich glaube, sie haben einfach keine Wahl. Ansonsten hätten sie eben keine Gesangsstunden. Es ist schwierig, jemanden zu finden, der erstens zum Kasernengelände fährt und zweitens dafür qualifiziert ist, Gesang zu unterrichten und drittens Englisch spricht. Ich bin zufällig am rechten Platz mit den richtigen Qualifikationen. Ein Hoch auf mich!

Kapitel 38
Die Handlung verdichtet sich

„Oh verdammt!", fluche ich, als ich Violettas letzte Arie aus *La Traviata* nahe an meinem Ohr höre.

Dann fällt mir ein, dass es der Klingelton meines Handys ist und entspanne mich. Ich bin nicht auf der Bühne eingeschlafen. Gott sei Dank! Mein Herz kann aufhören zu rasen. Wahrscheinlich war ich fester eingeschlafen, als ich dachte. Ich sehe auf die Uhr und stelle fest, dass es acht Uhr früh ist. Ich lasse die Füße auf den kalten Boden fallen und nehme das Telefon vom Nachttisch. Für den Boden brauche ich unbedingt einen warmen Teppich.

„Bitte, hier spricht Frau Barnett. Wer ist da?" Alles, was ich hören kann, ist das Atmen dieser Person am anderen Ende der Leitung. „Hello, is anyone there?" versuche ich es noch einmal auf Englisch.

„Ja, ich habe letzte Woche einen Anruf von Ihnen bekommen", sagt eine Stimme mit einem starken indischen Akzent. „Mein Name ist Sindhu Bandyapatuh."

Wow. Endlich habe ich eine Verbindung zu ihr.

„Oh ja. Soviel ich weiß, sind Sie eine Freundin von Simon Sterling?"

„Ja. Ich kenne ihn aus Neu-Delhi."

Ich warte auf nähere Informationen, aber sie sagt nichts mehr. Dann warte ich ab, ob sie etwas über Simons Tod weiß. *Nichts. Wie gehe ich jetzt damit um?* Ich möchte ich das mit Simon nicht am Telefon erzählen, denn man kann nichts aus einem Gesicht ablesen, wenn man es nicht sehen kann.

Also frage ich: „Ich bin eine Kollegin von Simon aus der Frankfurter Oper, und er erwähnte Sie. Ich würde Sie gern treffen. Meinen Sie, wir könnten uns zum Mittagessen treffen?"

„Ja, ich glaube, das wäre möglich. Kommt Simon auch mit?" antwortet sie unverbindlich.

Ich bin überwältigt von ihrer Zaghaftigkeit - sie hätte keine Chance als Sängerin. Wir sind alle penetrant und sehr extrovertiert. Keine Zeit für Schüchternheit!

„Nein, Simon wird dieses Mal nicht dabei sein können. Wo arbeiten Sie? Vielleicht können wir uns irgendwo in der Nähe ihres Büros treffen."

Das ist ein subtiler Versuch, herauszufinden, was Sie arbeitet. Mal sehen, ob es funktioniert.

„Ich arbeite im Bollywood Modeladen beim Hauptbahnhof", erzählt sie.

„Super!", antworte ich.

Mir fällt ein, dass es im Untergeschoss des Hauptbahnhofs ein indisches Café mit Namen Balti Gardens gibt. Als ich zum ersten Mal nach Frankfurt kam, hatte ich es entdeckt. Dort gibt es tolles gebratenes Lamm mit gebrannten Zwiebeln und Curry mit Pilzen und Erbsen. Hört sich gut an, wenn man nur daran denkt. Es gibt auch eine italienische Trattoria, damit hätten wir eine weitere Essensauswahl, falls sie genug vom indischen Essen hat. In der Mitte vor diesen Esslokalen gibt es einen gemeinsamen Essbereich, wo wir sitzen könnten.

„Wie wär's, wenn wir uns vor der Apotheke im Untergeschoss des Hauptbahnhofs treffen? In diesem Bereich gibt es eine Menge Lokale. An welchen Tag und welche Zeit hatten Sie gedacht?" Da es nur eine Apotheke im Untergeschoss des Bahnhofs gibt, sollten wir uns dort finden können.

„Ich hatte an morgen gedacht, das wäre günstig. Meine Mittagspause ist von 13 bis 14 Uhr", antwortet sie leise.

„Das passt mir gut. Meine Vormittagsprobe ist gegen Mittag fertig. Ich werde einen langen blauen Mantel tragen mit einem Schal und einer schwarzen Kappe. Also morgen um 13 Uhr. Ich freue mich auf Sie. Tschüss!"

Rasch hole ich meinen Computer hervor, um herauszufinden, wo der Bollywood-Modeladen ist, und mehr darüber zu erfahren. Es gibt kein Geschäft mit diesem Namen, aber es gibt eines, das sich ‚Top Stuff' nennt in der Nähe des Bahnhofs. Die Website besagt: „Top Stuff ist ein Laden mit typisch indischer Ausstattung und führt Herren-, Damen- und Kinderbekleidung. Wir bieten ebenfalls indische Bollywood-Modeaccessoires an mit entsprechenden Schmucksteinen." Boah, das klingt nach dem Ruf des Kaufrauschs für mich. Ich weiß, dass ich dort ein paar tolle Klamotten finden könnte, und ich brauche immer Bühnenschmuck und neue Armreifen.

Nach meiner Probe am nächsten Tag nehme ich die U-Bahn zum Hauptbahnhof. Es ist kalt und regnerisch draußen, und der Regen fliegt seitwärts, so dass ein Schirm gar nicht in Frage kommt. Ich komme mir vor wie in einem Charlie Chaplin-Film. Gut, dass mein Hut hervorragend auf meinem Kopf sitzt und ich mein Haar darunter stopfen kann. Mein

Mantel ist warm und mein Schal hält meinen Hals warm. Sängerinnen tragen immer Schals um den Hals, um ihre Stimmbänder warm zu halten. Das ist unsere Art, unser Instrument zu schützen. Reden oder Singen in kalter Luft ist ein guter Weg, heiser zu werden.

Ich gehe die Treppen am Hauptbahnhof hinunter und schüttle meinen Schirm aus. Hier sind ständig so viele Menschen, und ein dicker, kräftiger Typ rennt mir über den Weg und wirft mich fast um. Er ist wahrscheinlich spät für seinen Zug. Fast sage ich etwas, aber ich entschließe mich, meine Stimme nicht dadurch zu verschwenden, dass ich diesen Idioten anschreie. Noch so ein Dummkopf.

Vor der Apotheke sehe ich eine Frau, die indisch aussieht, und ich winke ihr verhalten zu. Sie ist ein hübsches, hoheitsvolles Mädchen in einem wunderschönen blauen Sari unter ihrem Wickelmantel und über ihrem Kopf.

„Hallo. Ich bin Myra. Sind Sie Sindhu?"

„Ja", antwortet sie mit niedergeschlagenen Augen, und ich strecke ihr meine Hand zur Begrüßung entgegen.

Nach kurzem Zögern ergreift sie meine Hand. Sie ist offensichtlich nicht an dieses deutsche Ritual gewöhnt. Ich hasse lasches Händeschütteln!

„Es gibt mehrere gute Restaurants hier. Ich mag das Balti Gardens oder das Bella Vista. Welches bevorzugen Sie?", frage ich.

„Oh, ich mag das Balti Gardens. Ein Freund von mir arbeitet dort, und das Essen ist gut."

Ich mag den Geruch von Curry und Zwiebeln im Restaurant.

„Was darf ich Ihnen bringen?" fragt ein gut aussehender Inder, zwischen zwanzig und dreißig Jahren alt.

Es stellt sich heraus, dass er dieser Freund von Sindhu ist. Er heißt Nakul und duftet nach Drakkar Noir. Den Geruch kenne ich nur, weil ich am College einen Lehrer hatte, der sich darin zu baden schien. Sindhu bestellt Chicken biryani und ich nehme ein Süßkartoffel-Curry mit Spinat und Kichererbsen. Lecker! Eine meine Kochspezialitäten ist selbstgemachtes Hummus. Nakul bringt uns doppelte Portionen. Man muss die richtigen Leute kennen.

Die Situation ist unangenehm, denn ich weiß nicht, wie ich ihr von Simon berichten soll, aber es fällt mir sicher etwas ein. Ich warte, bis wir aufgegessen haben, bevor ich frage: „Wie lange haben Sie Simon gekannt?"

„Oh, er war mit meiner besten Freundin befreundet in Neu-Delhi, als er in Indien lebte", antwortet sie.

Und, und.... denke ich. Man muss ihr die Würmer aus der Nase ziehen. „Haben sie zusammen gearbeitet?"

Sie kichert, als ob dies ziemlich unwahrscheinlich wäre, und sagt: „Oh nein. Sie waren zusammen in einem Musikkurs. Sie lernten beide die Dilruba spielen, das ist ein indisches Musikinstrument. Sie ist wirklich eine Expertin darin, und er begann, es zu lernen."

„Ja, er hat mir Dilruba vorgespielt, das ist ein sehr ungewöhnlicher Klang, aber betörend. Ich weiß nicht, wie ich Sie danach fragen soll, aber haben Sie gehört, dass Simon im Theater einen Unfall hatte?"

„Nein, davon habe ich nichts gehört. Ist er im Krankenhaus?" fragt sie.

Ich hole tief Luft und platze heraus: „Nein, leider ist er an seinen Verletzungen gestorben."

In derselben Sekunde, als die Wörter meinen Mund verlassen, weiß ich, dass sie gleich bewusstlos wird. Ihre Augen werden groß und sie beginnt zu hyperventilieren und wedelt mit den Armen wie ein Vogel.

„Oh nein, oh nein", stöhnt sie immerfort, und ihr Stuhl beginnt umzukippen.

Nakul kommt herbeigerannt, sieht mich vorwurfsvoll an und schreit: „Was haben sie ihr getan?"

„Ich habe gar nichts getan. Ich habe ihr lediglich ein paar schlechte Nachrichten überbracht."

Er fängt sie auf, bevor sie fällt, und bittet: „Sindhu, spricht mit mir! Geht es dir gut? Tut dir etwas weh? Kann ich etwas tun?"

Ich renne rüber zum Restaurant und hole ein Glas Wasser von dem anderen Angestellten, das ich ihr rasch zum Trinken bringe. Als ich ihn beobachte, wie er sie in seinen Armen hält und wie er sie ansieht, denke ich mir, der Typ ist mehr als nur ein Freund. Er genießt es viel zu sehr, sie zu halten.

Nach einem Schluck richtet sie sich auf und sagt: „Ich bin in Ordnung. Vor drei Wochen habe ich ihn getroffen. Er war so voller Lebensfreude. Das kann ich einfach nicht glauben! Können Sie mir erzählen, was passiert ist?"

Ich berichte ihr detailliert, was bei dieser Probe geschah, und danach im Krankenhaus, aber ich erwähne mit keinem Wort, dass ich es nicht für einen Unfall halte.

Sie erhebt sich von ihrem Stuhl und sagt: „Das ist so schwer vorstellbar. Ich muss zurück zur Arbeit. Und ich muss überlegen, wie ich es meiner Freundin zu Hause erzähle."

Und der Name dieser Freundin ist....? Möchte ich fragen. Ich kann nicht fragen, ob es Neha ist, denn dann würde ich das Tagebuch verraten.

„Vielleicht sollten Sie einfach nach Hause gehen. Das war sehr aufregend für Sie. Möchten Sie lieber, dass ich mich mit Ihrer Freundin in Verbindung setze?" schlage ich vor.

„Nein, ich werde nach Stunden bezahlt, und wenn ich nicht arbeite, habe ich nicht genug Geld zum Leben. Und ich muss es meiner Freundin selbst erzählen. Vielen Dank, dass Sie gekommen sind, um mir persönlich von Simon zu berichten."

Ich würde ihr gern noch mehr Fragen stellen, aber ich werde damit bis zu einem anderen Tag warten müssen. Sie war die zweite Person, der ich von Simon erzählen musste, und ich hoffe, es gibt nicht noch eine dritte. Es ist einfach zu anstrengend.

Auf meinem Heimweg - ich habe heute Abend eine *Don Carlo*-Vorstellung - habe ich viel nachzudenken. Warum hat sie mir den Namen ihrer Freundin nicht genannt? Wie gut war sie mit Simon befreundet? Zu viele unbeantwortete Fragen.

Kapitel 39
Zauberliste

„Hast du die Besetzungsliste für die *Zauberflöte* gesehen?" fragt mich Jenny, als ich durch die Bühneneingangstür komme und die Treppen zur Vormittagsprobe hochrenne.

Auf dem Weg vom U-Bahnhof hatte ich mir einen Cappuccino geholt, und ich kann den Duft des Muskatnuss-Gewürzes, das ich darauf gestreut habe, durch die Luft wabernd riechen. Oh, Himmel.

„Nein, ich bin gerade angekommen."

„Das musst du dir ansehen, du wirst überrascht sein", lächelt sie.

„Ach du liebe Zeit, ich bin als Dritter Knabe besetzt! Wie toll ist das denn? Und du bist der Zweite Knabe! Ich war mir sicher, sie würden wirkliche Knaben für diese Rollen nehmen. Herr Nüsse muss uns vorgeschlagen haben."

Der Erste Knabe wird immer von einer Sopranistin des Hauses gesungen, da sie das Trio führen muss und eine starke, fließende, klare Stimme braucht. Es sich tatsächlich drei Besetzungen aufgelistet, und wir sind die dritte, also bekommen wir nicht viele Vorstellungen, aber wen interessiert's? In der ersten Besetzung sind tatsächlich Knaben aufgeführt.

Die Zauberflöte ist eine Oper von Mozart. Es ist ein Märchen über Tamino, einen Prinzen, und seinen Vögel fangenden Kumpel Papageno. Der Prinz ist auf der Suche nach seiner großen Liebe, Pamina, welche die Tochter einer bösen Königin ist, die einen Zauberer namens Sarastro und seinen Tempel zerstören möchte. *Die Zauberflöte* ist bekannt für ihre Freimaurer-Elemente, denn Mozart war ein Mitglied dieser Loge. Die drei Knaben erscheinen hier und da, um dem Prinzen und Pamina Ratschläge zu geben und sie zu ihren nächsten Taten zu geleiten.

„Wir haben keinen gesprochenen Text, oder? Ich weiß, dass die drei Damen der Königin der Nacht Text haben. Das müssten wir mit Hannelore üben", meine ich ängstlich.

„Nein, ich bin ziemlich sicher, dass wir nur als Trio singen. Ich bin gespannt, ob wir hineingeflogen werden", sagt sie aufgeregt.

„Lieber nicht. Ich bin doch nicht Peter Pan. Vielleicht gibt es fliegende Boote oder sowas."

Mein Telefon klingelt, und ich halte es ans Ohr, während ich mit den Augen die Listen am schwarzen Brett überfliege.

„Ist dort Frau Barnett?" höre ich eine tiefe Stimme, die ich nicht kenne, am anderen Ende. „Hier spricht Polizeioberinspektor Erik Stiefel von der Polizeistation an der Zeil. Ich habe Untersuchungen angestellt bezüglich Personen, die am Abend des Unfalls mit Herrn Sterling im Theater waren. Gibt es eine Möglichkeit, mit Ihnen zu reden? Sie könnten entweder zur Polizeiwache kommen oder ich könnte Sie am Theater treffen, wo es Ihnen am besten passt."

„Klar, ich habe heute Morgen eine Probe bis mittags, aber ich könnte mich mit Ihnen um 13.00 Uhr am Theater treffen. Wir können uns in einem unserer Probenräume zusammensetzen. Ich hole Sie am Bühneneingang ab."

Ich bin total aufgeregt, dass vielleicht endlich jemand den Unfall untersucht und merkt, was wirklich los war.

„Gut, dann treffen wir uns dort." Der Polizeiinspektor legt auf.

Als ich nach der Probe die Treppe zum Bühneneingang hinuntergehe, erblicke ich einen sehr nett aussehenden Mann in Polizeiuniform, der die Treppen raufkommt. Es ist der süße Polizist, den ich neulich am Polizeirevier gesehen hatte. Ich verschlucke fast meine Zunge bei dem Versuch, nicht zu sabbern, als er näher kommt.

„Guten Tag, ich bin Inspektor Erik Stiefel." Er streckt mir seine Hand entgegen und blickt mich mit diesen atemberaubenden blauen Augen an.

Dies ist ein Fall, wo es mir nichts ausmacht, Hände zu schütteln. Ich denke „Traummann" und versuche, ihn nicht anzustarren.

„Ja, das dachte ich mir wegen der Uniform. Ich bin Frau Barnett. Folgen Sie mir bitte. Wir können in den Chorsaal gehen."

Kaum zu glauben, dass ich so gefasst klinge und nicht stottere. Ich führe ihn über die Hinterbühne zur anderen Seite, wo die Aufzüge und das Treppenhaus sind, und wir gehen rauf in den dritten Stock zum Chorsaal. In dem Raum steht ein Flügel und vier Stufen aus Podesten mit Stühlen und Notenständern für jedes Chormitglied. Wir sind sechzig Personen im festen Hauschor, die Podeste stehen im Halbkreis. Der Flügel steht direkt davor. Ich setze mich auf den Klavierhocker und ziehe einen Stuhl vor für Herrn Stiefel. Ich hatte noch nicht bemerkt, wie groß er ist, weil ich auf dem Polizeirevier nicht neben ihm stand. Er ist mindestens einen Kopf größer als ich. Er bezaubert mich mit seinem starken Charisma und seinem wunderschönen Lächeln. Warum sehen Männer mit einer Kinnspalte so sexy aus, wie Viggo Mortensen? Meine Mutter meint, Kirk Douglas hat das in den Fünfzigern berühmt gemacht. Erik hat noch immer seine Polizeimütze auf und wirkt sehr einschüchternd. Ich denke an Rolf aus *Sound of Music*, das macht ihn weniger unnahbar.

Er zieht seine Mütze ab und legt sie auf den Flügel, dann holt er ein Notizbuch und einen Bleistift aus der Tasche. „Frau Barnett, soweit ich informiert bin, waren Sie mit Simon eng befreundet?" fragt er. „Können Sie mir genau erzählen, was bei der Probe geschehen ist?"

„Bitte nennen Sie mich Myra", antworte ich, und berichte die ganze Geschichte ein weiteres Mal. Langsam gewöhne ich mich daran, die Sache zu erzählen, aber es ist immer noch schwer, diesen Tag wieder zu durchleben.

„Haben Sie mit dem Inspizienten und den anwesenden Bühnenarbeitern gesprochen? Der Inspizient, Uli, hat mir die ursprüngliche Szene in seinem Buch gezeigt. Sie besagte, dass Simon zu Beginn der Ensemble-Szene oben auf dem Berg sein sollte. Es wurde im Buch nie abgeändert, obwohl der Regisseur es zweimal verändert hatte. Ich glaube, dass der Unfall absichtlich für Simon arrangiert wurde."

Nach einer Pause sagt er: „Ja, Myra. Ich habe systematisch jeden befragt, der auf oder in der Nähe der Bühne und im Gebäude war an diesem Tag. Aber ich wusste nichts von dem Buch und werde mit dem Inspizienten darüber reden sowie einen Blick auf die Einträge werfen. Wie heißt er noch gleich?" Er schreibt es in ein kleines Notizbuch, das in seine Tasche passt. „Kennen Sie jemanden, der einen Groll gegen Simon hegte?"

„Dann glauben Sie also, dass es kein Unfall war, sondern sorgfältig geplant?"

„Ich kann Ihnen nichts über laufende Ermittlungen sagen, aber ich habe die gebrochenen Rohre untersuchen lassen, und sie sind nicht von selbst auseinander gebrochen. Jemand muss daran herumhantiert haben."

Gut, endlich glaubt mir jemand.

„Wir konnten Fingerabdrücke von den Rohrstangen nehmen, aber da fast die ganze Mannschaft an dem Bühnenbild gearbeitet hat, ist es schwierig, herauszufinden, wer die Rohre zersägt haben könnte. Aber wir haben Abdrücke von allen Arbeitern, so können wir zumindest sehen, ob ein Abdruck nicht von ihnen stammt. Vielen Dank für Ihre Information, und ich lasse Sie wissen, wenn ich nochmal mit Ihnen reden muss. Wenn

Ihnen noch etwas anderes einfällt, das wichtig für mich ist, rufen Sie bitte diese Nummer an."

„Bräuchte man nicht jemanden, der sich mit Schweißarbeiten auskennt, um die Rohre durchzutrennen? Haben Sie alle beteiligten Bühnenarbeiter und Bühnenbildner überprüft?", frage ich.

„Ja, ich habe den Hintergrund jedes Arbeiters überprüft, und sie sind wohl alle qualifiziert, und niemand kannte Simon persönlich. Es ist wirklich rätselhaft", erwidert er unabsichtlich.

„Bitte sagen Sie mir, wenn ich irgendwie behilflich sein kann. Ich wüsste gern, wie sich die Dinge entwickeln, wenn Sie es mir mitteilen dürfen."

„Vielen Dank nochmal, ich informiere Sie", sagt er, sehr förmlich, und schüttelt wieder meine Hand. „Ich finde meinen Weg raus."

Jenny kommt herein, sie studiert irgendwelche Noten in ihrer Hand, und sieht mich an. „Oh, wer war denn dieser gut aussehende Typ? Ich habe ihn hier noch nie gesehen. Er wirkte ganz schön groß! Was gibt's zu erzählen? Los!"

„Er ist der Polizeiinspektor, der Simons Tod untersucht. Er ist so süß wie der Typ, der Thor in diesem Film spielt, den wir uns angesehen haben, erinnerst du dich? Hätte nichts dagegen, ihn näher kennen zu lernen, aber wie stelle ich das an? Ich stehe vielleicht auf der Liste der Verdächtigen."

Jenny sieht mich genau an und meint: „Wie ich dich kenne, wirst du einen Weg finden. Du bleibst immer an irgendwelchen kleinen Tenören hängen, weil du nicht so groß bist. Ist vielleicht ganz nett, mal mit jemandem auszugehen, zu dem man aufsehen kann." Sie lacht, geht zu ihrem Stuhl in der zweiten Reihe und legt die Noten auf das Notenpult.

„Lass uns etwas essen gehen. Ich habe Lust auf was Ungesundes, wie Bratwurst oder Currywurst mit so einem Brötchen. Wie kann er so einen trainierten Körper bewahren bei all dem fett- und kohlenhydrathaltigen deutschen Essen? Bei mir geht das immer direkt auf die Hüften. Komm!"

Als wir die Tür öffnen, höre ich jemanden den Gang hinunter eilen und frage mich, was das bedeutet. Wollte jemand in den Raum gehen? Oder hat uns jemand belauscht? Sehr merkwürdig.

Heute ist die Premiere von *Carmen*, deshalb muss ich nach Hause fahren und Körper und Stimme ausruhen. Das Stück ist vier Akte lang, und der Dirigent wollte nicht eine einzige Note streichen, also dauert es über drei Stunden. Der Chor hat in jedem Akt zu tun, wir haben keine Chance, früher heraus zu kommen. Gut ist, dass die Musik für den Chor toll ist und es Spaß macht, zu spielen. Es ist eine meiner Lieblingsopern.

CODA *Die Zauberflöte* von Mozart

Eine oper von Wolfgang Amadeus Mozart ist ein Singspiel, also eine Form des deutschen Musikdramas, das inzwischen als Operngenre betrachtet wird. Das Besondere daran sind gesprochene Dialoge, die sich mit Ensemble-Stücken, Liedern, Balladen und Arien abwechseln, die häufig in Strophen unterteilt oder volksliedartig sind. Die Handlung eines Singspiels ist im Allgemeinen komischer oder romantischer Natur und enthält oft magische Elemente, Fabelwesen und komisch übertriebene Charakterisierungen von Gut und Böse.

Die Oper hatte am 30. September 1791 in Wien Premiere, im Vorstadt-Freihaustheater auf der Wieden. Mozart dirigierte das Orchester, und die Rolle der Königin der Nacht sang Mozarts Schwägerin Josepha Hofer.

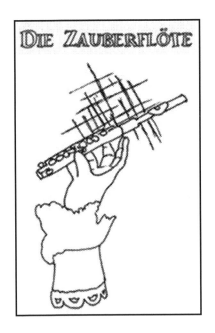 

Second Lady and Boy Spirit

Kapitel 40
Verdammt noch mal!

Was hatte dieser Polizist im Theater zu suchen? Gut, dass ich zufällig gerade ins Theater kam, als ich ihn die Treppe hinunter zum Bühneneingang gehen sah. Ich dachte, die Untersuchung sei beendet, und die Sache würde als Unfall betrachtet.

Ich ging ihm nach, und er traf sich mit diesem Mädchen aus dem Chor, Myra, die mit Simon befreundet war. Mist! Sie kann es einfach nicht lassen! Sie ist wie ein Hund mit seinem Knochen.

Ich habe versucht, von außen an der Tür zum Chorsaal, wo sie sich trafen, zu lauschen, aber ich konnte nicht wirklich durch die Tür hören. Fast hätte ich es nicht geschafft, von der Tür weg und den Gang hinunter zu kommen, bevor sie herauskamen. Ich muss besser aufpassen. Vielleicht muss ich etwas tun, um Fräulein Naseweis abzuschrecken. Sie wird allmählich zu einem Stachel in meinem Fleisch.

Kapitel 41
Tagebuch-Trip

Der nächste Morgen ist wieder nieselig, grau und eisig mit Schnee. Ich bin heilfroh, dass ich heute keine Proben habe, weil es Sonntag ist, und ich bei diesem miserablen Wetter wirklich nicht rausgehen möchte. Ich stelle fest, dass ich mehr über Simons Leben in Indien herausfinden sollte, und beschließe, mich hinzusetzen und weder Telefon noch Texts zu beantworten, aber mich in das Tagebuch zu vertiefen. Vielleicht kann ich dort einige Antworten finden.

Ich kuschle mich auf mein S-förmig gerundetes Sofa. Es hat geschwungene Mahagoni-Lehnen, massive Holzbeine und die Sitzfläche ist espressofarben bezogen. Es sieht echt pfiffig aus, ist aber nicht sehr bequem und entspricht eher männlichem Geschmack. Aber was soll's, ich habe es kostenlos von Reinhard bekommen, also kann ich mich nicht beklagen. Mit ein paar farbenfrohen, rosa und grau gemusterten Kissen sieht es nicht so öde aus und fühlt sich in meinem Rücken sanfter an. Ich lege meine Füße auf den Sofatisch und öffne Simons Tagebuch wieder. Ich beginne an der Stelle, wo ich aufgehört hatte. Der Eintrag scheint einige Wochen später gemacht worden zu sein.

> „Ich konnte Neha endlich überreden, nach dem Unterricht einen Kaffee mit mir zu trinken. Ich versuche immer, früh genug zum Unterricht zu erscheinen, so dass ich neben ihr sitzen kann. Sie spricht immer ganz leise, fast ein Flüstern, mit mir und sieht mich dabei niemals an. Mit einem Fremden zu reden, ist ein absolutes Tabu für sie. Zum Glück hat sie in der Schule etwas Englisch gelernt.
>
> Ich liebe es, ihre Finger zu beobachten, wenn sie sich mit viel Begabung über die Saiten bewegen, und sie spielt mit so viel Leidenschaft. Ich selbst mühe mich noch immer mit den Fingersätzen ab.
>
> Es gibt eine Art Café, ein paar Straßen von der U-Bahn-Station bei der Tanzschule entfernt. Die meisten Schüler fahren mit der U-Bahn nach Hause, würden also dort nicht hingehen. Sie sagt, sie würde mich dort treffen, und ich sehe ein kleines Lächeln

auf ihren Lippen. Sie ist so schön und wirklich ein Dame. Ich habe Ehrfurcht vor ihr."

Wow, das klingt für mich nach Liebe auf den ersten Blick. Ich frage mich, warum Simon solch ein Geheimnis aus ihr machte. Der nächste Eintrag ist zwei Wochen später.

„Ich konnte Neha zweimal in der Woche zum Kaffee treffen. Wir redeten darüber, dass ich anglikanisch erzogen wurde und sie Sikh ist. Wir haben viele nette Stunden mit Gesprächen über Religion verbracht, und ihre fasziniert mich. Mir war nicht klar, dass es ein monotheistischer Glaube ist. Ich bin selbstverständlich in der Church of England groß geworden.

Sie erzählte mir, sie sei die einzige Tochter in einer achtköpfigen Familie, mit fünf sehr behütenden Brüdern.

Heute ist es mir gelungen, mit Neha zum Handwerksmuseum zu gehen, das im Pragati Maidan Exhibition Center mitten in Neu-Delhi steht. Wir trafen uns an einer U-Bahn-Haltestelle und fuhren gemeinsam dorthin. Es war sehr gewagt, dass sie mir gestattete, meine Hand über ihre so zu platzieren, dass wir uns an der Haltestange im Zug fast berührten.

Das Ausstellungszentrum ist so groß, dass es einen internationalen Zubringer-Service gibt, und man kann in verschiedene Hallen sowie in das Handwerksmuseum gehen. Hier kann man mehrere Tage verbringen und hat noch immer nicht ein Zehntel von Allem gesehen.

Einige traditionelle Handwerker wohnen im Museum. Man kann ihnen in einem bestimmten Gebiet innerhalb des Museums zusehen, und sie verkaufen auch die Gegenstände, die sie herstellen. Viele arbeiten an Stücken aus bestimmten Dörfern in Indien. Ich habe einen Holzschnitzer gefunden, der hübsche Skulpturen aus Shisham-Holz herstellte, das stammt aus dem Punjab-Gebiet in Indien. Wir beobachteten ihn beim Schnitzen des Holzes, es war faszinierend. Er produzierte Tierfiguren, Vasen und Schüsseln. Ich kaufte eine ovale Skulptur eines sich umarmenden Paares, zur Erinnerung an unser gemeinsames Abenteuer. Ich bin sicher, dass Neha errötete, als ich sie kaufte, aber ich erzählte ihr, es würde mich an uns erinnern."

Jetzt weiß ich also, woher die Statue stammt. Ich blättere weiter und komme zu einem Eintrag vierzehn Tage später.

„Es ist sehr schwierig für mich geworden, Neha zu treffen, weil einer ihrer Brüder eines Tages im Tanzstudio erschien, um sie zur U-Bahn-Station zu begleiten. Ich denke, irgendjemand muss uns beim Reden beobachtet und es ihrer Familie erzählt haben. Einer ihrer Brüder kommt nun jeden Tag, um sie ins Studio zu begleiten und abzuholen. Sie achten sehr streng auf sie. Ich vermisse ihre sanfte, musikalische Stimme so sehr.

Nehas beste Freundin heißt Sindhu. Sie kam an Nehas Stelle zum Café um mich vor der Situation zu warnen. Wir können uns über sie Mitteilungen schreiben. Ich glaube nicht, dass Sindhu wirklich mit mir einverstanden ist, aber das stört mich nicht, solange sie damit einverstanden ist, unsere Vermittlerin zu sein. Sie sind Nachbarn und gingen gemeinsam zur Schule."

Die Teile des Puzzles passen allmählich zusammen.

„Wir haben vereinbart, uns auf dem Bauernmarkt in der Stadt um neun Uhr am nächsten Dienstagmorgen zu treffen, wenn sie mit Sindhu zu diesem offenen Markt geht. Es ist so frustrierend, keine Zeit mit ihr verbringen und einfach während des Kurses mit ihr sprechen zu können. Ich achte darauf, ihr im Raum gegenüber zu sitzen, damit ihre Brüder mich nicht neben ihr sehen. Sie wagt nicht, zu mir herüberzusehen und sie darauf hinzuweisen, dass sie mich kennt."

Das ist ja wie eine Romeo und Julia-Geschichte. Wir könnten eine Oper à la Puccini daraus machen. Simon hätte das gefallen.

Und, à propos Essen, ich muss raus und etwas einkaufen, sonst bekommt Maestro nichts zu Essen, ganz abgesehen von mir. Ich lege das Tagebuch wieder hinten in Simons Schreibtisch, wo er es zuvor verstaut hatte.

Ich rufe Jenny an. „Du glaubst nicht, was ich in Simons Tagebuch gelesen habe! Kannst du heute Abend zum Essen kommen, dann kann ich dir darüber berichten. Ich mache eine Shepherd's Pie. Rotwein habe ich auch."

Ich habe ein tolles Rezept mit Rinderhackfleisch, Kartoffelbrei mit Käse, Erbsen und Zwiebeln mit viel Sahne, Knoblauch, Worchestershire-Sauce und Butter. Es wird geschichtet und kommt eine Stunde lang in den Ofen. Ein sehr schmackhafter Auflauf!

„Das glaubst du aber, dass ich komme! Ich liebe deine Shepherd's Pie. Soll ich Knoblauchbrot mitbringen? Kann's gar nicht abwarten, mehr zu erfahren", antwortet sie.

„Ja, komm um sieben", sage ich und lege auf.

Ich beschließe, Sindhu anzurufen.

„Hallo, hier ist Myra Barnett. Ich würde gern nochmal mit Ihnen über Simon reden. Ich habe seine Sachen durchgesehen und bin mir nicht sicher, ob Sie vielleicht etwas davon haben möchten?"

„Was könnte ich denn eventuell haben wollen?", fragt sie und bringt jemanden im Hintergrund zum Schweigen.

„Na ja, soweit ich weiß, sind Sie eine Freundin von Neha?"

„Wie haben Sie das herausgefunden? Sie hat nichts mehr mit Simon zu tun", bringt sie heraus und klingt verängstigt.

„Oh, das wusste ich nicht. Hatten sie keinen Kontakt über Sie, seit Sie in Deutschland sind?" rate ich auf's Geratewohl.

„Es wurde ihr verboten, mit Simon befreundet zu sein, und sie gehorcht ihrer Familie immer."

„Telefonieren Sie nicht manchmal? Warum hätten Sie sich sonst mit Simon getroffen?"

„Ich kann nicht weiter mit Ihnen darüber reden. Bitte rufen Sie nicht wieder an." Sie klingt verärgert und legt auf.

Was war hier eigentlich los?

Kapitel 42
Wohnungsprobleme

Ich war bei einer Übungsstunde mit Reinhardt, dem Repetitor, der mit allen Solisten die neue Musik einstudiert. Heute Morgen haben wir eine Stunde lang an der Musik der *Zauberflöte* gearbeitet und anschießend eine Stunde zusammen mit den Darstellern der drei Knaben, zu denen auch Jenny gehört. Mozart ist immer toll zu singen, weil seine Musik gut geschrieben und lyrisch für die Stimme ist. Im College habe ich an vielen Mozart-Arien gearbeitet, denn dies ist eine der gesündesten Arten, Phrasierungen und gute Technik für die Stimme zu üben. Sie gehören allerdings auch zu den am schwierigsten zu singenden, zusammen mit Händels Musik. Wenn man an einer Arie von einem dieser beiden Komponisten arbeitet, lernt man, Melismen oder Läufe zu singen, die ein gutes Training sind, wenn man schnelle Passagen mit vielen Noten singen soll und die rhythmischen Verläufe betonen muss. Ein Melisma bedeutet, auf einer Silbe zu singen über viele aufeinander folgende Noten. Das kommt häufig vor in Kirchenmusik, wenn man am Ende ein Amen oder Hallelujah singt. *Danke, Professor Myra*, höre ich Paul im Geiste sagen.

Reinhardt stammt ursprünglich aus Hamburg und hat am Königlichen Konservatorium in Brüssel studiert. Er erzählte mir, dass die Hälfte des Unterrichts in Flämisch und die andere Hälfte in Französisch durchgeführt wird, in jeder Sprache gibt es einen eigenen Direktor. Da er in der Schule Französisch gelernt hatte, nahm er an diesem Bereich des Unterrichts teil.

Reinhardt trägt ein dreifarbiges pinkes Polohemd. Der Kragen ist weiß, das Hemd dunkel-pink und die kurzen Ärmel sind hell-pink. Er hat braune Khaki-Hosen und braune Bootsschuhe an.

„Wie ich sehe, trägst du heute dein orangefarbenes Perlenarmband", kommentiert er, ohne eine Antwort darauf zu erwarten.

Das Armband wickelt sich dreifach um mein Handgelenk und besteht aus brauner Schnur, die von einem Knoten zusammengehalten wird. Es klimpert nicht, wenn ich meinen Arm bewege. Ich war der Ansicht, das würde ablenken bei der Probe, weil ich nicht einfach still stehen kann, ohne mich zu bewegen, wenn ich singe. Ich bin eine singende Schauspielerin oder eine schauspielende Sängerin und muss spielen und meinen Körper einsetzen, wenn ich an der Musik arbeite. Die meisten Sänger und Sängerinnen sind so kinesthetisch. Wir lernen durch Körpereinsatz und sind in der Lage, uns gleichzeitig auf drei Dinge zu konzentrieren. Es hilft auch dabei, sich die Musik einzuprägen zusammen mit dem, was wir tun. Eine Sängerin benutzt ihren Körper, um den Sinn der Worte auszudrücken, die sie singt. Wenn ich von einem klaren Mondlicht singe, sollte das Publikum merken, dass ich den Mond sehen kann und ihn mit mir durch meine Gestik beobachten. Die alte Schule vom Singen und nur da zu stehen ist vorbei. Wie langweilig, und es verleiht der Oper einen schlechten Ruf!

Nach der Probe verleibe ich mir eine Käsewurst am Imbiss in der U-Bahn-Station in meiner Nähe ein. Das kommt gut. Nach zwei Stunden singen war ich hungrig.

Sobald ich zur Tür reinkomme und das Licht einschalte, merke ich, dass etwas nicht stimmt. Ich rieche Männerparfüm, und es lebt mit Sicherheit kein Mann in meiner Wohnung. Es war sogar lange keiner mehr zu Besuch. Hatte ich die Tür nicht fest zugeschlossen? Ich kenne diesen Duft, aber mir fällt niemand ein, der in benutzt außer meinem Vater.

Vorsichtig trete ich ein, nachdem ich mir die große silberne Taschenlampe in die Hand genommen habe, die ich im Falle eines Stromausfalls neben der Tür aufbewahre. Im Wohnzimmer sehe ich niemanden. Rasch überfliege ich die Oberflächen der Möbel, um festzustellen, ob etwas bewegt wurde. Ich bin ziemlich sicher, dass die Kissen auf dem Sofa verändert wurde, da ich sie normaler Weise in einer Ecke anhäufe, nachdem ich ferngesehen habe. Jetzt sind sie über die Couch verteilt. Leise schleichend spähe ich ins Badezimmer und ins Schlafzimmer. Die Kissen wurden bewegt, aber es scheint nichts zu fehlen.

„Hier, miez, miez, Maestro", rufe ich dem Kater, und er miaut und streckt seinen Kopf unter dem Bett hervor. Da geht er nie drunter. Ich nehme ihn hoch und streichle ihn.

„Ich wünschte, du könntest reden und mir mitteilen, ob jemand hier war."

Auf dem Weg zurück ins Wohnzimmer lasse ich meine Luft raus, die ich angehalten hatte, und nehme tiefe Atemzüge durch die Nase. Sollte ich die Polizei anrufen? Sie werden glauben, dass ich mir das nur einbilde, weil nichts gestohlen wurde, aber ich weiß, dass Sachen bewegt wurden. Ich gehe zur Wohnungstür und sehe mir die Außenseite der Schlösser an. Kratzer kann ich keine sehen, aber ich bin keine Expertin in Sachen Einbruch, wie sollte ich es erkennen? Dann gehe ich rüber zu Simons Schreibtisch und stelle fest, dass mein PC mehr nach rechts verschoben ist als sonst, die Papiere liegen nicht am richtigen Platz, und es sieht so aus, als ob Simons Bildschirm umgedreht worden wäre. Ich bewahre alle meine Unterlagen in einem Ordner mit Fächern auf. Die unbezahlten Rechnungen sind ganz links, Korrespondenz rechts, und bezahlte Rechnungen in der Mitte. Ich bin inzwischen so gut organisiert, meine Mutter würde mich nicht wieder erkennen. Jetzt sind die Rechnungen durcheinander gemischt.

Panisch fällt mir ein, dass Simons Tagebuch in der unteren linken Schublade liegt, zusammen mit einem Haufen Büchern. Ich öffne die Schublade und hebe die Bücher an, aber das Tagebuch liegt dort, wo ich es zuletzt hingelegt hatte. Puh. Das hätte noch gefehlt!

Mit der Taschenlampe noch immer in der Hand zum Schutz nehme ich das Telefon und wähle.

„Herr Stiefel? Tut mir Leid, Sie zu stören, aber ich glaube, es war jemand in meiner Wohnung. Was soll ich tun?"

„Ist jetzt noch jemand in der Wohnung?", fragt er.

„Soweit ich sehen kann, nicht, aber ich weiß, dass heute jemand hier war, weil ein paar Sachen bewegt wurden."

„Bitte verriegeln Sie Ihre Türen. Ich komme gleich rüber. Öffnen Sie niemandem, bis Sie meine Stimme auf der anderen Seite hören."

Nachdem ich etwa zehn Minuten auf dem Sofa gesessen habe, höre ich ein Klopfen.

„Machen Sie auf, hier ist Inspektor Stiefel."

Ich öffne die Tür, und er durchsucht sorgfältig jeden Raum.

„Sagen Sie mir, ob etwas fehlt."

„Ich glaube nicht, dass etwas fehlt, aber meine Sachen wurden hin und her bewegt. Ich habe meine Kissen nicht so hinterlassen, und der Laptop, der Bildschirm sowie die Papiere auf dem Schreibtisch wurden anders hingestellt."

„Sind Sie sicher, dass Sie sich richtig erinnern?"

„Herr Stiefel, nur weil ich Sängerin bin, bin ich nicht automatisch hirntot. Natürlich erinnere ich mich!", antworte ich ungehalten. „Ich weiß, wie ich meine Papiere ordne."

Er sieht auf den Schreibblock in seiner Hand und sagt: „Bitte nennen Sie mich Erik. Ich wollte Sie nicht beleidigen. Ich sehe keinerlei Anzeichen oder Kratzer am Türgriff, die belegen, dass sie gewaltsam geöffnet wurde. Haben Sie Ihre Schlüssel immer bei sich?"

„Nein, wenn ich im Theater Probe habe, lasse ich meine Handtasche und die Schlüssel in meinem Schließfach. So kann das Telefon nicht im falschen Moment klingeln, und ich muss nicht so viel schleppen."

„Haben Sie das heute Morgen auch so gemacht?", fragt er.

„Ja, habe ich. Das ist meine Routine."

„Haben Sie einen Schlüssel für Ihr Schließfach?"

„Nein, wir haben Zahlenschlösser, damit wir keine Schlüssel mit uns tragen müssen, wenn wir im Kostüm auf der Bühne sind. Glauben Sie, dass jemand den Schlüssel aus meinem Schließfach entwendet hat?"

„Frau Barnett, wir müssen zu Ihrem Schließfach am Theater und nachsehen, ob es aufgebrochen wurde. Wäre es einfach, Ihre Kombination zu knacken?"

„Bitte nennen Sie mich Myra. Ich denke schon, weil die Nummer auf die Unterseite meines Garderobentisches geklebt ist." Ich hebe die Hände, um ihn davon abzuhalten, mir zu erklären, wie dumm das ist, als ich merke, wie er mich ansieht und er seinen Mund aufmacht.

„Ja, das ist nicht sehr klug. Können wir jetzt ins Theater fahren und nach Ihrem Schließfach sehen, um festzustellen, ob etwas durcheinander gebracht wurde? Ich denke, Sie sollten morgen Ihre Schlösser auswechseln lassen", rät er mir und hält mir den Mantel auf, damit ich hineinschlüpfen kann.

„Okay, das klingt nach einem guten Plan."

Es macht Spaß, in Eriks Polizeiauto zu fahren, leider bin ich aber in Gedanken zu sehr damit beschäftigt, wer wohl meine Schlüssel nehmen und meine Wohnung durchsuchen würde. Und warum?

Eriks Polizeiauto ist ein silber-grün gestreifter Porsche 911. Ganz schön schnittig! Bekommt er den zur Verfügung gestellt oder muss er ihn kaufen? Ich kenne ihn nicht gut genug, um zu fragen. Es fällt mir schwer, ihn nicht dauernd anzustarren, während er fährt, denn er sieht so gut aus. Seine Hand am Schalthebel liegt neben meiner. Warum wollen Männer eigentlich immer Autos mit Gangschaltung? Fühlen sie sich dann eher wie Rennfahrer?

Als wir in meiner Garderobe ankommen, bin ich mir sehr bewusst darüber, dass er sehr nahe bei mir steht, während ich einen Blick hinein werfe und hoffe, dass es nicht unordentlich ist. Ich mag seinen Duft, erkenne aber die Marke nicht.

In meinem Schließfach scheint nichts zu fehlen. Meine Klavierauszüge für die Opern sind darin, die Solo-Alben, das Deutsch-Wörterbuch und meine Tanzkleidung und -schuhe. Ich hoffe, dass die Schuhe nicht stinken. Wie peinlich. Aber er weicht nicht zurück, also hat er entweder keine empfindliche Nase oder er ist an den Geruch schmutziger Socken gewöhnt.

Er geht zu meinem Stuhl und reißt ganz betont den Zettel unter meinem Schminktisch ab mit der Zahlenkombination darauf, dann reicht er ihn mir. Ich glaube, ich sollte die Zahlen lieber auswendig lernen.

„Ich hoffe, Sie haben die Lektion darüber gelernt, dass man Passwörter und Zahlenkombinationen nicht überall herumliegen lässt, damit jedermann sie findet. Haben Sie ihr Computer-Password in ihrer Wohnung gesichert?", fragt er und legt eine Hand auf meine Schulter, wobei er mir in die Augen sieht.

Er sieht mich wieder mit diesem gewissen Blick an, aber es ist schwierig, mich auf irgendwas zu konzentrieren, wenn er so dicht bei mir steht. Ich bin hypnotisiert von diesen kobaltblauen Augen und den langen Wimpern.

„Ja, ich verstehe das, und werde in Zukunft vorsichtiger sein. Normalerweise habe ich kein Passwort für meinen Laptop, aber ich werden mir zukünftig eines zulegen", sage ich und hoffe, verständlich zu klingen.

„Ich werde einen Bericht schreiben, damit wir eine Akte über den Einbruch haben. Den müssen Sie morgen unterschreiben. Ist das möglich?"

„Ja, Erik, ich komme nach der Vormittagsprobe zur Polizeistation. Danke, dass Sie mich gerettet haben. Ich fürchtete, wenn ich die 112 angerufen hätte, wäre ich nicht ernst genommen worden, weil ja nichts zu fehlen scheint."

„Es ist gut, dass ich Ihnen meine Nummer gegeben habe. Ich bin froh, dass Sie mich angerufen haben. Soll ich Sie zu Ihrer Wohnung zurückfahren?"

„Nein, ich denke, ich werde hier bleiben und üben und dann vor der Vorstellung heute Abend etwas essen gehen." Ich gebe ihm die Hand, er verbeugt sich leicht und geht.

Ich suche über die Internet-App meines Telefons die Telefonnummer für einen *locksmith*. Dass *Schlüssel* das Wort für *key* ist, weiß ich, aber was heißt *locksmith* auf Deutsch? Ich finde heraus, dass es ‚Schlosser‘ bedeutet, und rufe an, damit morgen Nachmittag jemand zu meiner Wohnung kommt und die Schlösser auswechselt. Heute Abend haben wir eine Vorstellung von *La Favorita*, also kann ich mich jetzt nicht darum kümmern.

Während Leonoras Arie im zweiten Akt frage ich Maria: „Warum nimmt Herr Mauer das Tempo so langsam? Er schleppt unheimlich, und sie hat Probleme, ihre Töne zu halten und die Phrasen durchzuziehen."

„Ich weiß auch nicht, aber ich bin froh, nicht an ihrer Stelle zu sein. Sieh dir mal Eldemiras Blicke an, die sie ihm zuwirft", antwortet sie.

Heute Abend ist Jenny auf dem *South Pacific*-Trip und singt ständig „Bali Hai may call you, any night, any day, in your heart, you'll hear it call you, come away, come away." Alle schütteln fröhlich die Köpfe über ihre Hula-Bewegungen.

Als ich nach der langen Vorstellung zu meiner Wohnung komme, bleibe ich an der Tür stehen, um den Schlüssel ins Schloss zu stecken. Jemand tritt hinter mich, packt mich und hält mir eine behandschuhte Hand über den Mund.

„Sie sollten Sindhu Bandyspatuh in Ruhe lassen und sich um Ihren eigenen Kram kümmern", sagt eine gedämpfte männliche Stimme mit schwerem Akzent.

Rasch reiche ich mit meiner rechten Hand nach vorn, ziehe meinen Ellbogen zurück und ramme ihn in seinen Magen. *Wow! Das hatte ich im Karate-Kurs gelernt, habe es aber noch nie anwenden müssen. Es funktioniert tatsächlich!* Er fällt zu Boden, und als ich mich umdrehe, erkenne ich Nakul, Sindhus Freund aus den Balti Gardens. *Dort hatte ich den Herrenduft gerochen!*

„Sie müssen nicht gleich so heftig werden!", schreit er und hält sich die Magengegend.

„Nun ja, was hatten Sie denn geglaubt, was ich tun würde? Sie Idiot! Sind Sie in meine Wohnung eingebrochen? Was haben Sie gesucht?" Ich starre ihn an und verlange eine Antwort. Mit meiner Faust drohe ich ihm.

„Sindhu meinte, Simon hätte wohl ein Tagebuch, in dem alles über seine Beziehung zu Neha steht, und machte sich Sorgen darum. Aber ich konnte es nicht finden", jammert er und steht auf.

Ich ergreife ihn an seinem Mantelkragen, öffne die Tür und schubse ihn hinein. Gut, dass er so zierlich ist.

„Setzen Sie sich auf's Sofa", befehle ich, werfe ihn dorthin und wähle Eriks Nummer. „Ich glaube, ich habe unseren Dieb. Er hat gerade versucht, mir zu drohen. Können Sie herkommen?", frage ich.

„Sind Sie in Gefahr?", fragt er mit erhobener Stimme.

„Nein, ich denke, ich habe das hier im Griff."

Erik kommt und hört sich Nakuls Geschichte über das Tagebuch und seinen Versuch, mich einzuschüchtern an. Er will ihn festnehmen, aber Nakul befürchtet, dass man ihm sein Visum entzieht, deshalb bestehe ich nicht darauf.

„Ich bin zum Theater gegangen und mit ein paar anderen Leuten hineingeschlüpft. Auf dem schwarzen Brett am Eingang habe ich den Plan gelesen. Ich wusste also, dass sie eine Probe hatte, die ein paar Stunden dauern würde, dann habe ich die Schlüssel aus ihrem Schließfach genommen und mich in ihrer Wohnung umgesehen. Die Leute sind oft so dumm, ihre Passwörter oder Codes herumliegen zu lassen. Es war leicht, die Zahlenkombination für ihr Schließfach zu finden."

Erik wirft mir einen „Habe ich's nicht gesagt?"-Blick zu.

„Leider habe ich das Tagebuch nicht gefunden. Ich hätte ihr nicht weh getan! Ich wollte nur, dass sie Sindhu in Ruhe lässt", weint er.

„Sie haben großes Glück, dass Frau Barnett so tolerant ist und keine Anzeige erstattet. Ich werde Sie künftig im Auge behalten, also nehmen Sie sich in Acht", erklärt ihm Erik.

Nachdem er gegangen ist und versprochen hat, in Zukunft ein gesetzestreuer Bürger zu sein, setzt Erik sich auf das Sofa und fragt auf Englisch: „*Do you have the journal he was talking about?*"

Ich wusste nicht, dass er Englisch mit einem britischen Akzent sprach, das hätte mich aber nicht überraschen müssen.

„Ja, ich hatte gerade darin gelesen, und er berichtet darin von ihrem Zusammentreffen. Das war das Erste, nach dem ich gesucht habe, und es befand sich noch immer in seinem Versteck."

„Vielleicht sollten Sie eine Kopie davon machen, falls noch jemand danach sucht", schlägt er vor und tätschelt meine Schulter.

Noch einmal danke ich ihm für seine Rettung zum zweiten Mal an einem Tag, und verriegele endlich die Tür, um ins Bett zu gehen.

Maestro schnurrt auf seinem beheizten Fensterplatz im Schlafzimmer. Auf der Fensterbank liegt eine Schaffell-Imitatdecke. Er beobachtet gern die Vögel und Eichhörnchen von dort aus und ruft ihnen sein lustiges „Ack ack ack" zu, um sie näher heranzulocken.

„Danke für die Bewachung des Hauses und deine Warnung vor dem Dieb", ermahne ich ihn.

Er lächelt nur und blinzelt mich an. Ich falle erschöpft ins Bett. Das war wirklich ein langer und anstrengender Tag.

Aber wenigstens habe ich Erik wiedergesehen.

Kapitel 43
Unsanftes Erwachen

Todmüde und gähnend gehe ich an mein läutendes Telefon und höre: „Bitte, verhaften Sie ihn nicht! Er wollte Sie nicht erschrecken. Er hat nur versucht, mich zu beschützen. Es tut mir leid, aber er ist einfach ein impulsiver Kerl. Sie dürfen nicht zulassen, dass er nach Indien zurückgeschickt wird!"

Endlich erkenne ich Sindhus hysterische Stimme am anderen Ende.

„Keine Sorge, niemand wird Nakul verhaften. Ich habe keine Anzeige erstattet, aber man wird ihn weiterhin im Auge behalten. Sagen Sie ihm, dass er in Zukunft lieber darauf achten soll, was er tut. Einbruch ist kein Kavaliersdelikt, und jemanden zu bedrohen ist eine ernsthafte Sache."

„Ich weiß, ich weiß. Er hat es nur für mich getan. Ich habe ihm schon ins Gewissen geredet", antwortet sie.

„Er sagte, er habe nach Simons Tagebuch gesucht. Woher wussten Sie davon?"

„Simon erzählte Neha, dass er ein Tagebuch führte, und sie machte sich Sorgen, dass ihre Brüder es in die Hände bekommen könnten und sie endgültig einsperren würden."

„Wie viele Brüder hat sie denn?", frage ich.

„Sie hat fünf Brüder, alle älter als sie. Sie behandeln sie wie eine Puppe, auf die sie aufpassen müssen, und sie hat sehr wenig Freiheit, über ihr eigenes Leben zu entscheiden. Ihr Vater hat eine Heirat für sie arrangiert, und wenn die Familie des Verlobten ihre Beziehung zu Simon herausfindet, würde sie die Heirat ablehnen. Sie sehen also, wie wichtig es ist, dass dieses Tagebuch niemals gefunden wird von ihren Brüdern."

„Aber warum würden sie denn da drankommen, wenn es sich in Frankfurt befindet?"

„Einer ihrer Brüder, Arjan, hat kürzlich seine Cousins besucht, die hier leben. Ich habe mich dummerweise Nakul anvertraut, und wer weiß, ob er es Arjan oder einem Cousin erzählt hat? Wir kennen alle unsere Familien untereinander." Ihre Stimme wird weinerlich.

„Na, ich schlage vor, Sie fragen ihn direkt danach, denn es ist ziemlich wichtig. Ich möchte nicht, dass einer ihrer Brüder bei mir anklopft. Übrigens, was arbeitet Arjan denn in Indien?", frage ich.

„Er und seine Brüder haben eine sehr erfolgreiche Fahrradfabrik, und er ist einer der Geschäftsführer."

„Oh. Na ja, machen Sie sich keine Sorgen wegen Nakul, Sie müssen nur mit ihm reden und ihn dazu zwingen, sich zu benehmen." Ich lege auf, blinzle mit verschlafenen Augen und strecke mich.

Hatte ihr Bruder etwas über das Tagebuch herausgefunden? Hatte Nakul in Wirklichkeit für ihn nach dem Tagebuch gesucht? Hätte Arjan versucht, Simon etwas anzutun? Wusste Arjan, wie man mit einem Schweißgerät umgeht, wenn er mit Fahrrädern arbeitete?

Ich muss aufstehen und ins Theater fahren zu einer weiteren Probe für die Zauberflöte. Mein Plan ist, früh dort zu sein, um möglichst viel von der Musik auswendig zu lernen. Durch das Fenster sehe ich noch immer grauen Himmel, aber scheinbar keinen Regen oder Schnee mehr. Ich schalte meinen Laptop ein, um im HR-Fernsehen den Wetterbericht zu verfolgen, während ich mich anziehe. Heute trage ich meine leuchtenden, bunten Süßwasserperlen-Armbänder. Darin befinden sich Aquamarine, Citrine, Amethysten, Lapislazuli, Peridots und Granatsteine, und die Armbänder kann man aneinander befestigen. Sie machen nicht viel Lärm, also werden sie in der Probe nicht stören.

Nach einem raschen Mittagessen in der Kantine der Oper nach der Probe kehre ich nach Hause zurück. Ich kenne jetzt etwa 25 Prozent der Musik, aber ich brauche mindestens fünfzig Proben, um sie in die Stimme zu kriegen, wir nennen das Muskelgedächtnis im Gesicht, um den Klang zu positionieren.

Der *Schlosser* soll um etwa 14 Uhr kommen, um die Schlösser an meiner Tür auszutauschen. Ich bin immer noch verstört von Sindhus Anruf. Ich entschließe mich, mit Simons Handy das Ehepaar anzurufen, bei dem er in Neu-Delhi lebte. Endlich finde ich die Nummer von Roger und Emma Matthews in seiner Kontaktliste und wähle.

„Guten Abend, Sie sprechen mit Mr. Matthews", sagt die Stimme eines Mannes mit britischem Akzent. Ich habe vergessen, dass es einen Zeitunterschied von vier Stunden zwischen Deutschland und Indien gibt.

„Hallo, mein Name ist Myra Barnett, und ich war eine gute Freundin von Simon. Ich hoffe, ich störe Sie nicht gerade beim Abendessen."

„Nein, nein, überhaupt nicht. Schrecklich traurige Geschichte, was mit Simon passiert ist. So schade! Er war so ein netter Junge. Wir kannten seine Eltern gut, und nun sind sie alle verstorben. Es erscheint alles so ungerecht." Er klagt weiter und scheint schließlich keine Worte mehr zu finden.

Wie bringe ich ihn dazu, mir mehr Informationen zukommen zu lassen?

„Ja, soviel ich weiß, lebte er bei Ihnen, als er in Indien war?"

„Ja, das war vor einigen Jahren. Er arbeitete eine Zeit lang bei der Botschaft mit mir. Emma und ich haben ihn als unseren Sohn betrachtet."

„Wie lange lebte er dort?", frage ich.

„Hm, warten Sie. Er kam im Sommer an und musste dann nach dieser schrecklichen Geschichte rasch im nächsten Jahr abreisen."

„Was für eine schreckliche Geschichte war das?", schiebe ich schnell ein.

„Oh, ich dachte, Sie wüssten davon, da Sie gut mit ihm befreundet waren." Plötzlich scheint es ihm nicht mehr zu behagen, mit mir zu reden.

„Hatte es etwas zu tun mit dem indischen Mädchen, das er traf?", rate ich frei.

„Ja, ihre Brüder waren sehr böse, dass sie sich mit einem Ausländer getroffen hatte, und zwangen ihn, das Land zu verlassen. Er fand heraus, dass sie ihn verfolgten, und versuchte, in Mumbai ein Schiff zurück nach England zu finden. Sie folgten ihm und schlugen ihn so sehr zusammen, dass er beide Arme und Beine gebrochen hatte. Sie ließen ihn zurück im Glauben, er sei tot. Zum Glück fanden ihn ein paar Matrosen auf dem Weg zu ihrem Schiff. Ihr Schiffsarzt behandelte seine gebrochenen Knochen und brachte ihn nach London, wo er ins Krankenhaus kam. Er lag mindestens zwei Monate in Gips."

„Oh, das ist ja furchtbar! Davon hat er mir nie erzählt", sage ich entgeistert, halte mir die Augen zu und sinke auf mein Sofa.

„Nun ja, ich nehme an, er wollte an diese entsetzliche Erfahrung nicht erinnert werden und musste sie wahrscheinlich verdrängen. Das ist ja nichts, worüber man auf einer Dinnerparty spricht."

Das war wohl Mr. Matthews trockene Art, einen Scherz zu machen. Im Hintergrund höre ich eine Frauenstimme.

„Also, ich muss jetzt abzwitschern. Gibt es sonst noch etwas?"

„Nein, vielen Dank für Ihr Gespräch mit mir. Ich habe Nehas Namen in einigen Unterlagen gefunden, und hatte mich gefragt, was geschehen sei."

„Ja, er war ganz schön vernarrt in sie. Wirklich sehr schade. Also dann, auf Wiedersehen." Und er legt auf.

Jetzt weiß ich endlich, was mit ihrer Romanze geschehen ist. Überhaupt kein Happy End. Ich frage mich, ob einer der Brüder herausfand, dass er nicht tot war, und herkam, um den Job zu beenden. Wäre das möglich?

Ich wähle wieder, diesmal Eriks Nummer, und erzähle ihm von dem Anruf und Sindhus Bruder.

„Ich will versuchen herauszufinden, ob ein Arjan Sathees eingereist ist und ein Visum hat. Wenn er mit dem Flugzeug gekommen ist, müsste das möglich sein, aber nicht, wenn er mit dem Zug gereist ist. Vielleicht versucht er, hier Arbeit zu finden, dann müsste er eine Arbeitserlaubnis beantragen. Ich melde mich wieder bei dir. Das ist eine wertvolle Information, Myra", lobt mich Erik.

Er sagt jetzt „du" zu mir, diese persönliche Anredeform im Deutschen, nicht mehr das förmliche „Sie", wir machen also Fortschritte. Geschmeichelt und bekräftigt durch seine Bemerkung mache ich mich auf den Weg zur Probe. Warte nur, bis ich das Jenny erzählen kann!

„Findest du diese Kostüme nicht witzig?", frage ich Jenny auf der Seitenbühne nach unserem Auftritt im ersten Akt.

Wenn Tamino seine Flöte spielt, laufen Statisten als wilde Tiere verkleidet über die Bühne, die von der Flötenmelodie verzaubert sind und im Rhythmus tanzen. Einer trägt ein kuscheliges Teddybären-Kostüm, einer ist ein Känguru, und einer stellt einen Löwen dar. Statisten sind Leute, die auf der Bühne dazukommen ohne zu singen, aber sie spielen Rollen in der Oper als Fahnenträger oder Diener, die Wein einschenken oder was sonst noch so auf der Bühne getan werden muss. Diese wilden Tiere sehen aus, als ob sie von Winnie Puh kämen und in eine Kindersendung im Fernsehen gehören. Sie sind alles andere als Furcht einflößend.

„Tja, was soll das? Sie sehen irgendwie süß und knuddelig aus"; meint Jenny.

Kapitel 44
Noch mehr Detektivspiele

Nach einer abendlichen Verständigungsprobe für den grundsätzlichen Ablauf der *Zauberflöte* auf der Probebühne sind wir heute Morgen auf der Hauptbühne.

„Das trägt deine Stimme mächtig weiter", bemerkt Jenny und deutet auf die linke Bühnenseite.

Unsere kleine fliegende Wolke ist anscheinend eine Schaukel, die von einem Balken über uns herunterhängt und sich durch einen Mechanismus von rechts nach links bewegt. Sie hat kräftige Handläufe, an denen wir drei uns festhalten können, und ist umhüllt von luftigen, wolligen Kumuluswölkchen, damit das Publikum die Griffe oder die Metallschaukel nicht sehen kann.

„Das wird sicher spaßig. Hoffentlich wackelt meine Stimme nicht wegen meiner Höhenangst. Wie hoch ist das?", frage ich, und gehe näher hin, um mir die Sache genauer anzusehen und daran zu wackeln. *Ich besitze keine Glücksarmbänder für Höhen*, denke ich. *Nicht gut.*

Herr Vogel, der Regisseur, stammt aus Brandenburg. Aber er besteht hartnäckig darauf, dass er aus Preußen kommt, denn in diesem Gebiet befand sich das Königreich Preußen, aus dem das Deutsche Reich hervorging. Das ist, als wenn ich behauptete, ich sei Holländerin, weil meine Vorfahren eine Zeit lang dort lebten auf ihrem Weg nach Amerika. Na ja, jeder nach seinem Geschmack. Er hat sehr dichte Augenbrauen und glattes schwarzes Haar, das ihm über ein Auge hängt. Er sieht albern aus.

„Bitte gehen Sie mal auf die Wolke, wir wollen sehen, wie das funktioniert", sagt er.

Ich muss lachen, weil ich an die Computer-Cloud („Wolke") denken muss, wo man online Daten speichern und Back-ups durchführen kann.

Um auf die Schaukel zu gelangen, gibt es eine Stufe, und wir gehen in der Reihenfolge erster Knabe, zweiter und dann dritter (das bin ich).

„Alle festhalten!", ruft Uli von der Seitenbühne und greift zum Hebel, der die Schaukel in Bewegung setzt.

Wir werden etwa drei Meter hoch gehoben und bewegen uns dann langsam zur rechten Bühnenseite. Es fühlt sich stabil genug an und macht keinen Lärm, daher nehme ich an, es ist gut geölt und hoffentlich sicher. Das einzig Negative ist, dass es mich ein bisschen seekrank und schwindelig macht. Ich sehe Jenny an, die neben mir steht, streiche über meinen Magen und ziehe ein Gesicht.

„Guck auf einen Punkt im zweiten Rang, und guck nicht nach unten", rät sie.

Das scheint besser zu klappen.

„Versuchens wir es mit der anderen Besetzung", sagt Uli, als wir auf der anderen Seite aussteigen und runtergehen. „Sie können versuchen, von der anderen Seite aus zurückzufahren."

Die dritte Besetzung, die aus jungen Knaben besteht, kann nur abends proben, weil sie tagsüber Schule haben.

Die drei Knaben treten in drei verschiedenen Szenen auf, die letzte ist die wichtigste. Alle drei Szenen finden auf der Schaukel statt. Die Probe beginnt mit der ersten Szene, in der wir auftreten, am Ende des ersten Aktes. Wir empfehlen dem Prinzen Tamino, tapfer und mutig zu sein und dem Pfad zu folgen, den wir ihm weisen. Der Tenor wird gesungen von Holger Reizer, er kommt aus Düsseldorf. Er ist Ende dreißig und für diese Rolle recht bekannt, wird oft als Gastsänger an andere Opernhäuser verpflichtet. Eigentlich sieht er ganz gut aus, ist groß für einen Tenor und kann sich auf der Bühne gut bewegen. Er ist immer sehr höflich und spricht auch mit dem Chor.

Sein Gesangsstil ist deutsch, im Gegensatz zum italienischen Belcanto, den ich gelernt habe. Für eine deutsche Oper ist das in Ordnung, aber ich ziehe das Italienische vor, denn ich habe das Gefühl, dass die Töne dadurch besser verbunden werden und die Phrasierung sanfter und leichter wird. Meiner Ansicht nach ist es wie der Unterschied zwischen der Verbindung von Tönen auf einer Geige im Gegensatz zur Klarinette. Sänger mit deutschem Stil neigen dazu, ihren Klang auf die hohen Töne zu drücken, aber das ist natürlich auch nur eine Verallgemeinerung, und jeder Sänger ist anders.

Gerade deutsche Töne lernt man, wenn man deutsche Lieder einstudiert, das sind deutsche Kunstlieder, die meist auf romantischen Gedichten von deutschen Dichtern wie Goethe basieren, komponiert von Schubert, Schumann, Brahms und anderen. Einige von ihnen haben Liederzirkel geschrieben, das sind Lieder, die durch eine Erzählung oder ein Thema miteinander verbunden sind und in Konzerten aufgeführt werden. Ich habe den Liederzirkel „Frauenliebe und -leben" von Schumann für meine Prüfung im College gesungen. Es geht darin um die Liebe und das Leben einer Frau, angefangen vom ersten Treffen, der Verliebtheit, dann Heirat bis zu ihrem Tod.

Nach unserem Auftritt und Abgang geht es weiter mit dem Rest der Szene mit Tamino, den Stimmen und Sprechern und schließlich seiner Arie. Wir dürfen gehen, denn sie müssen unsere Szene mit der anderen Besetzung üben, und es gibt ebenfalls zwei Taminos. Ich verlasse die Bühne über die Seite und treffe auf Erik, der auf mich wartet.

„Erik, damit hatte ich heute Morgen nicht gerechnet", erkläre ich ihm.

„Ich konnte ein Bild von einer Überwachungskamera am Flughafen auftreiben, als Arjan Sathee vor einem Jahr per Flugzeug einreiste. Dieses Mal muss er mit dem Zug angereist sein. Erkennst du ihn?", frage er.

Ich nehme das Bild in die Hand und antworte: „Nein, er kommt mir nicht bekannt vor. Kann ich das behalten und herumfragen, falls jemand ihn im Theater gesehen hat?"

Er lächelt und sagt: „Ja, du kannst es behalten. Aber gib mir sofort Bescheid, falls jemand sein Gesicht erkennt."

Er zögert einen Augenblick und fügt dann hinzu: „Ich muss auf die Wache zurück, aber ich rufe später nochmal an."

Er dreht sich um und geht zurück zum Bühnenausgang. Ich weiß nicht, was ich denken soll. Will er mich wegen des Falls anrufen oder ist das persönlich?

„Aha, es dreht sich alles um Erik, nicht wahr?", sagt Jenny hinter mir und hebt ihre Augenbrauen.

„Du hast ganz schön große Ohren. Er wollte mir nur ein Bild zeigen, um zu sehen, ob ich die Person kenne. Erkennst du diesen Mann?"

„Nein, er sieht niemandem ähnlich, den ich kenne, aber ich habe auch keine gute Beobachtungsgabe. Frag ein paar andere Leute. Wer ist das?"

„Er ist ein Bruder von Neha, mit der Simon sich in Indien getroffen hatte. Er wurde vor einem Monat in Deutschland gesehen. Ich weiß genau, dass er etwas mit Simons Tod zu tun hatte, aber ich kann es nicht beweisen. Aber ich habe fest vor, die Wahrheit herauszufinden", erkläre ich ihr.

„Okay, Frau Meisterdetektivin. Erzähl mir, wie das bei dir funktioniert", lacht sie und geht nach unten zur Kantine.

„Ich gehe mal runter zu Heinz bei den Bühnenbildnern. Denk daran, mich dort abzuholen, wenn wir eingerufen werden. Man hört die Durchrufe dort nicht", rufe ich ihr hinterher und fahre mit dem Aufzug in den Keller. „Alles klar", höre ich ihr Echo.

Als ich in der Bühnenbildnerei ankomme, frage ich Herrn Hauptmann, den Meister, ob ich mit Heinz reden kann. Er sieht mich komisch an und meint, das sei in Ordnung. Man trifft nicht häufig Sängerinnen in dieser Ecke. Sie arbeiten offenbar an den Kulissen und dem Bühnenbild für die *Zauberflöte*. Überall liegen Teile auf dem Boden herum.

„Entschuldigung, Heinz. Hast du diesen Mann schon mal im Theater gesehen? Arbeitet er in eurer Gruppe?", frage ich und gebe ihm das Bild.

Er wischt seine Hände an einem feuchten Tuch ab, bevor er das Bild nimmt, und hält es ans Licht.

„Nein, den erkenne ich nicht. Kennt irgendjemand diesen Mann?"

Er geht herum und zeigt das Bild bei den Leuten herum, aber alle schütteln den Kopf. Die meisten blicken nur kurz darauf, aber einige nehmen sich tatsächlich die Zeit, genauer hinzusehen. Ich frage einen von ihnen, der näher zu mir kommt, ob er den Typen kennt, und er verneint mit einem griechischen Akzent. Ein anderer Mann, der seine Kappe tief ins Gesicht gezogen hat, kommt mir bekannt vor. Ich muss ihn schon mal auf der Bühne gesehen haben. Er schaut herüber, und ich halte ihm das Bild vors Gesicht. Er hebt seinen Kopf, um es sich anzusehen, und ich bemerke eine Narbe neben seinem linken Auge, die wie eine Mondsichel aussieht. Er antwortet mit britischem Akzent, dass er den Typen nie gesehen habe. Ich ziehe mich zurück und danke ihnen, dass sie sich die Zeit genommen haben, das Bild zu betrachten. In ihren Overalls sehen sie alle gleich aus. Nur wenn sie reden, kann ich einen Akzent und vielleicht eine Nationalität entdecken.

„Er sieht indisch aus, so jemanden hatten wir seit Jahren nicht", sagt Heinz.

„Vielen Dank für eure Hilfe. Wer ist der Typ mit der Kappe und dem Bart, mit der schwarzen Brille?", frage ich.

„Oh, der ist neu. Sein Name ist John Bloggs."

„Na, danke jedenfalls. Ich werde die Bühnenarbeiter und Uli fragen, ob sie ihn gesehen haben."

Als ich einige Stunden später zur Mittagspause gehe, sehe ich Erik am Bühneneingang warten. Er trägt seine Uniform, muss also im Dienst sein. Ich muss schon sagen, so ein Mann in Uniform sieht sehr attraktiv aus. Über dem Arm trägt er einen schwarzen Trenchcoat mit Gürtel. Das Wasser tropft in dicken Perlen zu Boden, also muss es draußen wohl immer noch regnen. Gerät seine Frisur eigentlich nie durcheinander?

„Hallo Myra. Ich hatte in der Nachbarschaft zu tun, da dachte ich, vielleicht möchtest du was zu Mittag essen", sagt er.

„Das wäre super, aber es muss in der Nähe sein, weil ich heute Abend eine Vorstellung habe und mich vorher zu Hause ausruhen muss."

„Das kann ich beschleunigen, indem ich dich heimfahre. Wo möchtest du hingehen?"

„Hast du was gegen das ‚Fox and Hound'? Das ist ein paar Straßen weiter. Es ist ein englisches Pub und es gibt dort lustige Speisen wie ‚Bubbles and Squeak und Sole in a Coffin.'"

„Nein, das ist gut. Ich esse gern mal in einem neuen Restaurant. Was zum Teufel ist denn ‚Blasen und Schreie'? Ich habe anderthalb Stunden frei, das sollte Zeit genug sein", meint er und öffnet die Tür nach draußen für mich, damit ich vor ihm hinausgehe. Er kriegt viele Punkte auf sein Gentleman-Konto.

„Das ist eine Art Kartoffel-Pfannkuchen mit Kohl drin. Ich glaube, man nennt es so, weil es diese Geräusche macht beim Kochen. Man serviert es mit einer großen brotgefüllten Tomate und Sahnesoße. Du musst es probieren!"

Erik bestellt letztendlich Fish and Chips, probiert aber ein bisschen von meinen Blasen und Schreien. Es gibt hier auch verschiedene Sorten englisches Bier, aber Erik kann nichts trinken, weil er zurück zum Dienst muss, und ich trinke niemals vor einer Vorstellung.

Während des Essens erzähle ich ihm, dass ich kein Glück hatte mit dem Herumzeigen des Fotos. Niemand scheint ihn gesehen zu haben. Wir unterhalten uns sehr nett, und ich kriege heraus, dass sein Vater auch Polizist ist und er drei Brüder hat, aber keiner davon dem Rechtsstaat dient. Sie haben sich so weit wie möglich davon entfernt. Seine Mutter ist Kinderkrankenschwester im Krankenhaus.

Nach dem Mittagessen schlage ich vor: „Um die Ecke gibt es eine Eisdiele. Da gibt es Eissorten, die nach Opern benannt sind. Sie nennt sich ‚Gelato d'Opera' und ist wirklich gut."

Wir laufen zur Eisdiele, so müssen wir nicht noch einmal einen Parkplatz suchen. Die Liste der Eissorten beinhaltet Suzanna-Sorbetto,

Figaro-Karamell-Eis, Mercedes Mango, Giovanni-Schoko mit Nuss, Tamino-Tiramisu, Rosalinda-Himbeer, Linkerton-Limone, Pamina-Pistazie, Carlos-Kokosnuss, Hannah-Honigtau, Cenerentola-Zimt, Alfred-Mandel und vieles mehr.

„Weißt du, aus welchen Opern diese Namen stammen?", fragt er mich und lächelt über die lustigen Namen.

„Ich kenne die meisten, aber manche auch nicht. Ich finde es lustig, dass es so viele Geschmacksrichtungen gibt, weil es so viele verschiedene Opern und Rollen gibt. Oft werde ich gefragt: ‚Was ist deine Lieblingsoper?‘ Das ist wie die Frage, welches mein Lieblingsbuch ist. Meinen sie dann Komödie, Mystery, Drama, Historisches, Romane oder Sachbücher? Oper ist genauso. Es gibt Drama, Komödie, Mythologie, leichte Musik, schwere Melodien, Mystery oder sogar Science Fiction. Man muss schon genauer fragen. Ich bin es wirklich leid, wenn Leute sagen: ‚Oh, ich kenne Oper - das Phantom der Oper ist meine liebste!‘ Das ist ein Musical, KEINE Oper."

„Ich wusste gar nicht, dass es eine solche Vielfalt gibt. Wie beim Eis", witzelt er.

Ich bestelle mir ein Figaro-Karamell-Eis in der Waffel und Erik nimmt das Giovanni-Schoko-Eis mit Nüssen. Es ist ein gutes Zeichen, dass wir beide Schokoholics sind. Nachdem ich mir das tropfende Eis mit einer Serviette vom Kinn gewischt habe, gehen wir zu seinem Auto zurück.

„Du solltest möglichst nicht viel weiter westlich von hier herumlaufen. Das ist das Rotlichtviertel und kein sicherer Ort, besonders nachts", erklärt er mir.

Er bringt mich in seinem flotten Polizeiauto nach Hause und begleitet mich zur Eingangstür. Ich würde sagen, das war unser erstes Rendezvous. Hoffentlich denkt er nicht, ich esse immer so schlampig. Sogar meine Armbänder haben Eis abbekommen, ich muss mir überlegen, wie ich sie sauber kriege. Wenn das ein schlechtes Licht auf mich geworfen hat, werde ich es merken, wenn er sich nie mehr mit mir verabredet. Ich kann's kaum erwarten, Jenny davon zu erzählen.

Jedenfalls denke ich immer noch an Arjan und wie er an Simon herankam, ohne dass es jemand bemerkte. Maestro begrüßt mich an der Tür mit einem lauten Miau, er möchte etwas frisches Futter oder Aufmerksamkeit. Ich lasse das Trockenfutter weg, aber nicht das frische Katzenfutter. Katzen brauchen einmal pro Tag frische Katzennahrung, das ist besser für ihre Zähne und ihren Magen. Frisches Futter zieht Ungeziefer an, deshalb lasse ich es nie offen stehen. Es trocknet auch aus und verdirbt, darum gebe ich es ihm nur, wenn ich anschließend den Teller wegräumen kann. Er beschließt auch, dass es an der Zeit ist, sich auf mich zu setzen und seine Pfoten in meinen Magen zu rammen, und schnurrt, während ich versuche, ein Mittagsschläfchen zu machen.

Heute Abend läuft die Wiederaufnahme-Premiere der *Fledermaus.* Man spürt mehr Aufregung in der Luft als bei einer normalen Aufführung, alle freuen sich auf den Abend.

Suzanne singt die Rolle der Rosalinde. Dies ist ihre erste Vorstellung, wir möchten also, dass sie es gut macht. Der Chor geht nicht vor dem zweiten Akt auf die Bühne, beim Ball im Schloss des Prinzen Orlofsky. Suzanne tritt auf im Kostüm einer ungarischen Gräfin und singt die berühmte Arie ,Klänge der Heimat', genannt der Czàrdas, der in der ersten Hälfte sehr schwer und langsam ist, um dann in die zweite Hälfte mit schnellen Koloraturen überzugehen. Es ist eine der bekanntesten Arien der Operettenliteratur.

Sie trägt einen hübsch bestickten Schal über ihrem Arm, der den Gips verdeckt, und bewegt nur ihren anderen Arm. Das sei schwierig, meint sie, weil die ursprüngliche Regie vorgesehen hatte, dass die Gräfin beide Hände sowie einen Fächer benutzt, aber sie kriegt das hin. Sie trägt kein ungarisches Tanzkostüm, sondern ein elegantes rotes Samtkleid mit einer Turnüre, wie wir auch. Aber zusammen mit Schal, Fächer und einer Maske wirkt sie exotischer. Den Fächer kann sie jedoch heute Abend nicht benutzen, mit nur einer freien Hand. Im Haar trägt sie noch eine hübsche schwarze Feder.

Wir haben wunderschöne Kostüme mit einer Turnüre im Rücken und langen, fließenden Schleppen. Ich stehe mit Manny rechts von Suzanne, die auf einem Stuhl hinten auf der Bühne sitzt. Um ihre Arie zu singen, steht sie auf, und wir bemerken, dass ihre Turnüre und die Schleppe noch immer im Stuhl festhängen. Wir können sehen, dass sich im Rücken ein Spalt öffnet, durch den man ihre rote Seidenunterwäsche sehen kann und die Rückseite ihrer Beine. Natürlich hat sie keine Ahnung davon und geht weiter nach vorn beim Singen, verwendet ihre Hand, um den Gesang zu betonen.

Ich sehe mich um, und der Chor steht wie erstarrt. Sie sehen mich an, damit ich etwas tue. Wir können uns nicht bewegen, das würde von der Sängerin ablenken, auf die sich das Publikum konzentriert. Ich lächle

Manny an und bewege mich langsam Schritt für Schritt näher zu Suzanne hin. Als sie in der zweiten Hälfte ihrer Arie auf Touren kommt, schwinge ich ein bisschen, als ob ich zur ihrer Musik tanzen wollte. Sie sieht mich aus dem Augenwinkel, dreht ihren Kopf und lächelt mich an beim Singen, aber ich kann das Fragezeichen in ihren Augen erkennen, da sie ihre Augenbrauen anhebt. Ich weiß, sie denkt jetzt ‚Was zur Hölle tust du da? Du solltest dort nicht stehen.'

Aber ich lächle weiter, während ich mich näher heran bewege. Als sie am Ende ihr hohes Des singt, die Arme in die Luft wirft und mit der Hand schnipst auf echte Flamenco-Weise, lege ich meine Hand auf ihren Hintern, während das Publikum applaudiert. Sie schnappt nach Luft, als sie feststellt, dass ich ihre Haut berühre, und reißt die Augen weit auf. Gut, dass ich mit ihr befreundet bin.

Ich flüstere ihr zu: „Verbeug dich weiter. Deine Turnüre hängt noch immer am Stuhl fest, und dein Hintern ist blank. Ich nehme dich am Arm, wir gehen dann seitwärts und verlassen die Bühne an der Seite, dann musst du dich nicht herumdrehen. Okay?"

Immer noch lächelnd und sich steif verbeugend, nickt sie und hält sich an meinem Arm fest. Wir schaffen es, abzugehen, ohne dass das Publikum etwas merkt.

„Wie peinlich!" ruft Suzanne und tastet nach hinten. „Dem Himmel sei Dank, dass du mich so schnell gerettet hast. Ich habe nicht mal gemerkt, dass die Turnüre weg war. Ich war so konzentriert darauf, diese schwierige Arie zu singen und darzustellen."

„Ich habe mir eher Sorgen darüber gemacht, dass du mir eine Ohrfeige verpasst, weil ich dein Hinterteil berührt habe", lache ich.

Am Ende der Szene kommt Manny zu Suzanne herüber mit der fehlenden Turnüre und der Schleppe und sagt lachend: „Ich glaube, du hast etwas vergessen! Ich liebe deine seidene Unterwäsche. Darf ich helfen, die Turnüre wieder zu befestigen?"

„Danke, ich bin froh, dass ich den Abend für jedermann aufheitern konnte! Und Myra kann mir dabei helfen, die Turnüre wieder anzulegen!"

Gut, dass sie keine Diva ist und alles gelassen nimmt.

Der Rest der Vorstellung verläuft glatt ohne weitere Zwischenfälle, und ich weiß, das wird eins meiner Lieblingsstücke zu singen sein. Ich kann es kaum erwarten, echten Champagner statt dünnen Tee in der Ballszene im Glas zu haben bei der Aufführung an Silvester.

In unserer Garderobe nimmt Jenny ihr Kleid, hält die Turnüre hoch und beginnt zu singen: „You can fly! You can fly! Soon you'll zoom around the room, all it takes is faith and trust. You can fly!" aus *Peter Pan*. Wie kann sie sich nur alle Texte und Songs merken?

„Wusstet ihr, dass Boris Karloff 1950 in der ersten Inszenierung von Bernsteins Peter Pan die Rolle des Captain Hook gesungen hat? Das ist eine andere Version als die von 1954, die jeder kennt und in der Mary Martin den Peter gab", gebe ich meinen Kommentar dazu.

„Danke, Frau Lexikon", gibt Jenny schnippisch zurück, als wir alle unsere Straßen-klamotten anziehen und uns auf den Heimweg machen. Oh, jetzt ein heißes Bad mit einer Kerze, die nach Nelken und Zimt duftet, und ein Glas Wein!

Kapitel 45
Auf ein Neues

Ich kann es nicht glauben, dass diese Frau Myra unten in der Bühnenbildnerei war und wieder Fragen gestellt hat. Zuerst hatte ich befürchtet, sie hätte ein Bild von mir, das sie herumzeigte. Aber das war es nicht, also denke ich nicht, dass sie kurz davor ist, meine Identität zu erraten.

Hoffentlich lenkt sie die Polizei in eine falsche Richtung, dann kann ich endlich hier verschwinden und in mein eigenes Leben zurückkehren, und niemand daheim ist nur im Geringsten schlauer. Ich habe die Nase echt voll von Ölschmiere und Staub. Nie kriege ich meine Hände sauber. Wenn ich wieder zu Hause bin, werde ich eine Maniküre benötigen.

Ich hasse hartnäckige Frauen! Sie kann die Dinge einfach nicht auf sich beruhen lassen! Merde! Vielleicht sollte ich ihr eine Lektion erteilen.

Kapitel 46
Der Blitz schlägt ein

Oh mein Gott! Ich weiß, wo ich diesen Typen von den Bühnenarbeitern mit dem britischen Akzent gesehen habe! Wie dumm kann ich denn nur sein? Ich glaube, er ist dieser Cousin von Simon auf den Weihnachtsfotos, die Tante Lizzie ihm geschickt hat. Was um alles in der Welt macht er hier in diesem Theater? Das kann doch wohl kein Zufall sein. Er muss etwas mit Simons Ermordung zu tun haben.

Ich stehe auf und beginne, in Simons Schreibtisch herumzuwühlen. Ich weiß, dass ich die Fotos in einer dieser Schubladen gelassen habe. Es waren Abzüge, also musste seine Tante sie nicht zurück haben. Hier sind sie!

Ich betrachte das Gruppenbild mit seiner Tante, ihrer Tochter und ihrem Sohn, seinem Bruder und Simon. Der Mann bei den Bühnenarbeitern ist entweder sein Cousin oder sein Bruder! Er hat weder Bart noch Brille, aber diese Narbe auf seiner Wange ist exakt die gleiche. Ich nehme an, er war nie im gleichen Raum mit Simon oder gleichzeitig auf der Bühne, und, falls doch, wäre er mit dem Bart, der Brille und der Kappe nicht erkannt worden. Gott sei Dank hat Tante Lizzie auf der Rückseite die Namen so aufgeschrieben, wie sie dort stehen. Simons Bruder steht neben Simon, und sein Cousin ist auf der anderen Seite von Tante Lizzie mit seiner Schwester. Stimmt - er nannte ihn Nigel. Er ist derjenige mit der Narbe. Warum wollte er seinem eigenen Cousin etwas antun? Es fällt mir schwer, meine Gedanken damit vertraut zu machen.

Aber, wie stelle ich es nun an zu beweisen, dass er Simon getötet hat? Ich laufe vor meinem Bett auf und ab und versuche, einen Plan zu erdenken. Maestro liegt am Boden und verfolgt mich mit seinen Blicken, als ob ich verrückt wäre. Schließlich wird ihm schwindelig vom vielen rechts und links schauen und er begibt sich zu seinem Katzenkorb, legt sein Kinn auf die überkreuzten Pfoten und schläft ein.

Im Computer gebe ich „Nigel Sterling" in die Google-Suchmaschine ein und finde einige, die Sterling als Zweitnamen haben sowie einen Hund namens Nigel. Großartig. Dann fällt mir ein, dass der Nachname von Simons Tante Palmer ist. Aha.

Also tippe ich den richtigen Namen ein und finde fünfundzwanzig Einträge mit diesem Namen. Es ist ein sehr verbreiteter Name. Es erscheint unmöglich, etwas zu finden.

Bei der weiteren Suche finde ich jedoch wahrscheinlich den Richtigen. Nigel Palmer in London, ein Finanzberater bei der Brooks and Adams Financial Management Group. Die meisten anderen in England sind außerhalb von London in St. Albans, Oxford, Debenhams oder Portsmouth. Leider gibt es nur Fotos von den Führungskräften der Firma, wozu Nigel offensichtlich nicht gehört. Ich komme zu dem Schluss, dass ich mehr Informationen über diesen Cousin benötige, und rufe Tante Lizzie an.

„Hallo, hier spricht Myra aus Deutschland. Spreche ich mit Elizabeth Palmer?", frage ich, als das Telefon abgehoben wird.

„Ja, meine Liebe, wie geht es Ihnen? Ich habe oft an Sie gedacht. Danke für die Übersendung von Simons Pass und seinen persönlichen Unterlagen durch Samantha. Sie fand es sehr nett, mit Ihnen zu reden, und dass Sie so prima geholfen haben."

„Es geht mir gut, danke der Nachfrage. Ich wollte nur hören, wie die Beerdigung von Simon ablief. Konnte die gesamte Familie dabei sein?"

„Ja, sie waren alle da, und der Pastor, der Simon sein ganzes Leben lang kannte, hielt eine schöne Trauerrede. Es war sehr bewegend. Wir hatten einen kleinen Empfang im Pfarrsaal, und alle erinnerten sich sehr gut an Simon und seine Eltern."

Ich höre, wie sie zu schniefen und weinen anfängt, deshalb sage ich rasch: „Sie haben doch auch einen Sohn. Ist er auch verheiratet?", in der Hoffnung auf mehr Information.

„Oh nein, Nigel ist nicht verheiratet. Er arbeitet für eine Finanzberater-Firma in London. Er war auf Geschäftsreise, als die Sache mit Simon passiert ist, deswegen mussten wir warten, bis er einen Flug nach Hause bekommen konnte."

„Arbeitet er schon lange bei dieser Firma? Wissen Sie, woher er kam mit dem Flugzeug? Ich glaube, Simon hat ihn einmal erwähnt und sagte, er trüge eine Brille."

„Nein, vielleicht hat er gesagt, wo auf dem Kontinent er seine Geschäfte machte, aber ich erinnere mich nicht immer an solche Einzelheiten. Aber er trägt nie eine Brille, er hat sehr gute Augen, genau wie seine Schwester", sagt sie stolz. „Er arbeitet erst seit einigen Jahren bei dieser Firma. Er hat ein bisschen Probleme damit, seine Jobs zu behalten. Nett von Ihnen, anzurufen und sich nach mir zu erkundigen. Wie geht es Ihnen?"

„Na ja, geht so von Tag zu Tag. Es ist immer noch schwierig, dass er nicht mehr da ist."

„Ja, ich weiß, aber wir müssen uns alle durchkämpfen. Wirklich nett von Ihnen, anzurufen. Tschüss, meine Liebe", sagt sie freundlich und legt auf.

Ich kann mir vorstellen, von wo Nigel geflogen kam - aus Frankfurt. Aber wie beweisen? Vielleicht kann ich seine Fingerabdrücke irgendwie bekommen, um zu zeigen, dass er zu der Mannschaft gehört. Muss ich mal drüber nachdenken.

Ich greife zum Telefon und rufe meinen Studenten in der Kaserne an. „David? Hi, könntest du mir eventuell bei etwas behilflich sein? Ich muss einen Typen aus dem Theater beobachten und habe mir überlegt, ob du mir nicht so ein GPS-Peilgerät besorgen könntest. Weißt du, so etwas, das Eltern haben, um ihre Kinder zu verfolgen. So ein kleines."

„Ja klar, ich könnte eins aus dem Munitionsdepot der Armee besorgen, wenn du willst. Das klingt aufregend. Es ist aber nichts Gefährliches, oder?", fragt er.

„Nein, überhaupt nicht. Wir wollen nur rausfinden, wo jemand wohnt, um ihn zum Geburtstag zu überraschen", lüge ich und hoffe, glaubwürdig zu klingen. „Bis morgen zum Unterricht. Meinst du, du kannst es mir bis dahin schon besorgen?"

„Klar kann ich das. Bis morgen, aber ich will mehr darüber erfahren. Meine Fantasie fährt Achterbahn."

Jetzt muss ich nur noch überlegen, wie ich das Gerät in Nigels Tasche bekomme, aber darüber mache ich mir Gedanken, wenn ich es habe. Ich hoffe, dass die Benutzung einfach ist, aber sicher kann David mir zeigen, wie es funktioniert, oder es gibt vielleicht eine Bedienungsanleitung.

Heute Abend haben wir frei, weil es wieder eine Ballettvorstellung gibt. Diesmal ist es *Romeo und Julia* von Prokofjev, es basiert auf der Geschichte von Shakespeare. Ich werfe die Musik immer durcheinander mit der sinfonischen Dichtung von Tschaikowsky, dessen Musik bekannter ist von Fernsehsendungen und Filmen, aber es ist keine Ballettmusik.

Prokofjevs Originalversion hatte ein Happy End, wurde aber nicht akzeptiert, als er sie schrieb, also musste er sie abändern in Shakespeares tragisches Ende. Im Jahre 2008 wurde die Originalversion wieder aufgeführt, in der das Paar am Ende nicht stirbt. Unser Ballett bringt nicht die Originalfassung zur Aufführung. Der Regisseur und der GMD mögen das tragische Ende.

Carmen und Manuel haben ihren Ballettkurs heute ausfallen lassen wegen dieser Vorstellung. Sie mussten vorher proben und sich ausruhen.

Diese Geschichte bildete auch die Grundlage für das Musical *West Side Story* von Bernstein. Ich weiß jetzt schon, dass ich heute Abend nach der Vorstellung Musik daraus hören werde, gesungen von Jenny.

CODA *Romeo und Julia* *von Sergej Prokofjev*

Prokofjev komponierte das Ballett 1936 für das Kirov-Ballett. Die endgültige Fassung und heute am besten bekannte wurde zuerst 1940 im Kirov-Theater aufgeführt. Die amerikanische Premiere war 1969. Die Wiederaufnahme seiner Originalfassung gab es 2008 in den Vereinigten Staaten.

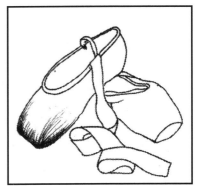

Kapitel 47
Fit in der Birne

„Jenny, ich brauche heute deine Hilfe für eine bestimmte Sache. Aber ich habe Verständnis dafür, wenn du es nicht tun willst, es ist riskant", erzähle ich ihr am nächsten Morgen, als ich sie am Arm nehme auf der Treppe zum Bühneneingang. Heute trage ich ein dreiteiliges, goldenes Metallarmband, das von einem großen Granatstein zusammengehalten wird. Es passt zu dem braunen Wollpullover, den ich über meinen Jeans trage.

„Klar, um was geht es?", fragt sie.

„Ich muss einen Weg finden, um die Fingerabdrücke von einem der Bühnenarbeiter zu bekommen. Ich hatte überlegt, dass wir vielleicht in der Pause runtergehen und ein Tablett mit Plastikbechern und kühlem Wasser darin herumreichen. Wenn sie dann die Becher zurückstellen, können wir das, welches er berührt hat, mitnehmen und ich gebe es Erik. Was meinst du?"

„Man könnte es versuchen. Ich spiele dein Freitags-Mädchen oder Dr. Isles von Rizzoli und Isles", scherzt sie und legt ihren Arm um meine Schulter.

Die Szene, die heute auf der Hauptbühne inszeniert werden soll, ist die letzte Szene, in der Papageno sich umbringen möchte, weil er glaubt, dass er niemals eine Gefährtin findet, und wir hinzueilen (so schnell man das auf einer motorisierten fliegenden Wolke tun kann), um ihn davon abzubringen und ihm Papagena vorzustellen. Es ist eine lustige Szene. Anschließend gehen wir nach oben in die Schneiderei, um unsere Kostüme anzuprobieren.

Die Kostümbildnerin für diese Aufführung ist eine große, dünne Frau mit grauem Haar, das sie auf dem Kopf zusammengesteckt hat und das in alle Richtungen absteht. Sie trägt immer lange, gerade Kleider. Vielleicht sollte sie mal Kleider für sich selbst entwerfen. Sie redet auch mit Nadeln im Mund, man kann sie kaum verstehen.

Die Kostüme sind in einem Märchenstil gehalten, daher tragen die drei Damen jeweils ein Make-up, das zu ihrer Kostümfarbe passt. Die erste Dame ist pink und trägt eine unglaubliche pinkfarbene Brille, passend zu ihrem pinkfarbenen Kleid mit Schleppe, und zu ihrem Make-up gehören riesige pinkfarbene Feder-Augenbrauen. Die zweite Dame ist blau und die dritte Dame grün, mit den entsprechenden Augenbrauen. Wir können schon ein paar Kostüme sehen, die in Arbeit sind, aber vor allem die Zeichnungen, die für die Damen in der Schneiderei angefertigt wurden.

Die Knaben tragen glänzende blau-silberne Hosenanzüge mit weißen Herrenhemden. Die Perücken sind weiß, im George Washington-Stil. Wir haben solche wirklich hübschen, silbernen Stiefeletten mit 10 cm-Absätzen zum Schnüren. Fühlt sich an wie eine Dominatrix!

Die Königin der Nacht hat ein langes schwarzes, Pailletten-besetztes Kleid mit großen Federn, die hinter ihr empor ragen, und passende lange schwarze Handschuhe. Ihre Augenbrauen sind bis zum Haaransatz geschwungen und werden schwarz mit Strass-Steinen. Tamino bekommt ein glänzendes goldenes Prinzen-Gewand mit goldenen Schuhen. Mit diesen Kostümen macht die Inszenierung bestimmt Spaß.

Nach der Probe befüllen Jenny und ich ein Tablett mit Plastikbechern am Wasserkühler und gehen runter zum Malersaal.

„Hallo, wir wollten mal sehen, wie es euch so geht mit dem Zauberflöten-Bühnenbild. Es wird ja immer ganz schön heiß hier unten, deshalb dachten wir, ihr könntet vielleicht etwas Wasser gebrauchen", sage ich, als Jenny von Mann zu Mann geht und Wasser anbietet.

Heinz lächelt mich an und nimmt ein Glas. „Das ist aber nett von euch. Kein Mensch denkt an das, was wir hier arbeiten, und wie es dazu kommt, dass eure Bühnenbilder am Ende so aussehen", sagt er.

Sie hören alle mit ihrer Arbeit auf und trinken Wasser. Ich beobachte, wie der Typ mit dem britischen Akzent sein Wasser trinkt, aber danach den Becher zerknüllt und in den Müll wirft. Ich sehe Jenny an, die das gleiche beobachtet, und sie geht zu den Männern, die um ihn herum stehen. Ich kann den zerknüllten Becher herausfischen und wieder auf das Tablett stellen. Das macht es noch einfacher, den herauszusuchen, den er berührt hat, denn die anderen sind ineinander gestapelt, und seiner ist zerknüllt. Hoffentlich können wir einen Fingerabdruck davon entnehmen.

Ich wende mich an Heinz und frage: „Was ist das für ein Podest?"

„Darauf befindet sich die Königin der Nacht, wenn sie aus der Versenkung herauf fährt und ihre Arien singt. Sie soll aus der Hölle kommen. Es gibt eine Menge Qualm und Blitze", sagt der Typ mit dem griechischen Akzent.

„Oh, das ist sicher wirkungsvoll", meint Jenny, winkt zum Abschied und greift meinen Arm.

Als wir nach oben gehen, stecke ich den Becher in eine Plastiktüte, die ich mitgebracht habe, um ihn Erik zu geben. Hoffentlich klappt das.

„Danke für deine Hilfe", sage ich Jenny, als wir zurück auf die Bühne gehen, um die Probe fortzusetzen.

Bevor ich die Probe beginne, rufe ich Erik an. Der Anrufbeantworter meldet sich, darum hinterlasse ich ihm eine Nachricht, dass ich John Bloggs' Fingerabdrücke auf einem Becher habe, und er diesen vielleicht abholen könnte zur Untersuchung. Dann wüssten wir, ob John Bloggs wirklich Nigel ist.

Nachmittags nehme ich die U-Bahn zur Army Base, wo ich meine Schüler unterrichte. Ich mache etwa eine Stunde lang Unterricht mit David und frage dann, ob er dieses Gerät für mich besorgen konnte. Er zeigt mir, was er besorgt hat und ich erstatte ihm die Kosten von 100 €. Wenn ich es zurückbringe, bekommt er seine Kaution zurück. Man benutzt es mit einer SIM-Karte und kann es so einstellen, dass es alle zehn Minuten oder in kürzeren Abständen seine Position meldet. Es sieht aus wie ein kleines Handy, ist schwarz und einfach zu benutzen. Ich kann online gehen und mithilfe von Google- oder yahoo-maps seinen Aufenthaltsort bis auf etwa 50 m genau bestimmen. Auf dem Weg nach Hause kaufe ich eine SIM-Karte.

Das ist super. Jetzt muss ich nur noch überlegen, wie ich es in Nigels Rucksack schmuggle, dann weiß ich, wo er wohnt. Ach, was für ein Fangnetz wir da weben!

Kapitel 48
Reingeschmuggelt

Als ich am nächsten Tag die Treppe runtergehe zum Malersaal, habe ich dies so eingerichtet, dass die Männer alle Pause haben, und hoffe, dass niemand in dem Raum ist. Die meisten von ihnen sind rausgegangen zum Rauchen oder in die Kantine, um etwas zu trinken. Es gibt eine Gewerkschaftsregel für sie, die besagt, dass sie eine 20-minütige Pause machen müssen, und ich weiß, dass sie normalerweise um 8 Uhr morgens beginnen. Ihre Pausen sind niemals zur gleichen Zeit wie unsere, aber meine Szene wird erst um 10 Uhr geprobt, deshalb kann ich runtergehen.

Herr Hauptmann, der Bühnenmeister, überprüft die Arbeitspläne und sieht auf, als ich den Raum betrete.

„Guten Morgen, Herr Hauptmann, wie geht's?", frage ich und gehe rüber zur Schaukel, auf der wir unsere Knaben-Auftritte haben. „Ich wollte mir nur nochmal ansehen, wie die Wolkenschaukel aussieht", sage ich und hoffe, überzeugend zu klingen. Ich bemerke, dass mein Armband vor Nervosität rasselt und lege rasch die andere Hand über das Handgelenk. *Easy, girl!*

„Sehr gut", antwortet er und guckt wieder in sein Heft.

Ich erinnere mich daran, dass John/Nigel einen Rucksack genommen hat, der auf einem Stuhl stand, in dessen Nähe er für gewöhnlich arbeitet. Er war grau und hatte dicke schwarze Bänder überkreuz darüber, wie sie für das Abschleppen von Autos verwendet werden, und Taschen auf beiden Seiten für Wasserflaschen. Die Arbeiter haben keine eigenen Schließfächer, sie haben alle so eine Art Ranzen für ihre Klamotten und stellen diesen aus Gewohnheit immer am selben Stuhl ab.

Ich sehe ihn auf dem Stuhl, und es sieht hoffentlich locker genug aus, wie ich rüberschlendere und mir die Zeichnungen auf dem Tisch bei den Stühlen ansehe. Mit einem verstohlenen Blick zu Herrn Hauptmann stelle ich fest, dass er noch immer sein Heft studiert und mich überhaupt nicht beachtet. Gut.

Nun hole ich das GPS-Gerät aus meiner Tasche, stecke es in die leere Seitentasche auf der Vorderseite von Nigels Rucksack und schiebe es weit nach unten. Es sieht nicht so aus, als ob er dieses Fach benutzt, also hoffe ich, er wird es nicht sehen.

„Tschüss!", rufe ich und gehe, hoffentlich, normal genug aus der Tür, obwohl ich eigentlich rennen möchte.

Herr Hauptmann ist damit beschäftigt, sich die Zeichnungen zu betrachten und nickt nur. Gut, dass das nicht mein Hauptberuf ist. Dafür habe ich einfach keine Nerven, ich bin völlig feucht vor Stress.

„Konntest du es verstecken?", frage Jenny, als ich sie auf der Seitenbühne treffe.

„Ja. Jetzt müssen wir abwarten, bis er geht, und dann schauen, wohin er geht. Hoffentlich führt er uns zu seiner Wohnung", antworte ich.

Wir verbringen weitere zwei Stunden damit, unsere zweite Szene zu proben, in der die drei Knaben Tamino und Papageno ermahnen, kein Wort zu sprechen, damit sie ihren von Sarastro auferlegten Test bestehen. Ich hoffe, dass John/Nigel zum Mittagessen nach Hause geht, denn sie haben zwei Stunden Mittagspause. In Deutschland ist das Mittagessen das wichtigste Essen des Tages, man isst dann die schwerste Mahlzeit, ruht ein bisschen, und geht dann zurück an die Arbeit. Ich finde das ausgesprochen vernünftig.

Ich sehe über Google auf meinem iPhone nach, wo das GPS-Gerät hinläuft. Nach etwa zehn Minuten hört der Verfolgungsmarker auf, sich zu bewegen. Ich notiere die Straßenkreuzung, suche beim RMV (Rhein-Main-Verkehrsverbund) nach Zugverbindungen, und gebe die Adresse Oppenheimer Landstraße ein. Das ist südlich vom Opernhaus in Sachsenhausen, etwa zwölf bis fünfzehn Zugminuten entfernt.

Die U-Bahnlinie 2 fährt um 12.25 Uhr ab und ich kann um 12.38 Uhr dort sein. Ich ziehe eine alte Jeans und ein legeres Shirt an, eine schwarze Skijacke und eine alte Baseball-Kappe, die mein langes Haar versteckt. Er würde mein lockiges, rotes Haar mit Sicherheit erkennen. Zum Schluss lege ich noch einen Schal um den Hals, den ich übers Kinn ziehen kann. Zum Glück ist es heute kalt und regnerisch, also ist jeder dick eingemummelt. Dann nehme ich noch Rucksack und Sonnenbrille und hoffe, dass ich aussehe wie eine amerikanische Studentin, die Europa bereist.

Als ich aus der U-Bahn-Station komme, gehe ich die Treppen hoch zur Nummer 81 in der Oppenheimer Landstraße. Dem Anzeiger zu Folge sieht es aus, als ob er im Hotel Senator wohnt, das ich schnell online nachschlage. Es ist ein preiswertes, älteres Hotel mit vier Obergeschossen, beige mit grauem Dach und einem Erdgeschoss. Scheinbar haben die Zimmer einen kleinen Küchenbereich. Ich frage mich, wie lange er hier schon lebt.

Gegenüber vom Hotel gibt es ein Café, dorthin gehe ich und bestelle mir einen Cappuccino, während ich darauf warte, dass er herauskommt. Ich überlege angestrengt, wie ich wohl herausbekommen könnte, in welchem Zimmer er wohnt. Das werden sie mir am Empfang mit Sicherheit nicht erzählen, und es gibt 47 Zimmer. ‚Hells bells‘. Was mache ich jetzt? *Das ist jetzt nicht der Zeitpunkt für ‚collywobbles‘, hätte Simon gesagt.*

Das Glück ist mir hold! Ich beobachte, wie er aus einem Fenster im zweiten Stock herausguckt. Es ist das Fenster direkt neben dem Hotelschild an der Vorderseite. Ich habe Glück! Er isst wohl zu Mittag, also kann ich mir ebenfalls im Café etwas bestellen. Sie haben Jägerschnitzel mit Pilzen und den allgegenwärtigen Pommes frites, sowie einen Kopfsalat mit Gurke, Tomaten, Karotten und Wassermelone. Nette Idee. Ich sollte was essen. Ich glaube, das Detektivspiel erfordert Kraft, und die sollte ich mir erhalten. Soweit die Rechtfertigung für diese Kalorien.

Dabei denke ich, ich rufe Tante Lizzie nochmal an! Ich wähle die Nummer aus meinen iPhone-Kontakten.

„Hello?“, höre ich ihre Stimme am anderen Ende.

„Ja, hier ist wieder Myra in Deutschland.“ Ich stecke meine Finger in mein anderes Ohr und gehe näher ans Fenster, da die Verbindung nicht gut ist.

„Nett, Ihre Stimme zu hören, meine Liebe“, antwortet sie.

„Ich vergaß Sie zu fragen, ob Sie alles geregelt haben mit der Bank, damit Simons Konto zu einer Londoner Bank transferiert werden und hier gelöscht werden kann.”

„Oh ja, nachdem ich seitenweise Dokumente unterzeichnet hatte und immer wieder meinen Ausweise vorzeigen musste, ist es mir schließlich gelungen. Danke für die Nachfrage.”

„Hatte Simon viel Geld auf dem Konto?”

Wie fragt man taktvoll danach, ob er Geld hatte?

„Ja, er hatte eine Erbschaft von seinem Großvater, und er erhielt die Summe einer Lebensversicherung, als seine Eltern starben. Er war mit Sicherheit unabhängig und wohlhabend und hätte nicht arbeiten müssen, wenn er nicht gewollt hätte.”

„Ich hatte keine Ahnung. War es so viel wie eine Million Pfund?", frage ich gerade heraus.

„Oh, viel mehr als das!", lacht sie.

Was ist so lustig an einer Menge Geld?

„Geht das Geld an Simons Bruder?"

„Oliver ist sein nächster Verwandter, aber das Erbe seiner Eltern wurde aufgeteilt auf beide Söhne, und Simons Geld geht an meine Kinder weiter, wenn ihm etwas geschieht. Oliver hat viel Geld aus seiner eigenen Erbschaft, und ich nehme an, mein Bruder hielt es für sinnvoll, als nächste Nutznießer die Cousins einzusetzen. Es wirkt kompliziert, aber ich glaube, so wurde es entschieden. Ich hoffe, es geht Ihnen gut, aber ich muss weg jetzt zu einem Friseurtermin."

„Vielen Dank für Ihr Gespräch", sage ich und lege auf.

Tja, nun habe ich ein Motiv, denke ich. *Nigel braucht das Geld. Was für ein hinterhältiger Erbschleicher. Ob Samantha etwas darüber weiß? Ich kann mir nicht vorstellen, dass sie darin verwickelt ist.*

Nach etwa einer Stunde sehe ich John/Nigel das Hotel verlassen. Wahrscheinlich geht er zurück zum Theater, für den Rest seiner Schicht.

Den Fotos auf der Website zufolge stelle ich fest, dass die Aufzüge rechts vom Empfangstresen sind. Ich schlendere hinein, als ob ich hierhin gehöre, und gehe in Richtung Aufzüge. Gegenüber vom Empfangstresen gibt es einen kleinen Raum, der aussieht, als sei es das Frühstückszimmer. Die Empfangsdame sitzt an einem Tisch und isst ihr Mittagessen dort, sie sieht mich nicht einmal vorbeigehen. Ich bin froh, dass sie keine Türglocke haben, die automatisch läutet, wenn man die Tür aufmacht. Während ich auf den Aufzug warte, habe ich ein bisschen Angst. Es gibt auch eine Treppe, aber die ist zu nah am Empfangstresen, und ich fürchte, dort würde ich gesehen werden. Endlich öffnet sich die Aufzugstür.

Ich fahre in den dritten Stock, um die Konstruktion des Gebäudes zu erkunden. Das Zimmer an der Vorderseite in der Ecke ist in diesem Stockwerk Raum 301, also muss Raum 201 ein Stockwerk tiefer sein. Ich gehe die Treppe hinunter, spähe in den Gang und sehe den Wagen eines Zimmermädchens ein paar Türen entfernt von dem Zimmer, in das ich hinein muss. Sie reinigt wohl gerade ein anderes Zimmer. Ich kann sie nicht sehen, aber ich höre den Staubsauger. Ein Plan muss her, also denke ich ein wenig nach. Das Zimmermädchen kommt aus dem Raum mit einem hohen Stapel schmutziger Handtücher. Sie sieht aus wie eine Ausländerin, hoffentlich ist ihr Englisch nicht gut. Sie scheint etwas über 40 zu sein und ist müde und verschwitzt, wischt sich die Haare aus den Augen.

Ich weiß, ich bin nicht richtig angezogen für meinen Plan, aber ich setze meine Kappe ab und lockere mein Haar auf, so dass sie nur meine Mähne sehen wird, und werfe mir den Schal dramatisch um die Schultern. Ich renne zu Zimmer 201 und hämmere an die Tür, während ich auf Englisch rufe: *„John, John, are you there? Open the door, I have lost one of my earrings!"* Ich hämmere und rufe weiter, dass ich meinen Ohrring verloren habe, und sie dreht sich um und sieht mich an.

Dann renne ich zu ihr rüber und frage hysterisch, indem ich ihren Arm mit beiden Händen ergreife:"Wissen Sie, ob John hier ist? Ich muss etwas suchen in seinem Zimmer!" Hoffentlich sehe ich verzweifelt aus.

„Herr Bloggs ist nicht zu Hause", antwortet sie und weicht nervös zurück.

Ich sehe ihr in die Augen und zeige auf meine Ohren. „Ich habe heute Morgen einen meiner Ohrringe in seinem Zimmer gelassen, sie sind von meinem Mann, er wird es merken, wenn einer fehlt. Oh, bitte, lassen Sie mich im Zimmer nachsehen. Es dauert nur eine Minute."

Einen der beiden Ohrringe habe ich bereits in meiner Jackentasche versteckt, jetzt ziehe ich alle Register und breche in Tränen aus. Ich muss meinem Schauspiellehrer dafür danken, dass er uns beibrachte, wie man das auf Kommando tun kann.

Sie begreift, dass Herr Bloggs nicht mein Ehemann ist und fummelt in ihrer Tasche nach dem Schlüssel. Sie klopft mir auf die Schulter, um mich zu beruhigen.

„Please, not to cry. Bitte erzählen Sie niemandem, dass ich Sie in das Zimmer gelassen habe, sonst werde ich rausgeschmissen", sagt sie mir halb in Englisch, halb in Deutsch.

„Oh, nein, ich erzähle es niemandem. Vielen Dank für Ihre Hilfe. Nur eine Frau kann verstehen, wie schrecklich diese Situation ist."

Ich gebe ihr einen 20 €-Schein, betrete das Zimmer und schließe die Tür. Puh. Das hat geklappt, aber ich weiß, ich habe nur ein paar Minuten, um mich umzusehen.

Es gibt einen kleinen Schreibtisch mit einem Laptop darauf und eine schwarze Aktentasche auf dem Boden. Ich sehe mir die Dokumente auf dem Schreibtisch an, kann aber nichts finden außer Belegen von Konten seiner Firmenkunden. Er scheint sich darauf zu verlassen, dass dies niemand liest, denn es sieht alles vertraulich aus. Ich öffne die Aktentasche auf dem Bett und ziehe einige Papiere heraus.

Aha! Ich sehe mir einige Dokumente genauer an und finde eine IOU-Zahlungsaufforderung vom Napoleon Casino über 500 000 Pfund, eine vom Casino in der Tottenham Court Road über 350 000 Pfund. *Unglaublich! Simons Cousin hat offensichtlich ein Spielsucht-Problem. Deshalb braucht er Simons Geld.* Ich fotografiere rasch die Papiere mit meinem iPhone, damit ich sie Erik zeigen kann, obwohl ich noch nicht weiß, wie ich ihm erklären soll, woher ich sie habe. Futter für spätere Überlegungen.

Ich höre das Zimmermädchen auf dem Flur, lege alles schnell genauso zurück in die Aktentasche, wie ich es gefunden habe und stelle sie wieder auf den Boden. Ich durchsuche die Kommode und den Nachttisch und finde seinen Pass unter den Kleidungsstücken in der unteren Schublade. *Erwischt.* Ich fotografiere ihn ebenfalls.

Vor dem Zimmer zeige ich der Frau meinen wiedergefundenen Ohrring, und sie lächelt mich an.

„Nochmals, ich kann Ihnen nicht genug danken", bringe ich hervor und steige in den Aufzug.

Als sich die Tür schließt, stoße ich einen Seufzer der Erleichterung aus, stecke mein Haar wieder unter die Baseball-Kappe und setze die Sonnenbrille wieder auf. Niemand achtet auf mich, als ich das Hotel verlasse. Ich glaube, Erik wäre stolz auf mich, wenn ich es ihm erzählen könnte. Ist das als Einbruch zu betrachten, wenn das Zimmermädchen mich hereinließ?

Jetzt muss ich irgendwie versuchen, das GPS-Gerät zurück zu bekommen. Vielleicht kann ich es morgen genau so zurückholen, wie ich es verstaut habe, wenn sie alle Pause machen. Ich fahre mit dem Zug zurück in meine Wohnung und versuche, mich vor der *Orpheus*-Vorstellung am Abend auszuruhen.

Später, in der Pause der *Orpheus*-Vorstellung, trifft mich Erik in der Kantine, wo ich ein Coke Zero trinke.

„Wie um Himmels Willen hast du es geschafft, einen Becher mit Fingerabdrücken von diesem Herrn Bloggs zu bekommen?", fragt er.

Ich erkläre ihm, wie Jenny und ich es angestellt haben, während wir in meine Garderobe gehen, um den Becher zu holen.

„Ich bin sicher, dass er Simons Cousin Nigel ist. Hier ist ein Foto, das ich in Simons Unterlagen gefunden habe, auf dem er zu sehen ist. Ich weiß, er sieht anders aus wegen des Bartes und der Brille, aber man kann die Narbe neben dem Auge sehen, das ist exakt gleich", sage ich und hole das Foto heraus.

„Du magst ja Recht haben, aber das beweist nicht, dass er Simon getötet hat", antwortet er und macht mir die Sache mies.

„Nein, aber dass er hier arbeitet unter falschem Namen zeigt doch, dass etwas nicht stimmt, oder?"

„In Ordnung"; seufzt er, „ich lasse das nach Fingerabdrücken untersuchen und sehe, ob es zu denen passt, die wir von den Arbeitern an den Stangen nach dem Unfall genommen haben. Ich überprüfe auch, ob sie in der Interpol-Datenbank gespeichert sind als zu Nigel Palmer gehörig. Das ist alles, was ich tun kann", meint er und geht die Treppe hinunter zum Bühnenausgang hinaus, während ich wieder auf die Bühne gehen für meinen nächsten Auftritt.

Als ich schließlich nach Hause komme, schläft Maestro auf meinem Bett. Er wollte wohl nicht auf mich warten. Während ich mein langärmeliges Nachthemd anziehe, höre ich ihn lustige Geräusche machen und stelle fest, dass er träumt. Seine Pfoten bewegen sich, und er schnarcht. Ich gehe rüber und streichle seinen Bauch, was er mir nur erlaubt, wenn er schläft. Das scheint ihn zu beruhigen, und seine Atmung normalisiert sich. Wer behauptet, dass Katzen nicht auch schlechte Träume haben können?

Kapitel 49
Entdeckung

„War das nicht ein Glück, dass Ihre Freundin den Ohrring wieder gefunden hat?", fragt das Zimmermädchen Nigel, als er nach seiner Arbeitsschicht am Theater zu seinem Zimmer zurückkehrt.

Was geht sie das an?

Er sieht sie an ihrem Servicewagen im Flur nahe bei seinem Zimmer stehen.

„Ich wusste nicht, dass sie einen verloren hatte. Woher wissen Sie, dass sie ihn gefunden hat?", fragt er und versucht dabei unauffällig zu klingen.

„Sie war hier heute Nachmittag und klopfte an Ihre Tür, weil sie sich Sorgen darüber machte, einen wertvollen Ohrring in Ihrem Zimmer verloren zu haben", antwortet sie.

Oh, hatte sie das?

„Sind Sie sicher, dass sie im richtigen Zimmer war? Wie sah sie aus?"

„Oh ja, sie hat nach Ihnen mit Ihrem Namen gefragt. Sie war so groß wie ich und hatte eine ganze Menge langes, rotes, lockiges Haar. Sie hatte einen deutlichen amerikanischen Akzent", berichtet sie, stolz auf ihr Erinnerungsvermögen.

„Ich bin froh, dass sie ihn gefunden hat. Warum sind Sie so spät noch hier?"

„Ein paar Leute haben in letzter Minute erst ausgecheckt, und es gab eine neue Reservierung, deshalb hat mir der Hotelmanager gesagt, er bezahlt mir doppelten Lohn, wenn ich kommen und das Zimmer sauber machen kann. Ich bin fast fertig", sagt sie und dreht sich um mit ein paar frischen Handtüchern für das Zimmer.

„Very well. Gute Nacht!", wünscht Nigel, betritt sein Zimmer und schließt die Tür. Er stellt seinen Rucksack auf den Boden.

Also, eine amerikanische Frau hat in meinem Zimmer herumgeschnüffelt. Die einzige rothaarige Amerikanerin am Theater, die ich kenne, ist diese neugierige Myra Barnett aus dem Chor. Ich wusste doch, dass mein sechster Sinn sich gemeldet hatte, als ich heute Mittag aus dem Fenster sah. Ich hätte schwören können, dass mich jemand beobachtete, das muss sie gewesen sein.

Nigel beginnt, seine Kommodenschubladen durchzusehen und anschließend den Schrank, wo seine Kleidung und Anzüge hängen.

Ich glaube nicht, dass etwas fehlt, aber mein echter Pass liegt in der Kommodenschublade, und den hätte sie finden können, wenn sie gesucht hat. Sie hat fest vor zu beweisen, dass Simon getötet wurde, aber ich dachte nicht, dass sie auf mich gekommen wäre. Sie konnte es einfach nicht auf sich beruhen lassen, sie musste einfach rumschüffeln! Nun, das könnte gut das letzte Mal sein, dass sie es getan hat.

Er nimmt seine Aktentasche und beginnt, die Unterlagen zu seinem Laptop zu packen. Er erblickt seine Spielschuld-Dokumente und stöhnt.

Wenn sie die gesehen hat, dauert es nicht lange, zwei und zwei zusammenzuzählen und zu wissen, dass ich Geld brauche. Wenn ich nur nicht Geld vom einem meiner Kundenkonten entnommen und dann Pech mit den Karten gehabt hätte, dann wäre ich nicht in dieser misslichen Lage. Das Leben ist einfach ungerecht. Wenn ich das Geld aus Simons Erbe nicht bekomme, werden sie mich zumindest in die Mangel nehmen, im schlimmsten Falle sogar umbringen. Ich weiß, dass ich keine Wahl habe.

Er beginnt, auf und ab zu gehen. Er holt seinen Koffer heraus und fängt an, Kleidung hinein zu packen. Er nimmt seinen Rucksack und leert den gesamten Inhalt auf sein Bett, um ihn zu durchsuchen.

Gut, dass ich vor zwei Wochen gekündigt habe, so kann ich endlich aufhören, als Tagelöhner zu arbeiten und nach England zurückkehren. Ich habe es so satt, Overalls zu tragen, und ich werde niemals den Dreck unter meinen Fingernägeln heraus bekommen. Warte mal, was ist das?

Er nimmt das GPS-Verfolgungsgerät in die Hand und dreht die Schreibtischlampe, um es besser betrachten zu können.

Die kleine Verfolgerin! So hat sie also mein Zimmer gefunden! Na gut, sieht so aus, als ob Miss Myra und ich ein kleines Rendezvous wegen Simon hätten. Ich glaube, es ist für sie die Zeit gekommen, einen eigenen kleinen Unfall zu haben. Dann kann sie ihrem lieben Freund Simon Gesellschaft leisten. Ich werde ihr schon beibringen, sich nicht mit mir anzulegen, die Schlampe.

Kapitel 50
Zauber-Durchblick

Am nächsten Abend haben wir Generalprobe für die Zauberflöte, die Premiere ist am darauf folgenden Abend. Es wird ein langer Abend werden, denn das Stück dauert über drei Stunden, und die Generalprobe kann so lange dauern, wie es der Dirigent wünscht. Ich bin heilfroh, dass Sonntag ist und ich ausschlafen konnte. Beim Starbucks-Café am Willi-Brandt-Platz vor dem Opernhaus gönne ich mir einen Grande Caramel Macchiato. Mit einer Prise Muskatnuss duftet das herrlich! Es ist immer noch kalt, aber zumindest schneit es nicht. Gut, dass ich mich warm eingemummelt habe.

Irgendwie bin ich verwirrt beim Rausgehen. Meine Gedanken sind bei der Probe und bei meinem Kaffee, deshalb passe ich nicht auf. Ich lande vor dem Bühneneingang vom Schauspielhaus anstatt vor demjenigen des Opernhauses. Na gut, ich beschließe, durch den Tunnel auf die andere Seite zu gehen, um warm zu bleiben. Keine große Sache.

Ich sehe eine andere Person auf mich zukommen und mache Platz zum Vorbeigehen. Mein Blick ist nach unten gerichtet, damit ich nicht stolpere, aber dann sehen wir beide auf, um freundlich nickend zu grüßen. Als ich jedoch den Blick hebe, starre ich in die stahlgrauen Augen von John/Nigel. *Oh nein, vielleicht erkennt er mich nicht.*

„Guten Morgen, Frau Barnett", sagt er, hebt seine Kappe und lächelt finster. *So viel zu dieser Idee.*

Ich murmele einen Gruß und blicke rasch wieder zum Boden, dann gehe ich rechts an ihm vorbei.

Plötzlich spüre ich eine starke Hand auf meiner Schulter, und er flüstert mir ins Ohr: „Hast du deinen Ohrring gefunden, meine Liebe?"

Ich blicke auf und sehe, dass er das GPS-Gerät in seiner Hand hält. *Vermasselt!*

Ich reagiere panisch und habe das Gefühl, keine Luft zu bekommen. Automatisch schlage ich mit meinem Arm nach hinten, um ihn loszuwerden, wie ich es in meinen Selbst-verteidigungskursen gelernt habe, und beginne, den Tunnel entlang in Richtung Opernhaus zu rennen. Er bleibt mir dicht auf den Fersen und lacht mich aus. Ich kann nicht geradeaus denken. Genau in dem Moment, wo er nah genug herankommt, um wieder nach mir zu greifen, kommen zwei Leute aus der Maskenbildnerei durch die Tür. Er hört sofort auf, hinter mir her zu rennen, und ich husche weg.

Als ich oben an der Treppe zu meiner Garderobe ankomme, ist er nicht mehr hinter mir. Ich schnappe nach Luft und sende Erik eine Mitteilung, dass Nigel mich im Tunnel verfolgt hat und weiß, dass ich weiß, wer er ist, und dass ich Hilfe brauche. Hoffentlich liest er seine Mitteilungen oft genug!

Nachdem ich Kostüm und Maske angelegt habe, folge ich den anderen Chordamen auf die Bühne zum Finale des ersten Aktes. In einer Gruppe fühle ich mich sicher.

Als wir in unserer Schaukel auf den ersten Auftritt warten, erzähle ich Jenny von meinem Zusammentreffen mit Nigel.

„Hast du Erik angerufen?", sagt sie erschreckt.

„Er hat nicht geantwortet. Ich habe ihm eine SMS geschickt, dass ich glaube, in Gefahr zu sein, aber er hat noch nicht geantwortet. Schau!", sage ich und deute zur linken Seitenbühne. „Siehst du Nigel, er versteckt sich hinter dem Vorhang und starrt mich an!"

Es sieht aus, als habe er einen Schraubenschlüssel in der Hand. Jeder, der ihn sieht, wird annehmen, dass er allerletzte Einstellungen an der Schaukel vornimmt. Ich hoffe, er weiß nicht, wer genau ich bin, denn die drei Knaben sehen alle gleich aus. Wir tragen die gleichen Kostüme und haben weiß geschminkte Gesichter mit übergroßen blauen Augen und falschen Wimpern. Ich halte meine Augen nach unten beim Singen, während wir uns langsam mit der Schaukel über die Bühne bewegen. Wenigstens kann er nicht an mich heran, solange die Schaukel sich bewegt, denn wir befinden uns drei Meter hoch in der Luft.

„Schnell, tausche den Platz mit mir", schlägt Jenny vor und schiebt mich in die Mitte.

Carol, die die Partie des ersten Knaben singt, versteht nicht, was wir da tun und sieht uns stirnrunzelnd an, singt aber weiter. Sie ist nicht sehr glücklich darüber, denn die Schaukel wackelt noch mehr, als wir unsere Plätze tauschen.

Als wir auf der anderen Seite ankommen, springt Jenny direkt vor Nigel ab, schiebt ihn weg und sagt: „Du musst hier weg, du stehst mir im Weg!"

Während sie dies tut, schleiche ich mich vorbei und gehe hinter dem Vorhang auf der Hinterbühne zur anderen Seite. Ich pirsche mich an Uli heran, der damit beschäftigt ist, Anweisungen nach links und rechts in sein Headset zu sprechen, und bleibe bei ihm stehen. Jenny kommt und stellt sich daneben. Ich bleibe dort, bis das Finale des ersten Aktes vorüber ist und wir uns zu den anderen von der Bühne gesellen, denn wir gehen alle in die Pause. Das gibt mir etwas Zeit in der Garderobe, bis zum nächsten Auftritt. Hoffentlich kommt Erik bald!

Noch dreimal versuche ich verzweifelt, ihn anzurufen, erreiche aber nur den Anrufbeantworter. *Wo bist du?* Ich sende eine weitere SMS und berichte ihm, ich hätte herausgefunden, dass Nigel hohe Spielschulden hat und deshalb Simon getötet habe.

Ich gehe aus der Garderobe die Treppe hinunter, weil ich denke, dass ich in der Gruppe hinter der Bühne sicherer bin, und sehe Nigel beim Aufzug herumlungern. Er sieht mich. Ich gerate in Panik. Die Jagd ist eröffnet! Ich renne weg und verstecke mich in einem der Wachhäuschen auf der Bühne, in der Hoffnung, dass er dort nicht hineinsieht.

Ich glaube, sicher zu sein, aber ich höre, wie er hinter mir her ruft und wieder auf die Bühne sprintet. Pamina sieht mich an, als ob ich verrückt wäre. Eigentlich ist sie allein in dieser Szene. Ich gehe zu einem der Felsen im hinteren Teil der Bühne hinüber und lasse mich darauf nieder, die Faust unter dem Kinn. Sie tut so, als würde sie mich nicht sehen, und singt weiter. Hoffentlich sieht es so aus, als ob ich ihrer Klage lausche. Meine Augen suchen weiter von einer Seite zur anderen, ob Nigel noch immer da ist. Ich höre ein paar polternde Geräusche, aber ich habe keine Idee, was los ist.

Dann sehe ich, wie Jenny mir von der anderen Seite Zeichen macht, also gehe ich von der Bühne ab, während Pamina sich verbeugt.

„Die Leute von der Security suchen nach Nigel. Er rannte weg, als jemand anderer von den Bühnenarbeitern ihn festhalten wollte, nachdem er versucht hatte, dich zu schnappen. Du hast ihm einen ordentlichen Tritt versetzt mit deinem Stiefel, hoffentlich tut sein Fuß weh!", sagt sie aufgeregt.

„Sie suchen nach ihm im ganzen Opernhaus, in jedem Stockwerk."

„Puh, das ist eine Erleichterung! Dieses Mal dachte ich, er hätte mich erwischt."

Wir setzen uns mit dem Rest des Chores auf die Hinterbühne und warten auf das Finale des letzten Aktes.

Immer innerhalb der Gruppe singen wir unseren letzten Teil im Finale zu Papageno. Während des Duetts von Papageno und seiner Geliebten

Papagena gehe ich auf die Hinterbühne, um mich auf den Boden zu setzen, denn die Stühle sind alle besetzt.

„Du hättest niemals deine Nase in meine Angelegenheiten stecken sollen", flüstert Nigel in mein Ohr.

Mit raschem Atem schließt er seine schwitzende Hand über meine Nase und meinen Mund. Meinen Umhang umklammert er fest im Nacken, und ich kann keinen Ton von mir geben. Er zerrt mich zur Tür, die auf den Flur hinausgeht. Verzweifelt sehe ich mich um, aber alle beobachten, was auf der Bühne los ist, und Jenny steht auf der anderen Seite.

Ich beiße in seine Hand und renne nach Luft schnappend weg, als der Verschluss meines Umhangs sich löst. Ich renne zum Tunnel, seine Schritte sind unmittelbar hinter mir. Er greift meinen Arm und wirbelt mich herum, wirft mich an die Wand neben dem Aufzug. *Das war's, das ist das Ende.*

Ich versuche zu kämpfen, aber er ist stärker als ich. Ich fühle, wie seine Arme locker werden, als er seine Hand von meinem Mund nimmt, um nach dem Schraubenschlüssel in seiner Tasche zu greifen.

Ich spucke ihn an und sage: „Wie konntest du deinem eigenen Cousin etwas antun? Was für ein Mensch bist du, der so etwas tut? Du bist abscheulich, du bist böse!" Ich bin so wütend, dass ich einen Moment lang vergesse, Angst zu haben.

„Ich hatte keine andere Wahl, der einzige Weg, um an sein Geld zu kommen, war durch seinen Tod. Es war einfach nur Pech für Simon, dass das Geld zuerst an ihn ging. Ich konnte nicht auf die Erbschaft warten, ich brauche das Geld jetzt!", sagt er, packt mich an den Haaren und versucht, mich in Richtung Tunnel zu ziehen. „Und wenn du deine Nase nicht da hinein gesteckt hättest, hätte niemand Verdacht geschöpft, du Närrin!"

„Stehen bleiben, Polizei!", höre ich hinter mir.

Niemals bin ich so froh gewesen, Eriks Stimme zu hören. Nigel bleibt wie angewurzelt stehen. Erik hat eine Pistole in seiner rechten Hand und hält die linke als Stütze darunter. Sie ist auf Nigel gerichtet. „Lassen Sie sie jetzt los! Sonst mache ich von der Schusswaffe Gebrauch!"

Er lässt den Schraubenschlüssel mit einem Klirren fallen und starrt mich mit purem Hass in den Augen an.

„Nehmen Sie die Hände hoch und treten Sie von ihr zurück. Komm hier rüber, hinter mich, Myra!", befiehlt Erik.

Das musst du mir nicht zweimal sagen.

„Nimm die Handschellen aus meiner Tasche und leg sie ihm an", sagt er, wobei er seinen Blick nicht von Nigel abwendet und die Pistole immer noch auf ihn richtet.

Ich nehme die Handschellen heraus und fummle damit herum, um sie Nigel anzulegen. *Das ist schwieriger, als ich dachte.* Schließlich ist er gefesselt, und ich höre im Hintergrund Polizeisirenen.

„Ich habe um Verstärkung gebeten, als ich deine Mitteilung las, und jetzt kommen meine Kollegen", sagt er, als zwei Polizisten die Treppe herauflaufen und Nigel ergreifen.

„Du kamst gerade rechtzeitig!", sage ich ihm, werfe meine Arme um ihn und gebe ihm einen dicken Kuss. *Mein Held!*

„Ich weiß nicht, ob ich schon jemals einen Jungen in einem blauen Lamé-Anzug geküsst habe", scherzt er.

Das Adrenalin in meinem Blut geht zurück, und ich lächle schwach. Ich fühle mich einfach nur erleichtert, seine starken Arme um mich zu spüren. Nie im Leben hatte ich so viel Angst.

Im Hintergrund höre ich Applaus und stelle fest, dass ich das Finale verpasst habe. Allerdings habe ich das Gefühl, dass dieser Applaus uns gilt für die Lösung des Falles. Im wirklichen Leben gibt es genauso ein Happy End wie im Fantasieleben auf der Bühne. Ich bin so erleichtert, dass wir endlich Simons Mörder gefunden haben. Ich weiß, er würde über alle meine Machenschaften lächeln. *Nun kannst du in Frieden ruhen, mein Freund.*

Epilog

„Die Premiere der *Zauberflöte* verlief ja sehr glatt gestern Abend. Aber nichts ist so aufregend wie eine Generalprobe", lache ich, als Erik und ich in meinem Lieblingslokal „Die Kuh, die lacht" zu Mittag essen. Heute kann ich leicht darüber lachen, aber als es geschah, war es entsetzlich.

„Ja, die Ereignisse hinter der Bühne waren dramatischer als das Geschehen auf der Bühne", kommentiert er und beißt in seinen Champignon-Avocado-Burger. „Wir haben Nigels Hotelzimmer durchsucht und alle möglichen interessanten Informationen gefunden, einschließlich der Unterlagen über seine Spielschulden. Als er erfuhr, dass ich gehört hatte, wie er Simons Tötung zugab, erzählte er uns alles", fährt er fort und wischt sich den Mund ab.

„Weißt du, dass er mehrmals versucht hat, Simon umzubringen? Beim ersten Mal hat er Narzissen in Simons Pizza im Burghof versteckt, nach der Don Carlo-Vorstellung. Das war gewagt, denn ihr saßen alle um den Stammtisch, und er stand in einer Ecke und hielt seinen Kopf nach unten, damit Simon ihn nicht sehen konnte. Er sah, wie der Koch die Pizza auf einer Platte bei der Küche abstellte, wo sie abgeholt wurde, und nahm die Gelegenheit wahr. Er wusste nur nicht, wie viel er hineintun musste, und hat offensichtlich nicht genug genommen."

„Ich wusste, dass etwas nicht stimmte mit Simons Lebensmittelvergiftung", sage ich beiläufig und klirre mit meinen goldenen Armbändern, während ich eine Pommes in Ketchup tauche und in den Mund stecke.

„Er hat auch mal versucht, Simon vor eine Straßenbahn zu schubsen, aber das hat ebenfalls nicht funktioniert. In seiner Verzweiflung hat er den Job bei den Bühnenarbeitern angenommen. Auf diesem Weg konnte er die verschweißten Rohre präparieren. Er wusste, wie man mit Metall arbeitet, weil er mit Autos gearbeitet hat. Dabei hat er ein Schweißgerät benutzt, um Karosserien von Unfallwagen zu reparieren. Es war sehr schwierig für ihn, Zertifikate vorzuzeigen, die in Deutschland gültig sind. Ich nehme an, er hat im Rotlichtmilieu jemanden gefunden, der ihm neue Papiere und einen Pass besorgte.

Und du hattest vollkommen recht damit, dass er im Buch des Inspizienten gesehen hatte, Simon solle oben auf der Pyramide sitzen. Er dachte nicht, dass noch jemand mit ihm dort sitzen könnte, zumindest sagt er das. Dann konnte er nicht einfach verschwinden nach Simons Tod, denn das hätte verdächtig ausgesehen. Er wollte sicher gehen, dass niemand einen Verdacht schöpfen würde."

„Wir hatten Glück, dass nicht noch jemand gestorben ist. Leider hat es beim dritten Mal geklappt, sehr zu unserem Leidwesen", beende ich die Geschichte für ihn. „Es tut mir leid für Tante Lizzie, herausfinden zu müssen, was für einen schrecklichen Sohn sie hat. Und für seine Schwester."

Ich nehme die Rechnung, um zu zahlen, aber Erik reißt sie mir aus der Hand.

„Ich möchte nicht beschuldigt werden, dass ich mich von einem hübschen Mädchen bestechen lasse!", sagt er und bezahlt das Essen.

Also findet er mich hübsch - gutes Zeichen.

„Nigel wird in Deutschland angeklagt und vermutlich lebenslänglich ins Gefängnis gehen, so streng sind hier die Gesetze. Ich hoffe, du hast deine Lektion gelernt, dass man die Profis ihre Nachforschungen machen lässt und sich nicht einmischt. Du siehst, wie gefährlich es werden kann", ermahnt er mich.

„Hey, ohne mich hätte die Polizei sich nicht mal darum gekümmert, was passiert ist!"

„Wie wär's, wollen wir zur Gelato d'Opera gehen und sehen, ob es eine Eissorte gibt, die nach einem Polizisten benannt ist?" Er ignoriert meinen Kommentar und steht auf.

Als Königin des Halbwissens erkläre ich ihm: „Weißt du, dass es in den 80er Jahren in New York einen Tenor gab, der als „Singender Polizist" bekannt war? Weil er immer derjenige war, der die Nationalhymne im New Yorker Polizeirevier sang."

„Das ist sehr interessant", sagt er und nimmt meine Hand unter seinen Arm, als wir zur Tür herausgehen. *Wow! Er hat nicht gestöhnt, wie Paul es immer tut. Es gibt Hoffnung für diesen Mann.*

PAMELA CRAMER ist eine Arbeitsroman-Schriftstellerin, die in Houston, Texas lebt. Sie sang professionell im Musiktheater im Revier in Gelsenkirchen, Deutschland und am Stadttheater Gießen in Gießen, Deutschland. Sie hat Hauptrollen in Suzanna, Madame Butterfly, Cavalleria Rusticana, Rake's Progress, Amahl and the Night Visiters und Orpheus in der Unterwelt gesungen. Sie hat eine Gesangsstudio von fünfunddreißig Studenten in Houston und entscheidet Chor und Solo-und Ensemble-UIL Wettbewerbe in Texas. Sie ist Mitglied des Houston Symphony Chorus und dem Masterworks Chor und Chorleiter bei der Annunciation Greek Orthodox Cathedral in Houston, TX. Sie hat zwei Siamkatzen, Max und Niki.

Bitte besuchen Sie ihre Website unter www.PamelaCramer.com und spielen Opera Trivia

Achten Sie auf das nächste Buch in der Murder She Sang Serie

MORD AN DER DEUTSCHE OPER BERLIN
im Jahr 2016

If you like my book, please go to Amazon.com
and write a customer review.